HEYNE

W0172204

Das Buch

Eines Tages schaut Kinky, unser Countrysänger und Privatdetektiv, in den Spiegel und sieht dort einen Zigeuner. Der gibt ihm den Rat, sich ihm anzuschließen und durch das Land zu ziehen. Die Auftragslage ist schlecht, und Kinky steckt offensichtlich in einer Art Midlife-Crisis. Weder sein geliebter Jameson Irish Wiskey noch die dicken kubanischen Zigarren können ihn aus diesem Tief holen. Doch als am nächsten Tag sein alter Freund Willie Nelson am Telefon ist, lichtet sich kurzfristig der Horizont – doch nur, bis Kinky von dessem Problem erfährt: Willie hat mit seinen Tourbus einen alten indianischen Medizinmann überfahren, und jetzt hängt ein Fluch über ihm, d. h. jemand möchte ihn in die Ewigen Jagdgründe schicken. Es gibt die üblichen Verdächtigen, darunter vor allem die 83 Ex-Frauen von Willie. Für Kinky eine echte Herausforderung.

Der Autor

Kinky Friedman, Jahrgang 1945, besuchte die University of Texas, trat dem Friendscorp bei, gründete die berüchtigte Country-Band »Kinky Friedman and his Texas Jewboys«, nach sieben LPs auf und schrieb Kriminalromane, von denen bisher neun in deutscher Sprache erschienen. Als Heyne Taschenbücher sind lieferbar: *Gott segne John Wayne* (Nr. 01/10998), *Gürteltier und Spitzenhäubchen* (Nr. 01/13281) und *Der Leibkoch von Al Capone* (Nr. 01/13303).

KINKY FRIEDMAN

STRASSENPIZZA

Roman

Aus dem Amerikanischen
von Ulrich Blumenbach

WILHELM HEYNE VERLAG
MÜNCHEN

HEYNE ALLGEMEINE REIHE
Band-Nr. 01/13434

Die Originalausgabe
ROADKILL
erschien bei Simon & Schuster, New York

Der Übersetzer dankt den Mitgliedern des Zürcher Übersetzertreffens
für die beigesteuerten Wortspiele.

Willy the Wanderin Gypsy and Me
von Billy Joe Shaver © SONY/ATV Songs LLC.
Wahrgenommen von EMI Blackwood Music Inc. (BMI).
Alle Rechte vorbehalten. Internationales Copyright wahrgenommen.
Abdruck mit freundlicher Genehmigung.

Taschenbucherstausgabe 03/2002
Copyright © 1997 by Kinky Friedman
Copyright © der deutschsprachigen Ausgabe 2000
by Wilhelm Heyne Verlag GmbH & Co. KG, München
Printed in Germany 2002
Umschlagillustration: Marvin Mettelson
Umschlaggestaltung: Nele Schütz Design, München, unter Übernahme
des Originalumschlags von Janet Perr und Hauptmann und Kampa
Werbeagentur, CH-Zug
Satz: Leingärtner, Nabburg
Druck und Bindung: Elsnerdruck, Berlin

ISBN 3-453-19894-8

http://www.heyne.de

Für Roger Friedman, den ersten Manager der Texas Jewboys, der für drei Tage nach Nashville kam, um seinem Bruder zu helfen, und drei Jahre blieb.

> And I'd ride the Silver Eagle to the
>   last town on the line
> Railroad ties are not, my friend, the
>   only ties that bind …

aus: *The Silver Eagle Express*
von KINKY FRIEDMAN und
ROGER FRIEDMAN 1973 BMI

Three fingers whiskey pleasures the drinkers
Movin' does more than the drinkin' for me
Willy he tells me that doers and thinkers
Say movin's the closest thing to bein' free

Willy you're wild as a Texas blue norther
Ready-rolled from the same makin's as me
And I reckon we'll ramble till hell freezes over
Willy the Wandering Gypsy and Me

Willy the Wandering Gypsy and Me
von BILLY JOE SHAVER

INHALT

TEIL 1

HÖLLE

»Wenn man durch die Hölle geht,
sollte man nicht anhalten.«

Winston Churchill

1

Wenn man so will, begann das ganze Abenteuer, als ich eines Tages einen Blick in den Badezimmerspiegel warf und den Zigeuner sah. Vor Gericht hätte diese Erklärung vielleicht nicht standgehalten, aber was mich betrifft, war das allemal ausreichend, um einen wahren Volkstanz aufzuführen. Ich war abends ziemlich spät nach Hause gekommen und im Schlaf von einem seltsamen, eigentümlich realistischen Traum heimgesucht worden. Ohne ins plastische Detail zu gehen, möchte ich zumindest soviel verraten, daß ich endlich das Mädchen im pfirsichfarbenen Kleid fand. Es wurde von einem entlegenen Stamm tief in den Dschungeln von Borneo gefangengehalten. Ich verkleidete mich als Orang-Utan in den besten Jahren und konnte zu guter Letzt ihre Freilassung erwirken, allerdings erst, nachdem man ihre Lippen mit zwei Frisbeescheiben vergrößert hatte.

Als ich aufwachte, war schon später Nachmittag. Mist, dachte ich, als Banker hätte ich den Tag jetzt hinter mir. Als Banker hätte ich allerdings auch kaum in einem kalten, zugigen Loft gehaust, wo ein kleiner Negerpuppenkopf mit in den Mund geklemmtem Hausschlüssel schwermütig auf dem Kühlschrank sitzt. Als Banker hätten mich auch nicht die Müllwagen geweckt, die verbittert vor meinem Fenster lärmten. Oder eine Lesbentanz-schule, die über mir drauflosstampfte. Oder eine Katze, die auf meinem schlafenden Skrotum Tai-chi-Übungen machte. Auf der Habenseite konnte ich natürlich verbu-chen, daß ich mich als Banker wohl kaum an meine Träume erinnert hätte.

Ich sprang seitwärts aus dem Bett, zog meinen lila Robert-Louis-Stevenson-Bademantel an, ging in die Küche und stöberte eine renitente Dose Putenhäppchen in heller Soße auf. Beim Öffnen warf ich durch die Eis-blumen am schmutzstarrenden Küchenfenster einen Blick auf die Vandam Street hinab. Ich konnte nicht genau erkennen, wieviel von der schleimigen Trübung draußen und wieviel drinnen an der Scheibe war. Die verschmierte Außenseite konnte man wahrscheinlich Autos, Menschen, Tauben und Gott in die Schuhe schie-ben, und von denen kümmert sich bekanntlich keiner groß um den Dreck, den sie auf den Außenseiten von Fenstern hinterlassen.

Aus Gründen der Fairneß sei erwähnt, daß Innensei-ten von Fenstern durch habituelles Zigarrenrauchen eine gelbbräunliche Tönung annehmen können, die an altes Buntglas erinnert. Ungeklärt ist noch, ob es sich dabei um alte Meister oder Scheibenkleister handelt, aber wie heißt es so schön – Schönheit vergeht, Whiskey be-steht.

Ich gab der Katze die Putenhäppchen in heller Soße zu fressen und nahm diplomatische Beziehungen zur Espressomaschine auf. Dann begab ich mich zu meinen diversen morgendlichen Waschungen ins Badezimmer und stieg zur Jahresdusche in die Naßzelle. Als ich den Tempel meines Leibes wusch, was an manchen Stellen die Sorgfalt archäologischer Ausgrabungen erforderte, spürte ich die Fenster meiner Seele langsam sauber werden und sagte mir, daß ich mich eine Zeitlang aus New York abseilen sollte.

Meine Karriere als Privatdetektiv mit Countrysänger-Vergangenheit hatte einen Knick bekommen. Nach einer vielversprechenden kleinen Serie erfolgreich gelöster Fälle blieben mir die Klienten aus unerfindlichen Gründen scharenweise fern. Nicht nur mein Berufsleben hatte die Dynamik einer innerstädtischen Stop-and-go-Rallye, auch mein Privatleben war praktisch zum Erliegen gekommen. Meine gesamte Existenz, dachte ich beim Waschen der linken Achselhöhle, war im Augenblick so spannend wie reiche Leute bei der Beobachtung von Fledermäusen.

Ich sprang aus der Naßzelle, trocknete mich mit einem farbenfrohen Handtuch ab, das kürzlich von einem Abenteuer auf Hawaii übriggeblieben war, und glitt behende zur Verklappungsmaschine, wo ich die Gasmaske anlegte und einen ungeheuren Nixon abdrückte, den ich nicht allzu anschaulich schildern möchte, um Chaucer nicht auf die Zehen zu treten. Nur soviel: Als ich den Lokus verließ, fühlte ich mich besser, was Autos, Menschen, Tauben und Gott anging, in selbstredend ganz willkürlicher und zufälliger Reihenfolge.

Wie an jedem Nach-Nixon-Morgen zog ich den lila Bademantel wieder an und ging zum Waschbecken. Wie an jedem Nach-Nixon-Morgen erwartete ich nach dem kilometerlangen Marsch über die Badezimmerkacheln in der silbrigen Ferne des Spiegels lediglich die wogenden Felder der Leere, in die sich das Land meines Herzens verwandelt hatte. Doch ach, es sollte anders kommen.

Aus dem Spiegel sah mich ein Antlitz an, das meinem sehr ähnlich war, aber etwas wirklicher und substantieller aussah, als ich mich im Moment fühlte. Es glich mir weitgehend, aber die Augen wirkten anders. Sie brannten mit der Intensität von Trauerarbeitslagerfeuern und erinnerten an alles, was ich vergessen geglaubt hatte. Außerdem trug die Gestalt nicht meinen lila Bademantel; sie war in einen leuchtenden Poncho aus lang vergangenen Zeiten gehüllt. Ihr Haar hatte keine hebräische Naturkrause wie meines; sie trug langes, dunkles und glänzendes Haar, zusammengebunden mit einer knallroten Schärpe. Am linken Ohrläppchen baumelte ein silberner Ohrring. Keiner, wie er heutzutage von Sportlern, Homosexuellen und wahrscheinlich auch von Teenagern getragen wird, die kurz davor sind, sich beim Masturbieren aufzuhängen, der bekannten Autoerotik mit Todesfolge. Dieser Zigeuner war mit dem Ohrring auf die Welt gekommen, und in dem Ring funkelte all der gestohlene Schalk der Träume.

Ich blinzelte ein paarmal, aber das Spiegelbild ließ sich nicht vertreiben. Tun die ja eigentlich nie. Der Badezimmerspiegel ist nun einmal der geeignete Ort, wo einem eines Tages der Zigeuner der eigenen Seele erscheint.

»Wer zum Teufel bist du?« fragte ich in leicht hysterischer Trance. Wo ich schon mit einer Katze spreche, sagte ich mir, kann ich ja auch mit einem Badezimmerspiegel sprechen.

»Ich bin der Zigeuner in deiner Seele«, sagte er, »und ich möchte dir eine kleine Geschichte erzählen, die leider wahrscheinlich genauso wenig Sinn hat wie dein Leben.«

Ich war überzeugt, daß er recht hatte. Trotzdem klammerte ich mich an die Wirklichkeit, versuchte, nicht den Verstand zu verlieren.

»Immer sachte mit den jungen Bräuten«, sagte ich. »Ich weiß nicht mal, wie du heißt. Hast du 'ne Visitenkarte?«

»Ich heiße Antonio«, sagte der Zigeuner, »und hier ist meine Karte.«

Ich konnte deutlich erkennen, daß er den Herzkönig hochhielt.

»Schieß los«, sagte ich.

»In einer dunklen, stürmischen Nacht«, psalmodierte die Gestalt, »saß einst eine Zigeunerschar an einem Lagerfeuer. Ihr Anführer stand auf und sagte, Antonio, erzähl uns eine Geschichte, und Antonio stand auf und sagte, in einer dunklen, stürmischen Nacht saß einst eine Zigeunerschar an einem Lagerfeuer, und ihr Anführer stand auf und sagte, Antonio, erzähl uns eine Geschichte, und Antonio stand auf und sagte, in einer dunklen, stürmischen Nacht saß einst eine Zigeunerschar an einem Lagerfeuer ...«

»Ich habe das Problem erkannt«, sagte ich. »Nicht nur sehe ich in meinem Badezimmerspiegel einen Zigeuner, er ist auch noch der nervtötendste Zigeuner der Welt und verfängt sich beim Erzählen in einer Endlosschleife.«

»Jetzt verstehen wir uns. Du brauchst einen Tapetenwechsel. Komm, wir reisen durch die Welt! Laß dein Loft, dein Village, deine Freunde, deine Katze und Stephanie DuPont hinter dir ...«

»Woher weißt du das mit Stephanie DuPont?«

Der Zigeuner sagte nichts, aber seine Augen funkelten wie der Sternenhimmel über Rumänien.

Vielerlei überkam mich, als ich wie hypnotisiert in den Spiegel sah. Angst, Wißbegier, Zweifel, Begehren.

Als ich den Mund endlich wieder aufmachte, verlieh ich einem Gedanken Ausdruck, der unter New Yorkern gar nicht so selten ist.

»Aber wie kann man nur so weit wegreisen?« fragte ich.

»Von wo?« fragte der Zigeuner.

2

Hätte Gott nicht gewollt, daß wir mit Zigeunern reden, sagte ich mir, hätte er keine Badezimmerspiegel erschaffen. Dann könnte natürlich niemand seine Falten begutachten, alle liefen wie Schwachköpfe aus der Bibel herum, Hitler hätte seinen Schnurrbart nicht stutzen können, Huren mit goldenem Herzen könnten ihr Make-up nicht auffrischen, todgeweihte Teenager vor der Schulfete keine Pickel ausdrücken, und der Rest der Welt würde durchdrehen, weil er sich mit der Zahnbürste das linke Nasenloch bürsten und hinter dem nicht länger existierenden Badezimmerspiegel wie verrückt nach Prozac oder Heroinzäpfchen suchen würde. Also ließ ich den Zigeuner sonstwem durch die silbrigen Lappen seiner Dämmerung gehen und erinnerte mich an eine Bemerkung meines alten Freundes Dr. Jim Bone: »Wenn du es satt hast, dich im Spiegel zu betrachten, dann versuch mal, dich im Fenster zu betrachten.« Das probierte ich eine Zeitlang, bekam aber nicht viel zu sehen.

Der Puppenkopf lächelte zuversichtlich vom Kühlschrank herab. Büroangestellte eilten zu U-Bahnhöfen wie Blattschneiderameisen über Boulevards des Vergessens. Taubenschwingen flatterten geradezu ätherisch gegen die Fensterscheiben. Küchenschaben flitzten lautlos durch das Waschbecken. Ich setzte mich an den Schreibtisch, trank Espresso und rauchte die erste Zigarre des Tages wie ein völlig gebrochener Romeo, der sich in letzter Minute entschlossen hat weiterzuleben – wenn man das Leben nennen kann.

Kurz darauf erstickten Bleischichten dunkler Wolken den Himmel, und ich merkte, daß meine Hände zitterten. Schließlich kommt man nicht jeden Tag zum Cocktailplausch mit einem Zigeuner im Badezimmerspiegel. Aber mich beschäftigte nicht nur die Erscheinung des Zigeuners. Eher schon seine Fähigkeit, mir in Herz und Seele zu schauen und dann zu berichten, was diese leidgeprüften Gefäße enthielten, ob mir selbst das nun bewußt war oder nicht. Stephanie DuPont zum Beispiel. Der Zigeuner mußte sie irgendwie meinen traurigen Augen entnommen haben. Sie war nicht einmal in New York. Soweit ich wußte, war sie immer noch in Florida, angeblich bei ihrer Tante und ihrem Onkel, die, wenn es sie überhaupt gab, auf die Namen Hank und Audrey hörten.

Ich war zu dem Schluß gelangt, daß Stephanie dort unten mit allerlei spirituellem Gesindel rumhing und sich entschlossen, hartnäckig und schonungslos daran abstrampelte, McGovern und mich um unsere Anteile an Al Capones vergrabenem Schatz zu bringen. Vor einem ganzen Menschenleben war ich voller Hoffnung mit ihr nach Florida geflogen und vor einigen Monaten ohne Schatz und ohne Stephanie zurückgekommen. Seitdem hatte ich nichts mehr von ihr gehört, aber als ich jetzt ans Fenster trat, sah ich eine Limousine mit Chauffeur großkotzig die Vandam Street entланggleiten. Ich sah zu, wie der Fahrer, der einen Schlüssel hatte und demnach den Puppenkopf nicht brauchte, die Haustür öffnete und kurz darauf mit Stephanies kleinen Hunden Pyramus und Thisbe wieder auftauchte. Sie waren der Obhut von Winnie Katz anvertraut gewesen, der lesbischen Ländlerleiterin im Loft über mir. Durchs Fenster verfolgte ich, wie sich die beiden Hündchen aus meinem Leben davonkläfften und die Limo an einer Müllwagenphalanx vorbei unaufhaltsam außer Sicht rollte. Dann ging ich nach oben und klopfte an Winnie Katz' verbotene Tür.

»Herein«, rief sie.

Ich drückte auf die Klinke, öffnete die Tür und betrat mit einer Beklommenheit, die wohl jeden Mann überfällt, der einen solchen Ort aufsucht, das sakrosankte Schlupfloch der Sapphoschwestern.

»Scheiße«, sagte sie, als sie mich sah, »ich hätte abschließen sollen.«

»Du sollst nicht Verachtung hegen gegen irgendeinen Menschen«, sagte ich begütigend, »und du sollst nicht achtlos sein gegen irgendein Ding.«

»›Ding‹ ist charmant untertrieben«, sagte sie.

Winnie saß am Küchentisch. Sie hatte das Haar zu einem straffen Pferdeschwanz zusammengebunden und trug ein äußerst gutsitzendes kreischrosa Trikot. Sie sah ganz gut aus, wenn man's nicht besser wußte. Sie trank wie üblich ihren Red-Zinger-Kräutertee und rauchte eine Zigarette aus einem Päckchen, das ein Schädel mit gekreuzten Knochen schmückte.

»Probier mal eine Death Lite«, sagte sie und schob mir das Päckchen zu. »Laß ich aus London kommen.«

»Immer noch auf dem Gesundheitstrip, was?« fragte ich, nahm eine Death Lite und zündete sie mir an. Dummerweise war meine Hand nicht so ruhig, wie ich's mir gewünscht hätte.

»Du siehst schlecht aus, Sherlock«, sagte sie. »Du siehst aus, als hättest du grade ein Gespenst gesehen. Oder hat dir die Abreise von Pyramus und Thisbe das Herzchen gebrochen?«

Die Tatsache, daß man im Badezimmerspiegel soeben einen Zigeuner gesehen hat, erzählt man nicht jeder erstbesten Lesbe. Aber meine Beziehung zu Winnie war etwas Besonderes, wäre einst sogar fast eine geworden.

»Vielleicht mußt du einfach mal 'ne Weile aus der Stadt weg«, sagte sie konziliant. Mir fiel auf, daß sich ein mitleidiger Blick in ihre Augen gestohlen hatte.

»Im Sommer geh ich wieder nach Texas zurück«, sagte ich.

»Das schaffst du nie«, sagte Winnie. »Es ist erst November.«

Und so saßen wir an dem kleinen Küchentisch in New York, rauchten Death-Lite-Zigaretten, die Dunkelheit rückte uns immer näher auf den Leib, und ich erzählte Winnie von dem Zigeuner. Sie trank ihren Red-Zinger-Kräutertee und hörte verständnisvoll zu.

»Ja, leck mich doch«, sagte sie, »oder lieber doch nicht. Du hast im Badezimmerspiegel einen Zigeuner gesehen und ihn um seine Visitenkarte gebeten?«

»Es sollte ein Witz sein.«

»Wie so vieles im Leben«, sagte sie und starrte aus dem dunklen Fenster. »Und er hat eine Spielkarte hochgehalten? Den Herzkönig?«

»Ja, Dr. Freud.«

»Und dann hat der Zigeuner gesagt, du solltest mit ihm durch die Welt ziehen, und du hast gefragt, wie man nur so weit wegreisen könne, und er hat gesagt, ›von wo‹?«

»Ganz genau.«

»So ein Klugscheißer.«

Ich kettenschnorrte noch eine Death Lite und wartete geduldig, während Winnie zum Herd ging und sich noch eine Tasse Red Zinger eingoß. Ich hatte dankend abgelehnt. Irgendwo muß man einen Schlußstrich ziehen, sonst kann man gleich den Geist aufgeben.

Ich betrachtete den Rauch der Death Lite, der meinen Kopf umkräuselte, und dachte an Lofts, Lesben, Hündchen und Zigeuner. Hitler hatte Zigeuner und Homosexuelle nicht besonders gemocht. Hatte sie zusammen mit sechs Millionen Juden, plus/minus ein paar hunderttausend, millionenfach umgebracht. Er wohnte in einem Bunker. Stand nicht sehr auf Lofts. Hunde mochte er um so mehr.

»Weißt du«, sagte Winnie, »sie wird nicht zurückkommen.«

»Ich weiß.«

»Mir fehlt sie auch.«

»Ich weiß.«

»Aber mir fehlt sie auf eine Weise, von der du nichts weißt.«

»Ich weiß.«

»Ich glaube, du brauchst 'ne Therapie. Ich jedenfalls hätte eine nötig, wenn ich mich einen halben Nachmittag lang mit einem Zigeuner im Badezimmerspiegel unterhalten hätte.«

»Ich weiß.«

»Aber du wirst keine machen, was?«

»Nein«, sagte ich. »Aber der Frosch, den du als Schirmständer benutzt, gefällt mir.«

Winnie stand auf und stellte sich ans Fenster. Ich wartete und betrachtete ihren Rücken, der für eine Wohnung in New York kein schlechter Anblick war.

»Du kannst jetzt nicht hierbleiben«, sagte sie. »Es kommt gleich eine neue Gruppe, und du würdest die Mädchen nur verunsichern. Mich verunsicherst du auch, ehrlich gesagt.«

»Ich weiß.«

»Du weißt einen Scheißdreck«, sagte sie und fuhr zu mir herum. In ihrem heiligen Zorn wirkte sie noch attraktiver. »Stephanie ist weg. Die kleinen Hunde sind weg. Dein Verstand ist weg. Deine Augen erinnern an Rasputin oder Richard Nixon, ich weiß nicht recht, an welchen von beiden. Und du willst keine Therapie machen. Da bleibt nur eins.«

»Und das wäre?« fragte ich und brachte meine Death Lite um.

»Zieh mit dem Zigeuner«, sagte sie.

3

Genau das tat ich natürlich auch, obwohl ich es damals noch nicht wußte. Ich dachte, ich steckte einfach in einer Art Midlife-crisis, die mich nötigte, Unmengen von Jameson Irish Whiskey aus meinem alten Stierhorn zu trinken, das Wachsen der Spinnweben am kleinen Negerpuppenkopf zu verfolgen und mich nach Leibeskräften zu bedauern, wie das nur ein vormaliger Countrysänger kann. Ich hatte die Gelegenheit verpaßt, mich als Teenager umzubringen. Jetzt blieb mir nur eine lumpige, erschöpfte und zynische Welt mit der spirituellen Atmosphäre einer Karaokebar in Dallas.

Das alles ging mir durch den Kopf, als ich zwei Tage später trinkenderweise an meinem Schreibtisch saß und mich fragte, woher das verdammte Schrillen in meinen Ohren stammte. Wenn man ein Schrillen im linken Ohr hört, heißt das in dieser Welt von Rechtshändern, daß man gerade von irgendwem schlechtgemacht wird. Hört man ein Schrillen im rechten Ohr, heißt das, daß man gerade von irgendwem gelobt wird, und stellt man das Perverse der menschlichen Natur in Rechnung, so ist man dann wahrscheinlich längst tot. Hört man aber gleichzeitig ein Schrillen in beiden Ohren, dann sitzt man in der Patsche, denn das bedeutet, daß die Leute einem gemischte Gefühle entgegenbringen. Sie können sich nicht entscheiden, ob sie einen in die Karaokebar einladen sollen oder nicht.

An diesem Tag fiel es mir jedoch schon nach ein paar Nanosekunden der Betäubung wie Schuppen von den Augen, daß das Schrillen in meinen Ohren keinen übernatürlichen Grund hatte. Es stammte vielmehr von den beiden roten Telefonen, die links und rechts auf meinem Schreibtisch standen und jetzt gleichzeitig klingelten. Das war nicht weiter überraschend, denn meinen Weisungen gemäß hingen beide am selben Anschluß. Als sie installiert wurden, hielt ich das für eine ziemlich gute Imageplanung. Das Büro wirkte dadurch bedeutender. Die Anrufe klangen dadurch wichtiger. Man durfte nur nicht den Kopf auf die Tischmitte legen.

»Schieß los«, sagte ich, nachdem ich den rechten Hörer abgehoben hatte.

»Es gibt 'ne Pahdy!« schrie eine überschwengliche, vertraute Nagerstimme.

Es war Ratso.

Ratso war mein ehemaliger Dr. Watson, der mir bei früheren Ermittlungen geholfen hatte, bevor er dann durch meine Hilfe 157 Millionen Dollar geerbt oder nicht geerbt hatte – je nachdem, was seine Anwälte in der jeweiligen Woche sagten. Ich wartete immer noch auf das Honorar, das er mir schuldete, und würde wohl bis an mein Lebensende darauf warten.

»Es gibt 'ne Pahdy!!!« schrie er wieder, diesmal etwas lauter, wenn das überhaupt möglich war.

»Gewiß«, sagte ich. »Wen wünschen Sie zu sprechen?«

Aber Ratso bekam etwaige Proteste meinerseits schon nicht mehr mit. Er war in einen infantilen, fast hysteri-

26

schen Sprechgesang verfallen, dessen Sinngehalt ich nur zum Teil mitbekam. Es hörte sich ungefähr so an: »Es gibt bald eine Pahdy! 'ne wunderbare Pahdy! Ich geh bald zu 'ner Pahdy! Du gehst bald zu 'ner Pahdy! Wir gehn bald zu 'ner Pahdy!«

Wenn Sie bezweifeln, daß sich ein weißer, erwachsener, jüdisch-amerikanischer New Yorker so aufführen kann, kennen Sie Ratso nicht. Und da sollten Sie sich glücklich schätzen, denn Ratso kann einem den letzten Nerv rauben, weil er nicht nur immer das letzte Wort haben muß, sondern auch stets alles andere als nach dem letzten Schrei gekleidet ist.

»Ratso«, sagte ich, »ich flehe dich an, hör auf!«

Aber Ratso hörte nicht auf. Er war sowieso grundsätzlich für jede »Pahdy« zu haben, wie er sie nannte, aber ich muß gestehen, daß seine fast wahnsinnige Begeisterung in diesem speziellen Fall auch meine Neugier erregte.

»Und wo soll diese Party steigen, Ratso?« fragte ich, obwohl ich es besser hätte wissen sollen.

»Das ist streng geheim, Kinkstah«, sagte er. »Das kann ich dir erst verraten, wenn du da bist.«

»Was nie der Fall sein wird.«

»Ich verrate dir aber folgendes«, sagte Ratso, der spürte, daß ich am Köder knabberte. »Es ist eine total piekfeine, richtig feudale Überraschungsparty mit jeder Menge Essen, einer Gratisbar mit allem Drum und Dran und sagenhaften Schicksen.«

»Meine Güte«, sagte ich und zwinkerte der Katze zu, »wie hast du uns denn die Einladung verschafft?«

»Das kann ich dir nicht verraten. Du hast den Typ früher mal gekannt, aber der hat lange nichts von sich hören lassen. Ist ein großer Fan von dir. Leidet aber auch ziemlich unter Verfolgungswahn. Wenn du ihn siehst, wirst du verstehen, daß ich dir jetzt nicht mehr verraten kann.«

»Und wann steigt diese Party?« fragte ich ohne große Begeisterung. Ich war nicht nur kein großer Fetengänger, Ratso hatte mich auch oft genug ausgenutzt, um sich irgendwo einzuschleichen, wo er ohne meine Begleitung nicht die geringste Chance gehabt hätte.

»Hab ich das noch nicht erwähnt?« sagte Ratso. »Heute abend.«

Ich sah mich im staubigen und zugigen Loft um. Die Katze folgte meinem Blick. Keiner von uns sah etwas. Nur eine halbleere Flasche Jameson lungerte auf dem Tresen herum und durchbrach die Skyline der Einsamkeit. Ich mußte mir eingestehen, daß ich noch Platz auf meinem Tanzkärtchen hatte.

»Bist du noch dran, Kinkstah?«

»Kann man so sagen.«

»Kopf hoch, Kinkstah! Ich komm vorbei und hol dich ab, und dann fahren wir zusammen zur Pahdy. Wie in der guten alten Zeit.«

»Ich warne dich, Rat, wenn ich diesen Typen oder diese Party nicht mag ...«

»Dann bist du ruckzuck wieder zu Hause.«

»Das wäre also geklärt.«

»Ich hol dich um acht ab, Kinkstah.«

Ich legte auf und sah die Katze an. Sie schien den Kopf zu schütteln, aber das konnte auch an meinen Nerven liegen. Ich ging zum Jameson und goß mir einen anständigen Whiskey erst ins Stierhorn und dann aufs Zäpfchen. Dann drehte ich mich um und sah wieder die Katze an. Jetzt schien sie mich mit jenem Blick hoffnungslosen, milden Entsetzens zu betrachten, mit

dem früher oder später alle Katzen alle Menschen bedenken.

»Keine Angst«, sagte ich. »Wenn ich einen hübschen
jungen Prinzen treffe, der an einem ausgewachsenen
Schuhfetischismus leidet, kehr ich der Party sofort den
Rücken.«

4

Es stellte sich heraus, daß der Abend tatsächlich allerlei Überraschungen in petto hatte. Die erste war, daß
Ratso pünktlich kam und nett war, obwohl er sich her-
ausgeputzt hatte wie ein schwuler Matador um die Jahr-
hundertwende.

»Kinkstah!« schrie er vom spiegelglatten Fußweg hoch.
»Vergiß den Puppenkopf. Komm runter! Wir sind spät
dran.«

»Okay, Yorick«, sagte ich zum Puppenkopf, der stoisch
von seinem Hochsitz herablächelte. »Du kannst dir den
Abend freinehmen.«

Die Katze, die den guten Ratso noch nie gemocht
hatte, saß auf dem Fensterbrett und starrte mit jenem
äußerst angewiderten Blick, den sich Katzen für ganz
besondere Gelegenheiten aufsparen, auf Ratsos lächerliches Outfit hinab.

»Sei doch froh, daß er nicht hochkommt«, sagte ich.

Die Katze sagte natürlich nichts, wirkte aber erleichtert.

Ich zog meinen schwarzen Langstreckengehrock an,
der früher einmal dem Schauspieler Dean Stockwell
gehört hatte, steckte eine Handvoll Zigarren ein, die ich
dem Sherlock-Holmes-Porzellankopf entnahm, stülpte
meinen Cowboyhut auf und ging zur Tür.

Ich übergab der Katze die Verantwortung.

Mit dem Lastenaufzug und seiner einsamen kahlen Glühbirne fuhr ich in das schmuddelige kleine Foyer hinab, wo ein Kind sein Dreirad vergessen hatte. Ein Kind sollte nicht in New York aufwachsen. Ein Kind sollte versuchen, sonstwo aufzuwachsen. Wenn man in New York aufwachsen muß, wächst man bloß schnell auf, und plötzlich fragt man sich wie alle Erwachsenen der Welt, ob sich das eigentlich gelohnt hat.

»Ratso«, sagte ich, als ich auf dem Fußweg zu ihm stieß, »du hast gar nicht erwähnt, daß es eine Kostümparty ist.«

»Ist es auch nicht«, sagte Ratso.

»Na, ist ja auch 'ne prima Garderobe, bloß – wo ist die Waschbärmütze?«

»In der Reinigung.«

»Das tut mir aber leid. Hoffentlich nehmen sie nicht zuviel Stärke. Damit werden immer wieder gute Waschbärmützen ruiniert. Allerdings baumelt auch nur an den allerwenigsten noch der Kopf des Waschbären.«

»Mir nach, Kinkstah!« schrie Ratso, setzte sich ungeniert über meinen unbeholfenen Prä-Cocktailparty-plausch hinweg und stürmte die Vandam zur Hudson hoch.

»Wie kommen wir hin? Fliegen wir auf deinem Cape?«

»Als wennste schwebst auf jeden Fall«, sagte Ratso, blieb unvermittelt stehen und wies mit ausladender Gebärde über die Straße. »Voilà.«

Mitten in einer kleinen Müllwagenarmada stand ein langes, schnittiges Gefährt, das meinem Mittelzeitgedächtnis eins vor den Latz knallte. Es war ein babyblauer Rolls-Royce mit einem livrierten arischen Chauffeur.

31

Dieser stand bereits am Bordstein und hielt Ratso und mir den Schlag auf.

»Sag bloß nicht, das ist Donald Goodmans Wagen«, sagte ich und folgte Ratsos ausladendem Hinterteil auf den edel gepolsterten Rücksitz.

»Donald braucht ihn nicht mehr«, sagte Ratso.

»Tja«, sagte ich und bewunderte die Innenausstattung, »das wohl kaum.«

Ich war mir sogar todsicher, daß Donald Goodman den Schlitten nicht mehr brauchte. Mein kalifornischer Freund und Privatdetektiv Kent Perkins hatte ihn vor über einem Jahr weggepustet, und ich sollte vielleicht hinzufügen, daß Kent langwierige Verhandlungen und Unannehmlichkeiten auf sich genommen hatte, weil die Tatwaffe in New York nicht registriert gewesen war. Aber bekanntlich sind Gesetze dazu da, gebrochen zu werden.

»Offiziell gehört mir das Auto noch nicht«, erklärte Ratso, »aber bis die Erbfolge eindeutig geregelt ist, erlauben die Anwälte, daß ich Wagen und Chauffeur ab und zu benutze.«

»Ungefähr so, als ob man sich den Familien-DeSoto ausleihen würde.«

»Ungefähr«, sagte Ratso. »Aber ich habe keine Familie, und es ist kein DeSoto.«

Wenn Sie je mit einem jüdischen Hünen, der Sie wie der Teufel höchstpersönlich anlächelt und der ein rotes Cape und farblich dazu passende Stiefel eines Toten trägt, im Fond eines babyblauen Rolls-Royce gesessen haben, der einem bösartigen, mordlustigen Vetter entliehen worden ist, der inzwischen auf einem Besenstiel durch die Hölle hopst, dann wissen Sie, daß das nicht gerade eine Andachtsübung ist.

Aber der Chauffeur kutschierte uns fröhlich durch die schattigen Canyons der abendlichen Stadt. Er schien das Ziel zu kennen, womit er verdammt viel klüger war als ich. Ungefähr in diesem Augenblick legte Ratso den Finger auf meinen wunden Punkt.

»Ich habe gehört, daß dir die Stadt langsam zuviel wird«, sagte er irgendwie etwas zu beiläufig, »und daß du mit dem Gedanken spielst, eine Weile fortzugehen.«

»Wo hast du denn das gehört?« sagte ich, zündete mir eine Zigarre an und öffnete das Fenster einen Spaltbreit.

Ratso sah geradeaus und grinste weiterhin aufreizend daher. »Hast du für mich auch eine?« fragte er.

Ich gab ihm eine Zigarre und mir zu denken. Der Klatsch an sich war nicht weiter schockierend, aber so wie Ratso grinste, wäre ich jede Wette eingegangen, daß er mehr wußte, als er sich anmerken ließ.

»Woher weißt du das, Rat?«

»Weiß ich was?«

Er kicherte in sich hinein und verschluckte dabei fast die Zigarre. Hätte er daran zu ersticken gedroht, hätte ich bei ihm nur ungern den Heimlich-Handgriff angewendet. Mund-zu-Mund-Beatmung wäre überhaupt nicht in Frage gekommen.

»Ich glaube, du weißt verdammt gut, was ich meine«, sagte ich etwas empört.

»Etwa den Zigeuner im Spiegel?« fragte er.

5

Wenn man einer Katze oder einer lesbischen Tanzlehrerin heutzutage etwas erzählt, dachte ich, dann kann man es auch gleich an die große Glocke hängen. Ratso ließ sich natürlich nicht aus der Nase ziehen, wie er das herausgefunden hatte, alldieweil er seine Gewährsleute schützen müsse. Mich irritierte, daß er das Wort wiederholt als »Gewehrsleute« aussprach. Ich selbst saß eher entwaffnet im Rolls, während der Chauffeur diesen unbeirrt durch das glitzernde, schlaglochübersäte und verwahrloste Straßennetz lenkte, das auch Manhattan genannt wird.

»Bist du denn in Stimmung für die Pahdy?« fragte Ratso.

»Ist Alan Dershowitz Jude? Natürlich bin ich in Stimmung für die Pahdy. Aber bevor wir zu dieser wunderbaren Pahdy kommen, erzählst du mir gefälligst, woher du das mit dem Zigeuner weißt.«

»Nichts leichter als das. Du hast dich mit einem Zigeuner im Badezimmerspiegel unterhalten. Er hat sich ein bißchen mit dir unterhalten. Das kommt in den besten Familien vor. In der Regel werden diese Familien allerdings abgeholt und ins Pilgrim State Mental Hospital gebracht...«

Aber ich hörte schon nicht mehr zu. Ich mußte etwas

Deduktionsarbeit leisten. Ich hatte den Zigeuner nur zweimal erwähnt. Einmal bei Winnie Katz, die keinen der Village Irregulars näher kannte und meines Wissens gar nicht wußte, was ein Ratso war. Daß Winnie und Ratso in denselben Kreisen verkehrten, war eine geometrische Unmöglichkeit. Von Winnie abgesehen, hatte ich nur die Katze in diese zunehmend unangenehme und peinliche Angelegenheit eingeweiht. Und die Katze, da war ich mir todsicher, verabscheute Ratso mit einem irrationalen Katzenzorn, der selbst den des Tigers im *Dschungelbuch* übertraf.

Wie also hatte Ratso von dem Zigeuner erfahren? Es war zwar kein tiefes, dunkles oder tödliches Geheimnis, aber ein Geheimnis war es eben doch. Es gehörte eher zum trostlosen, trivialen und trockenen Typ Geheimnis. Dem Typ, könnte man sagen, der am Ende dann doch oft tief und tödlich wird. Wenn ich wirklich ein Privatdetektiv sein wollte, sagte ich mir, sollte ich dieses lächerliche kleine Rätsel in Null Komma nichts aufklären können. Fürs erste mußte ich jedoch zugeben, daß ich sogar mitten in Manhattan in Regionen weggetreten war, wo kein Nachtbus mehr fuhr.

»Paß mal auf, Ratso«, sagte ich, »ich bin hundemüde, und möglicherweise muß ich sogar zum Schädel-TÜV. Auch wenn ich liebend gern zu deiner Party gehen würde, ist es wohl besser, wenn du mich wieder nach Hause bringst.«

Erstaunlicherweise hatte Ratso nichts dagegen. Vielleicht sah man mir meinen Zustand mehr an, als ich dachte.

»Fahrer«, sagte Ratso mit dem müden und gelangweilten Ton eines Menschen, der sein ganzes Leben lang einen Chauffeur gehabt hat, »bitte fahren Sie Mr. Friedman und mich zu Mr. Friedmans – äh – Wohnung in der Vandam Street zurück.«

Auch das war so gar nicht seine Art, denn wie ich Ratso kannte, hatte er in seinem ganzen Leben noch nie freiwillig auf eine Party verzichtet. Ich lehnte mich in dem behaglichen Rolls zurück und sah in den Verkehr hinaus, der dumpf, geistlos und unaufhaltsam wie das Leben an mir vorüberzog. Als wir schließlich in die Vandam Street einbogen, war mir jede Lust auf Partysanen vergangen. Ich freute mich auf einen ruhigen Abend mit der Katze, dem Puppenkopf, der Flasche Jameson, der Büste von Sherlock Holmes und einer guten Zigarre.

»Fährst du denn noch zur Party?« fragte ich Ratso, als mir der Chauffeur die Tür aufhielt.

»Na klar«, sagte Ratso. »Ich hab meinem Freund fest zugesagt.«

»Hast du nicht gesagt, es wär 'ne Überraschungsparty?«

»Dir entgeht nicht so leicht was, oder, Sherlock?«

»Jedenfalls danke für die nette Spritztour, Ratso. Und richte deinem Freund unbekannterweise meinen Allerwertesten aus.«

»Mach ich, Kinkstah.«

Beim Öffnen der Haustür sah ich, daß Ratso aus dem Rolls ausstieg und auf dem Fußweg sein Cape um sich herumdrapierte.

»Du siehst nicht besonders gut aus, Kinkstah«, sagte er. »Ich bring dich noch zum Aufzug.«

»Das wäre doch nicht nötig gewesen«, sagte ich, als ich durch den offenen Eingang in den Lastenaufzug trat und Ratso mir durch das schmuddelige kleine Foyer folgte.

»Ich begleite dich noch nach oben«, sagte Ratso, und ein verschmitztes Lächeln umspielte seine Lippen.

»Das wäre doch nicht nötig gewesen«, sagte ich, als Ratso mir in den Aufzug folgte und die Tür sich hinter uns schloß.

Schweigend fuhren wir nach oben, aber die Stille fand ein abruptes Ende, als wir den dritten Stock erreichten. Noch bevor sich die Aufzugtür öffnete, hörte ich den Lärm und die Musik. Kurz darauf hatte ich unversperrte Sicht in mein Loft, dessen weit offenstehende Tür ein Gedränge von Partygästen sehen ließ. Einige kannte ich. Andere waren mir völlig fremd. Aus dem Korridor erhaschte ich einen kurzen Blick von Sherlock Holmes, dessen blaßblaue Porzellanaugen mich durch die fröhliche Menschenmenge vorwurfsvoll ansahen. Die Katze ließ sich nicht blicken. Ich drehte mich zu Ratso um. Er zuckte theatralisch die Schultern, und das rote Cape hob und senkte sich wie ein riesiger Vorhang.

»Überraschung!« überschrie er den Lärm. »Es gibt 'ne Pahdy!«

6

Wenn Sie jemals Opfer einer unerwünschten Überraschungsparty wurden, dann wissen Sie, daß Sie das Recht haben, die Aussage zu verweigern, und daß alles, was Sie sagen oder tun, gegen Sie verwendet werden kann. Als erstes versuchte ich, mich so schnell wie möglich vom Acker zu machen. Ich drückte auf den Knopf des Lastenaufzugs, aber als ich merkte, daß es damit so lange dauern würde wie die Trächtigkeit einer Riesenseeschildkröte, stiefelte ich zum Treppenhaus rüber. Ich war der Freiheit erst wenige Schritte näher gekommen, als meine Schultern plötzlich in einen Schraubstock gepreßt wurden.

»Tut mir leid, daß ich dich aufhalten muß«, sagte eine glatte, bekannte Stimme.

Es war Rambam. Rambam war ein Ermittler, der einige Zeit im Nimmerland der Bundesbehörden verbracht hatte und gegenwärtig in allen Bundesstaaten gesucht wurde, die mit »I« anfingen. Auch er war mir bei fast all meinen Fällen eine große Hilfe gewesen, mit der entscheidenden Ausnahme, daß er bei der Suche nach Ratsos leiblicher Mutter nicht dabeigewesen war. Rambam war kein Ratsofan.

»Bleib doch noch ein bißchen«, sagte er. »Der Puppenkopf hat schon ziemlich einen in der Krone, und jemand muß doch aufpassen, daß er nicht von seinem Hochsitz fällt.«

»Eher muß bald jemand aufpassen, daß ich nicht von meinem Hochsitz falle.«

»Das hab ich schon gehört«, sagte Rambam. »Deswegen war ich ja auch einverstanden, als Ratso vorgeschlagen hat, ich soll heute abend ein bißchen in dein Loft einbrechen, während er dich zum erstenmal seit Wochen rauslocken würde. Ratso und ich sind, wie du weißt, praktisch nie einer Meinung, aber dieser Scheiß mit dem Zigeuner im Spiegel hat mir doch einen kleinen Schrecken eingejagt. Schlimmer als ein Gespräch mit Ratso fände ich nur, dich in die Klapsmühle bringen zu müssen.«

Ratso hatte sich schon ins Partygetümmel geworfen. Rambam und ich standen im Korridor herum und sahen, wie Ratso in seinem roten Cape vom einen zur anderen glitt wie Lava, die sich auf ein kleines italienisches Dorf zuwälzt, das sich gerade anschickt, eine künftige Touristenattraktion zu werden. Die Katze war noch immer nicht zu sehen.

»Wer sind die ganzen Scheißer?« sagte ich, zündete mir im Korridor eine Zigarre an und betrachtete gleichgültig das geistlose Gewese von Menschen, die mit anderen Menschen interagierten.

»Die einen kennst du, die anderen kennst du nicht«, sagte Rambam mit hämischem Grinsen, »aber dadurch kannst du wenigstens neue Freundschaften schließen. Zum Beispiel mit dem gemischtrassigen Paar, das ich gerade beim Vögeln in deinem Bett gestört habe.«

»Ist doch schön, wenn auch in meinem Bett mal gevögelt wird«, sagte ich.

»So ist's recht«, sagte Rambam, und wir mischten uns unter die Gäste.

Überall gab es Speisen, Getränke und Leute. Egal, wer für den Lieferservice zuständig war, er hatte an alles gedacht, sogar daran, eine ansehnliche Zahl Freunde bereitzustellen, die ich gar nicht hatte. Die Musik und die Gespräche waren so laut, daß man nicht sagen konnte, ob Winnie und ihre Mädchen oben zugange waren oder nicht. Wahrscheinlich waren sie eher hier unten. Wie alle anderen.

»Was ist Sache, Alter?« fragte ein junger Typ, der wie Ichabod Crane aussah. Ich sah, daß er aus meinem alten IMUS-IN-THE-MORNING-Kaffeebecher trank.

»Paß bloß mit dem Becher auf«, sagte ich.

Rambam arbeitete sich an einen vielumgeilten Rotschopf heran, und ich durchschwamm einen Schwall schwatzhafter Fremder. Dann kam ein großes, freundliches, bekanntes Gesicht in mein Blickfeld.

Es war McGovern. Er grinste breit und hielt einen großen Drink in der Hand.

»Eins muß man dir lassen, Kink«, sagte er. »Du weißt echt, wie man eine Party schmeißt.«

»Ich würde die Ärsche am liebsten mit einem Gabelstapler an die Luft setzen.«

»Anwesende ausgenommen, will ich doch hoffen«, sagte er und übertönte mit seinem Lachen das Hintergrundrauschen der Party.

McGovern gehörte zu meinen besten Freunden in der Stadt und überhaupt auf dem Globus. Wenn er lachte, lachte die Welt vielleicht nicht mit, aber überhören konnte sie ihn nicht.

»Ich habe gehört«, sagte McGovern vertraulich, »daß zur Abwechslung mal du kleine grüne Männchen siehst. Könnte ziemlich unangenehm werden. Schon weil dir niemand glauben wird. Ich spreche da aus Erfahrung.

40

Meine grünen Männchen sind natürlich längst wieder verschwunden.«

»Genau wie ich mir wünsche, diese ganzen Blödmänner hier würden wieder verschwinden. Im übrigen: Zeit meines Lebens werde ich nicht so verrückt werden wie du.«

»Krieg dich wieder ein, Mann! Aber dann stimmt es also? Du siehst wirklich was?«

»Ja.«

»Und was?«

»Einen Zigeuner«, sagte ich leise.

»Einen Zigeuner?« sagte McGovern beunruhigt. »Da kannst du nur eins machen.«

»Und das wäre?«

»Frag ihn, ob er was trinken möchte«, sagte McGovern.

Die Party zog sich endlos hin, aber ich mußte widerwillig zugeben, daß meine Inspiration langsam zurückkehrte. Das mochte natürlich an den Spirituosen liegen, die ich mir durch die Kehle jagte. Die Katze hatte ich im Schlafzimmerschrank gefunden, zusammen mit Chinga Chavin, meinem alten Kumpel vom College, der wahrscheinlich noch verrückter war als McGovern und ich zusammen, was ihn letztlich wohl auch zu einem der erfolgreichsten Art Directors der Stadt gemacht hatte.

»Komm rein«, sagte Chinga und winkte mich in den Schrank. »Das hier mußt du unbedingt probieren. Wenn du glaubst, daß du einen Zigeuner siehst, bringt dir das hier die ganze Karawane vor die Linse.«

Ich hatte praktisch alles auf dem Planeten schon mal kreuz und quer eingeworfen und sagte mir, Glück hat nur der Süchtige. Ich stieg also in den Schrank und war in Windeseile so high, daß ich eine Trittleiter brauchte, um mich am Hintern zu kratzen. Die Katze sah mißbilligend zu mir hoch.

»Jammerschade«, sagte Chinga. »Du hast gerade ein gemischtrassiges Paar verpaßt, das in deinem Bett gevögelt hat.«

Ich tänzelte aus dem Schrank und marschierte im Stechschritt zur Sprechanlage im Hotel Friedman.

»Anschluß neunundsechzig«, sagte ich. »Zimmerservice bitte.«

7

»*Turn out the light*«, meinte ich sehr viel später in derselben Nacht zur Katze, als ich die Bettwäsche wechselte. »*The party's over.*«

Die Katze saß auf der gegenüberliegenden Ecke der bloßen Matratze und starrte mich mit großem Katzengroll an. Sie schlug demonstrativ mit dem Schwanz hin und her, sagte aber nichts. Das war mir angesichts meiner Laune auch lieber.

»Glotz mich nicht so scheinheilig an«, sagte ich. »Bloß weil ich die Laken wechsle, nachdem ein gemischtrassiges Paar in meinem Bett gevögelt hat, bin ich noch lange kein Rassist. Ganz gandhimäßig gefällt es mir sogar, wenn gemischtrassige Paare den Mut haben, in meinem Bett zu vögeln. Das find ich erste Sahne, auch wenn die dann meine Laken verklebt. Ich bewundere Jagdunfälle. Ich bewundere suizidal veranlagte Teenager. Ich bewundere es, daß die meisten meiner sogenannten Freunde glauben, ich würde eifrig Jeanne-d'Arc-Stunden nehmen. Aber es ist mir scheißegal, was sie glauben. Ich kandidiere nicht für den Stadtrat. Ich bewundere sogar die Umstände, die es mir ermöglicht haben, *nicht* für den Stadtrat zu kandidieren.«

Die Katze schien ich durch mein wirres Gefasel nicht besänftigen zu können. Unabhängig von etwaigen ideologischen Untertönen sah sie es nicht gern, wenn man das Bett machte. Schon gar nicht, wenn sie auf dem Bett saß.

Ich ging ins Wohnzimmer und inspizierte das Schlachtfeld der Party. In gewisser Hinsicht fand ich die Sache fast rührend. Meine Freunde Ratso, McGovern, Rambam, Chinga und die anderen Village Irregulars hatten diese unwillkommene Veranstaltung organisiert, weil sie sich wegen meiner Seelenräude Sorgen machten. Vielleicht hatten sie mich einfach mitnehmen wollen, aber ich war schon mitgenommen genug. Selbst Mick Brennan, der Starfotograf, hatte vorbeigeschaut. Joel Siegel war dagewesen und hatte freundliche Worte gefunden; wahrscheinlich wollte er mich wie jeden anderen ganz normal neurotischen Schwachkopf in New York auf die Straße ins Vergessen zurückbringen.

Alle Welt meint es gut, dachte ich beim halbherzigen Versuch, die Wohnung aufzuräumen. Wahrscheinlich ist die Welt deswegen so auf den Hund gekommen. Hinterher gehen alle ihrer Wege, und man ist wieder allein mit einer Katze, die einen nicht riechen kann, einem Puppenkopf, der gleichmütig auf den Albtraum deines Lebens herabschaut, und vielleicht einem Zigeuner im Spiegel, der einem klarmachen möchte, es sei Zeit, in drei Teufels Namen von da zu verschwinden, wo zum Teufel man gerade steckt, bevor man sich in all das verwandelt, was Peter Pan nicht mochte.

Früher oder später, dachte ich, kommt für jeden von uns der Tag, an dem er Zigeuner im Spiegel sieht. Seit Generationen hat man dem fahrenden Volk in allen Völkern und Kulturkreisen mißtraut, es verfolgt und verjagt, womit die Zigeuner ganz einverstanden waren, weil sie ja sowieso immer fort wollten. Die Deutschen hätten mit

44

Vergnügen genauso viele Zigeuner wie Juden umgebracht und haben es ja auch versucht, aber beide Stämme entkamen der Vernichtung. Gott ließ die Vernichtung der Zigeuner nicht zu, weil er wußte, daß man früher oder später in den Spiegel schauen würde und einen erblicken müßte. Die Vernichtung der Juden ließ er nicht zu, weil er wußte, daß man früher oder später die Dienste von Robert Shapiro brauchen würde. Schließlich ließ Gott die Vernichtung der Deutschen nicht zu, weil er wußte, daß Robert Shapiro früher oder später ihre Dienste brauchen würde, um seinen BMW reparieren zu lassen. Ich fand, das waren etliche gute Gründe, nicht zum Dienst zu gehen.

»Die Wege des HErrn sind wahrlich unerforschlich«, meinte ich zur Katze, die sich jetzt schläfrig im Schaukelstuhl rekelte.

Die Katze sagte ebensowenig wie Gott. Sie hörte anscheinend nicht einmal zu. Das »sie« bezieht sich auf die Katze. Das Geschlecht Gottes ist mir unbekannt, aber als ich mir in jener Nacht das Loft und die Welt so besah, konnte ich mit Gewißheit sagen, egal, was es war, weder ER noch SIe hörte zu. Vielleicht hatte sich Gott einen Walkgod aufgesetzt.

Wie eine unausgefüllte, einsame Hausfrau fing ich an, die Gläser, das Geschirr und ganz allgemein den Müll von anderer Leute glücklichen Stunden wegzuräumen. Ich bot der Katze ein Stück von der halbverzehrten Fleischpastete an, die zu einem Gelage gehört hatte, das Pete Myers, der einen britischen Delikatessenladen namens Myers of Keswick auf der Hudson Street betrieb, geliefert haben mußte. Mit leisem, widerwilligem Miauen meldete die Katze Bedenken an. Katzen wissen ganz genau, daß von allen Torheiten des Menschen die

Vorstellung, es könne so etwas wie britische Delikatessen geben, als erstes in den Mülleimer der Geschichte gehört.

Drei Uhr früh war schon vorbei, als ich mir nach Art echter *décadents* eine Zigarre anzündete und von den verschiedenen Drinkresten kostete, die die Leute gedankenlos auf dem Tresen, dem Schreibtisch, den Fensterbrettern, den Fußböden und den von mir manchmal als solche bezeichneten Möbeln stehengelassen hatten. Ich wußte nicht, ob die Gläser halb voll oder halb leer waren, aber vom Trinken wurde ich langsam so high, daß ich mich wohl bald an die NASA wenden mußte, um meinen Kopf wiederzufinden.

Ich wollte mich gerade dazu durchringen, auf den Lokus zu gehen und nach dem Zigeuner zu sehen, als die Telefone klingelten.

»Wo aber zwei Hörer sind, wächst das Rettende auch«, rief ich der Katze zu.

Die Katze sagte natürlich nichts.

Ich habe nichts dagegen, von Zeit zu Zeit um drei Uhr früh Anrufe zu bekommen. Es sollte einem zu denken geben, wenn man sie *nicht* mehr bekommt. Dann ist man nämlich entweder tot oder ein für alle Mal erwachsen, und die beiden Lebensweisen sind gar nicht so verschieden, wie manche Leute meinen. Ich hob den linken Hörer ab.

»Schieß los«, sagte ich.

Das tat sie denn auch.

8

»Kinky«, sagte sie. »Hier ist Lana.«
»Hi, Baby. Wo steckst du?«

»Im Bus.«

»Und wo steckt der Bus?«

»Wenn ich das wüßte. Es ist dunkel. Irgendwo in Montana oder Wyoming. Eins davon müßte es sein.«

»Welch ein kosmischer Zufall. Ich wurde in Casper, Wyoming, gezeugt.«

»Soll ich das dem Triviallexikon der Countrymusik stecken?«

»Mein Vater hat mir immer eingeschärft, daß es nichts Triviales gibt.«

»Und mein Vater hat mir immer eingeschärft: ›Wer keinen Spaß verträgt, kann mich mal.‹ Apropos, Daddy will dich sprechen.«

»Ist er nicht langsam zu a-l-t, um jetzt noch wach zu sein? Selbst ich sollte längst im Bett sein.«

»Daddy schläft nie.«

»Wenn du elf verschiedene Kräuter und Gewürze im Organismus hättest, würdest du auch nicht schlafen.«

»Werd’s mir merken. Ich geb dir jetzt mal Daddy.«

Daddy war Willie Nelson. Willie und mich verband seit Jahren eine enge und fast mystische Freundschaft, die nur Bestand hatte, weil wir sie auf die einzige Art und

Weise pflegten, die eine enge und fast mystische Freundschaft unter Countrysängern überleben läßt. In erster
Linie gingen wir uns möglichst aus dem Weg.

Lana war wie Willie und fast alle anderen Mitglieder
der Nelson Family über den Daumen gepeilt fünfund-
neunzigmal verheiratet gewesen, das erstemal mit sechzehn. Ihr letzter Mann war der Countrystar Johnny
Rodriguez gewesen, und ich erinnerte mich an ihre
wunderschöne und ergreifende Hochzeit, bei der ich
zweimal hatte weinen müssen. Beim ersten Mal hatte
Johnny ihr auf einer akustischen Gitarre eine seelenvolle
Version des Beatles-Songs »In My Life« vorgesungen.
Beim zweiten Mal war mir Willie Nelson, als er nach
der Trauung durch den Mittelgang zurückkam, auf den
Fuß getreten. Daß Lana bei Daddy im Bus irgendwo durch Montana oder Wyoming fuhr, ließ darauf
schließen, daß sie Ehe Nr. sechsundneunzig in Angriff
nahm.

Dann drang eine bekannte Stimme durch die amerikanische Nacht und den Hörer an mein Ohr, und die
Entfernungen, die in ihrem Ton und Timbre mitschwan-
gen, erinnerten mich an die Stimme des Zigeuners im
Spiegel.

»Spreche ich mit Richard Kinky ›Big Dick‹ Friedman?« fragte die Stimme.

»*Hello Walls*«, antwortete ich, und Nichtliebhabern
der Countrymusik sei gesagt, daß dies eine Anspielung
auf einen von Willies ersten Hits war.

»Hier spricht Willie ›Large Scrotum‹ Nelson. Was hast
du denn noch in New York zu suchen? Weißt du nicht,
daß das gefährlich ist?«

»Wenn ich wüßte, was ich hier zu suchen habe«, sagte
ich, »glaubst du, dann wär ich noch hier?«

»Nein, da hast du recht. Ich hatte bloß befürchtet, du wärst in die Kreise vom Hard Rock Café geraten.«

Die Klangfarbe der Stimme im Hörer war der des Zigeuners im Badezimmerspiegel unangenehm ähnlich.

»Ich habe über dich nachgedacht«, sagte sie.

»Hast du mich zufällig auch mit Flüchen bedacht oder meine Aura eingedellt?«

»Warum?«

»Nur so. Dachte bloß.«

»Vielleicht sollten wir mal wieder Schach spielen. Vielleicht solltest du mal rauskommen. Hast du nicht Lust, eine Weile mit uns mitzureisen?«

Die Sätze hallten durch mein Schädelhaus, plumpsten in meine Hirnpfanne und zischten auf wie Regentropfen in der Wüste, in der ich seit über vierzig Jahren herumirrte. Auch hatten sie unheimliche Ähnlichkeit mit den Sätzen des Zigeuners.

»Du brauchst einen Tapetenwechsel. Komm, wir reisen durch die Welt…«

»Aber wie kann man nur so weit wegreisen?«

»Von wo?« fragte der Zigeuner.

»Ich mein's ernst, Kinky. Komm einfach hierher und fahr 'ne Weile mit uns mit.«

»Wo ist hier?«

»Sobald ich das weiß, sag ich dir Bescheid. Du kannst ja schon mal alles Nötige mit Lana besprechen. Sie weiß immer, wo wir sind.«

Plötzlich klang seine Stimme im Hörer leicht verändert. Irgendwie näher. Ich zündete mir eine neue Zigarre an und wartete auf den Moment, wo Willie die Vandam Street entlang käme, unter dem Fenster stehenbliebe und hochbrüllte, ich solle ihm den Puppenkopf zuwerfen.

»Bist du noch dran, Kinky?«

»Ja«, sagte ich. »Seid ihr gerade in einen Tunnel oder so gefahren?«

»Nein, ich bin auf'n Pott gegangen.«

Ich stellte mir vor, wie Willie Nelson auf dem Cheflokus im Bus saß und sich per Handy mit mir unterhielt. Der Lokus war wahrscheinlich der einzige Ort auf der Welt, wo Willie jemals wirklich allein war. Ich kannte das Gefühl in weit geringerem Maße aus meiner fernen Vergangenheit, als ich ein paar große Gigs gegeben hatte, die Garderoben belagert wurden und unsere letzte Zuflucht der Lokus war. Das hatte eine gewisse Ironie, aber im Moment wollte ich mich damit nicht näher beschäftigen.

»Der Lokus ist ein ganz besonderer Ort«, sagte ich schließlich. »Für jemanden wie dich muß das ja praktisch die letzte Zuflucht sein.«

»Worauf du einen lassen kannst.«

»Schreibst du da deine Songs?«

»Manchmal. Schreibe Songs. Meditiere. Bete viel. Meistens halt ich mich beim Beten am Schwanz fest.«

»Spart Zeit«, sagte ich. »Machst du das jetzt auch gerade?«

»Nein«, sagte Willie. »Jetzt starre ich bloß in den Badezimmerspiegel.«

TEIL 2

TEXAS

*»I'm going back to Dallas, Texas,
to see if anything could be worse
than losing you.«*

AUSTIN LOUNGE LIZARDS

9

Eine Woche später trieb ich mich morgens um Viertel vor fünf auf dem Parkplatz eines Supermarkts am Stadtrand von Tedious, Texas, herum und beobachtete einen großen Hispano, der am weit und breit einzigen Münztelefon Zielkotzen übte. Lana Nelson und ich hatten einen Plan ausgearbeitet, nach dem ich um fünf meinen Freund und Kontaktmann Doug Holloway anrufen sollte, der mich dann abholen und zum Bus bringen sollte. Als ich das Münztelefon im kühlen Mondlicht glitzern sah, bezweifelte ich die Weisheit dieses Plans. Aber wie beim Sturmangriff der Leichten Brigade oder im Wahlkampf von Mondale und Ferraro gab es kein Zurück mehr.

Winnie Katz war mit überraschendem Entgegenkommen bereit gewesen, auf die Katze aufzupassen, hatte sogar eingewilligt, sie auf unbestimmte Zeit bei sich im Studio aufzunehmen. »Die Katze gehört hierher«, hatte sie sinngemäß gesagt, »zu all den anderen Mädchen.« Die beiden hatten mir mitleidig nachgesehen, als ich in die kalte Welt hinausschritt und sie in Sapphos sakrosanktem Schlupfloch zurückließ. Ich rief mir alle Gründe ins Gedächtnis, in New York zu sein, und alle Gründe, nicht in New York zu sein, und das einzige unauslöschliche Bild zeigte die Augen der Katze, die in meiner Seele erstrahlten wie die Sterne am Himmel über Texas.

Bald wich mein flauer Magen bloßem Unbehagen, und als mir des mürrischen Morgens Licht aufging, rief ich Doug an. Er wollte sofort vorbeikommen, und ungefähr ein halbes Jahrhundert später kam er auch schon mit im Nachtwind hinter ihm herflatterndem Pferdeschwanz in einem klapprigen Golfcart auf den Parkplatz getuckert.

»Mein BMW ist in der Werkstatt«, sagte er.

»Hoffentlich nichts Ernstes.«

»Ernst ist schon lange nichts mehr«, sagte er. Ich sprang an Bord, und wir sausten schweigend durch die Nacht Richtung Willie, wobei sich der Golfcart in jede Kurve der Landstraße legte.

»Herrgott, was findest du bloß an diesem Ding?« sagte ich.

»Es wird angetrieben von der Liebe Gottes, Country und dem besten Marihuana, das man für Geld kriegen kann«, sagte er und zog einen Joint im Format eines kleinen japanischen Torpedos aus der Tasche. Er zündete ihn mit einem Feuerzeug an, dessen Flamme in Form und Farbe an einen Schweißbrenner erinnerte, nahm einen tiefen Zug und bot ihn dann mir an.

»Nein danke«, sagte ich, »ich habe im Zug einen Apfel gegessen.«

Ich hatte genug schlechte Erfahrungen mit Drogen hinter mir, und eine davon hatte mehrere Jahrzehnte gedauert. An Dope hatte ich nie richtig Geschmack gefunden; es machte entweder müde oder hatte unschöne Nebenwirkungen, manchmal auch beides gleichzeitig. Wenn ich schon Mist baute, wollte ich es wenigstens mitbekommen. Meine schlimmste Erfahrung mit Shit

54

reichte in die Zeit zurück, als Jesus noch ein Cowboy war. Da hatten Willie und ich im Bus hochoktaniges Sinsemilla geraucht, und kurz danach mußte ich bei einem riesigen Farm-Aid-Konzert vor fünfzigtausend Leuten auf die Bühne. Für mich bestand das ganze Publikum aus riesigen Ameisen, von denen viele riesige Cowboyhüte trugen.

Wir zockelten noch ein paar Meilen durch die Dunkelheit und bogen schließlich zwischen zwei Stonehenge-artigen Hinkelsteinen am Eingang von Briarcliff, Willies ins Kraut schießendem einstmaligem Country-Club für flüchtige Outlaws, scharf nach rechts ab. Doug hatte das Gäßchenlabyrinth und den Hügel halb geschafft, als der Golfcart den Kleingeist aufgab.

»Motherfucker!« schrie Doug. »Typisch amerikanische Ingenieurskunst.«

»Hoffentlich nichts Ernstes«, sagte ich. Doug sprang seitwärts aus dem Gefährt und umkreiste es wie eine extrem afrikanisierte Biene.

Mir antwortete er nicht, fand aber noch ein paar Worte für den Golfcart. Ich sah eine Weile in stoischer Gelassenheit zu und lud dann mein Gepäck aus Borracho de Vagina aus. Kurz darauf marschierten wir zwei wie Briganten der Nacht den langgestreckten Hügel hoch, der sich an Willies Privatgolfplatz entlangzieht.

»Der Platz hat ein Handicap«, sagte Doug Holloway düster. »Und das meine ich wörtlich.«

»Kein vielversprechender Anfang«, pflocht ich ihm bei.

»Reisen mit bescheidenen Anfängen können einem das Leben ganz schön in die Scheiße reiten«, sagte Doug.

»Da das Leben ist, wie es ist«, sagte ich, »würde man das gar nicht mitkriegen.«

Wie Bob Dylan sagen würde, wanderten wir zehntausend Meilen über den Golfplatz. Nachdem wir einen kleinen Hang überwunden hatten und mir die Beverly-Hills-Designerfarben der Morgendämmerung in die linke Iris krochen, sahen wir auf einer kleinen Lichtung Willies Tourbus stehen. Ein Alamo auf Rädern. Selbst ein Zyniker wie ich, stadtverlebt und straßenmatt, umwölkt von »The Love I've Left Behind«, mußte zugeben, daß dieser besondere Bus in dieser besonderen Morgendämmerung ein reines, imposantes und einzigartig ergreifendes Bild abgab.

Meine eigene Karriere als Countrysänger war nie bis zur Tourbusreife gediehen. Ich hatte es nur zu einem blauen Beauville-Lieferwagen gebracht, aus dem, wie Jerry Jeff Walker sagen würde, bei Country-Schuppen, Minstrelshows, Bordellen, Bars und Bar-Mizwas im ganzen Süden die Texas Jewboys herausströmten wie *Tausend Clowns.* Der Beauville war sowenig wie meine Karriere ein Vehikel, das sich für kommerziellen Starruhm in der Countrymusik eignete. In Größe und Gestalt rangierte er irgendwo zwischen Willies Bus und dem dysfunktionalen Golfcart. Aber er hatte mindestens eine gute Eigenschaft, sagte ich mir. Er ging immer an den richtigen Orten zu Bruch.

Das Jesuskindlein hatte vermutlich nie gewollt, daß ich einen eigenen Tourbus bekam. Es hatte bestimmt andere Pläne mit mir. Vielleicht würde es mich eines Tages einweihen. Allerdings sah auch Willie Nelson wie Jesus aus, wenn der mal mit der falschen Frisur aufgestanden ist. Vielleicht sollte ich ihn ja fragen.

Ich bedankte mich bei Doug Holloway, lief den Hügel hinab und auf den Bus zu. In den anbrandenden Farben der Dämmerung konnte ich auf meiner Hirnpalette die merkwürdigsten Gefühle mischen. Einerseits freute ich mich darauf, mit Willie durch Amerika zu reisen. Andererseits erinnerte ich mich wehmütig an die Jahrzehnte, in denen ich mich vergeblich um Erfolg gemüht hatte, wie sich andere Männer um Tugend mühen. Wie Charles Lamb sagen würde. Ich hatte reichlich Einzelkonzerte abbekommen, Sägemehl auf dem Boden, Clubbesitzer, scharenweise fernbleibende Konzertbesucher, unzählige Meilen sinnloser Highways mit Negern, Itzigs, Rednecks und ausgetickten Feministinnen, die alle den Texas Jewboys ans Leder wollten, weil wir einen Taschenspiegel hochgehalten hatten, der ein paar blinde Flecken Amerikas spiegelte. Um es auf Aufkleberlänge zu bringen: Ich war so lange unterwegs gewesen, daß ich den Klang menschlichen Gesangs zu hassen gelernt hatte.

Als ich auf den Bus zuging, fiel mir ein, was der berühmte Jazzschlagzeuger Buddy Rich gesagt hatte, bevor er vor einigen Jahren in einem Krankenhausbett starb.

»Kann ich noch etwas für Sie tun?« soll die Krankenschwester gefragt haben.

»Ja«, hatte Rich gesagt. »Schaffen Sie die Countrymusik ab.«

10

Wenn Willie Nelson unterwegs ist – also praktisch die ganze Zeit –, verwandelt sich sein Tourbus, die Honeysuckle Rose, fast in eine schwimmende Stadt. Die Betonung liegt auf schwimmend. Selbst der Gebrauchtrauch verwandelt zufällige Besucher erwiesenermaßen in mittelprächtige Amphibien. Obwohl Willie insgesamt drei Tourbusse hat, ist an dem weitverbreiteten Gerücht nichts dran, zwei davon seien nur für das Gras da, das im dritten geraucht wird.

In Wirklichkeit ist ein Bus für die Band da, einer für die Roadies und die Bühnenausrüstung, und einer kommt wohl dem am nächsten, was Willie Nelson je als Zuhause bezeichnen könnte. In Austin heißt es, wenn man stirbt, fährt man in Willie Nelsons Haus ein. Als ich an Bord der Honeysuckle Rose ging, ohne zu wissen, was mich erwartete, mußte ich zugeben, daß ich verdammtes Schwein gehabt hatte, dort zu landen, ohne mich auf den Weg über den Regenbogen machen zu müssen. Außerdem war ich ein ziemlicher Glückspilz, dachte ich, daß ich aus New York weggekommen war, ohne durch die Falltür zu stürzen und neben Oscar Wilde aufzuwachen.

Es war knapp fünf Jahre her, seit ich längere Zeit im Bus mit dem *Red Headed Stranger* und seiner musika-

lischen und spirituellen Familie altgedienter Zigeuner-
seelen verbracht hatte. Ich arbeitete damals an einem
Klatschartikel für den *Rolling Stone* über eine Frau, die
behauptet hatte, Willie Nelson habe sie am 4. Januar 1985
im Hilton von Biloxi, Missouri, neun Stunden lang non-
stop gevögelt. Sie hatte auch behauptet, am Ende der
Marathonnummer habe Nelson eine Art Rückwärtssalto
gemacht, ohne vorher den Stöpsel rauszuziehen. Ohne
nun für diese Erfahrung dankbar zu sein oder sie wenigstens zu würdigen, hatte sie Nelson wegen Bruch des
Eheversprechens auf fünfzig Millionen Dollar verklagt.

»Ich behaupte nicht, daß da nichts dran ist«, hatte Willie damals gesagt. »Da kann was dran sein. Aber man
sollte doch meinen, daß ich mich wenigstens an die
ersten vier oder fünf Stunden erinnern könnte.«

»Was machst du, falls der Fall tatsächlich vor Gericht
kommt?« hatte ich ihn gefragt.

Willie hatte kurz überlegt und dann lächelnd gesagt:
»Meine Exfrau Shirley hat versprochen, daß sie nur zu
gern zu meinen Gunsten aussagen würde.«

Aber das war jetzt alles »Yesterday's Wine«. Die Jahre
seither hatten Willie mit größeren Problemen konfron-
tiert. Der tragische Selbstmord seines Sohns in Nashville.
Der Prozeß, den das Finanzamt gegen ihn angestrengt
hatte und bei dem es um über sechzehn Millionen
Dollar ging. Die Umwälzungen in der Countryszene mit
dem Ergebnis, daß die Unterstützung durch die großen
Plattenlabels und großzügige Sendezeiten im Radio
praktisch der Vergangenheit angehörten. Für viele
Country-Legenden hat diese sintflutartige Verschiebung
zu modernen jugendlichen »Hat Acts« und der unver-
meidliche Sog des alten Schaukelstuhls Karrieren beendet, die man einst für ewig gehalten hatte. Und in all die-

sem Trubel geht Willie Nelson, dieser Diamant unter Straß, weiterhin jahraus, jahrein auf Tour.

An diesem Morgen war die Honeysuckle Rose eine Geisterstadt. Irgendwie hatte ich das Gefühl, durch das Mittelschiff einer leeren Kirche zu schreiten, mit den Worten von Billy Joe Shaver mein Leben lang auf der Suche nach dem *Jesus of my choosin'*. Nur die Schachfiguren waren anscheinend auf den Beinen, standen stumm auf Willies Tischchen und warteten darauf, von Menschen- oder Schicksalshand berührt zu werden. Ich machte mit e2-e4 den Eröffnungszug und zog mich dann selbst zu den Schlafräumen hinten im Bus zurück, zweifellos ein Bauer in der Schachpartie eines anderen. Die Klappbetten waren leer. Ich warf meine Sachen auf eines davon und schlich zur geschlossenen Tür von Willies Privatschlafgemach und letztem Refugium. So früh am Tag wollte ich nicht klopfen. Vielleicht schlief er, schrieb, meditierte oder vögelte gar irgendeine Frau aus dem Hilton in Biloxi, Mississippi.

Ich legte das Ohr an die Tür und horchte. Drinnen schien sich jemand zu bewegen. Als Privatdetektiv hatte ich oft genug an verschlossenen Türen gehorcht. Wenn man lange genug an einer verschlossenen Tür horcht, erfährt man meist Dinge, die man eigentlich gar nicht wissen will. Es kann einen auch in etwas verwandeln, was man eigentlich gar nicht sein will. Andererseits verwandeln wir uns über kurz oder lang sowieso in etwas, was wir eigentlich gar nicht sein wollen, egal, ob wir an verschlossenen Türen horchen oder nicht. Es kann immer nur eine bestimmte Anzahl von Künstlern auf der Welt geben. Wie Rambam mal zu mir gesagt hat: »Nicht jeder, der dicht ist, ist auch ein Dichter, Kinky.« Beim Nachdenken darüber bekam ich den Eindruck, daß ich genau deswegen New York verlassen hatte und hier unten an einer verschlossenen Tür horchte.

Ich wollte wieder nach vorn in den Bus gehen, als plötzlich die Tür aufflog. Eine leicht unheimliche Gestalt mit langem grauem Haar und Bart trat in den schmalen dunklen Gang. Sie sah aus wie Willie Nelson nach vierzehn Tagen mit Sherlock Holmes in einer Opiumhöhle.

Es war Ben Dorsey, Willies Kammerdiener und engster Mitarbeiter, auch bekannt als »Ältestes Bandmitglied der Welt«. Bevor er zu Willie kam, war er John Waynes Kammerdiener gewesen, und im Gespräch fand diese Tatsache stets schnell Erwähnung. Für das ungeschulte Auge sah er Willie so ähnlich, daß er in mehreren Filmen als Ersatzmann eingesprungen war.

»Ben«, sagte ich überrascht. »Was machst du denn hier hinten?« Soweit ich wußte, durfte praktisch niemand Willies letztes Refugium betreten.

»Ich hab da so ein Ding namens Job, Kinky«, sagte Ben. »Aber was machst du denn hier hinten?«

»Willie hat mich zu einem kleinen Fronturlaub eingeladen. Um mal aus New York rauszukommen und mit euch Jungs auf Reisen zu gehen.«

»Da hast du dir 'ne ganz schlechte Zeit ausgesucht«, sagte Ben. »Hier sind nämlich ein paar rätselhafte Sachen passiert.«

»Zum Beispiel?«

»Es war Willie, der dich eingeladen hat«, sagte Ben. »Warum fragst du ihn nicht selbst?«

Das war im Augenblick gar nicht so einfach. Gator, der Fahrer, war gerade eingestiegen und hatte den Bus mit einem fröhlichen »Alle Mann an Bord!« ruckartig in Bewegung gesetzt.

Willie ließ sich nirgends blicken.

11

»Hör nicht auf Ben«, sagte Gator, als ich mich neben ihn setzte und den Highway an uns vorbeiziehen sah. Ben war irgendwo hinten in der Küche, werkelte herum wie ein verrückter Wissenschaftler und nuschelte ständig etwas von Spiegeleisandwiches, von denen sich Nelson fast ausschließlich zu ernähren schien. Mein Gepäck hatte er auf ein anderes Klappbett befördert und behauptete, im ersten würde L. G. schlafen. L. G. war Willies Ein-Mann-Sicherheitsteam. Mit dem wollte ich mich lieber nicht anlegen.

»Ben sieht manchmal Sachen, die nicht da sind«, fuhr Gator fort.

»Wie beispielsweise Willie Nelson«, sagte ich. »Wo zum Teufel steckt der?«

»Ach, Willie, Bobbie und L. G. sammeln wir oben in Abbott auf. Das liegt an der Strecke nach Fort Worth. Wir spielen heute abend im Billy Bob's. Falls Willie seine Pläne nicht geändert hat.«

»Ändert er seine Pläne oft?«

Gator lachte. »Wenn Willie entscheidet, daß wir wenden und mit dem Bus nach Peru fahren, fahren wir mit dem Bus nach Peru.«

»Hast du ihn da schon mal hingefahren?«

»Ein paarmal«, sagte Gator lächelnd. »Aber das ist lange

her. Willie entscheidet, wo die Reise hingeht. Ich bin dafür da, daß er hinkommt. Ben ist dafür da, daß er genug Spiegeleisandwiches hat.«

»Damit sind die Autoritäten ja eindeutig delegiert.«

»Und wenn wir hier etwas auf den Tod nicht abkönnen, ist das Autorität«, sagte Gator.

Gator, der in Wirklichkeit Gates Moore hieß, war ein freundlicher, gutaussehender, lässiger Typ, der oft Routen nahm, die manchem hämorrhoidengeplagten Trucker zuviel gewesen wären. Ich kannte ihn von früheren Tourneen und mochte ihn. Ich mochte auch L. G. Manchmal kam ich sogar mit Ben Dorsey klar.

»Du kennst doch Willie«, sagte Gator, als das Hill Country wie in einem Kaleidoskop an uns vorbeiflog. »Der ist 'n Zigeuner.«

Wieder dieses Wort. Schweigend starrte ich durch die große Windschutzscheibe, während die Honeysuckle Rose die endlose Straße dahinschnaufte. Nicht zum erstenmal fragte ich mich, wohin zum Teufel ich eigentlich unterwegs war, mal abgesehen von dem Städtchen Abbott und dem Mega-Country-Schuppen namens Billy Bob's.

Abbott, Texas, ist so klein, daß man den Eindruck hat, ein anständiges Unwetter könnte den Ort wegspülen. Kein zufälliger Gedanke, denn als wir ankamen, goß es in Strömen. Hier war Willie Nelson in einer finsteren Nacht Ende April 1933 geboren worden. Im Mai des Jahres war Jimmie Rodgers, der legendäre Singin' Brakeman, in New York City an TBC gestorben, wodurch die beiden Giganten der Countrymusik zwar eine gewisse kosmische Verbindung eingingen, wodurch es für Rodgers andererseits aber auch schwierig wurde, mit Nelson auf einem Duoalbum zu erscheinen.

Ich betrachtete gerade ein brettervernageltes Schaufenster im Regen und dachte an New York, als Gator urplötzlich nach rechts abbog, wobei ich fast meine Zigarre verschluckt hätte. Jetzt brausten wir eine kleine Landstraße entlang, die unter dem Baldachin aus Bäumen und Regen einem grüngrauen Tunnel glich.

»In dieser kleinen Straße«, sagte Gator und ging kurz vom Gas, »wurde Willie geboren.«

»Wie hübsch«, sagte ich. Außer Regen war nichts zu erkennen.

Als ich den Grauschleier optisch zu durchdringen versuchte, hörte ich eine seltsame Stimme, die mir leise ins linke Ohr sang:

»I have often walked down this street before
But the pavement always stayed beneath my feet before ...«

Ich drehte mich um und sah Ben Dorsey vor mir. Er lächelte, aber seine Augen waren einen Moment lang definitiv die eines Wahnsinnigen.

»Eine neue Facette von Ben Dorsey«, sagte Gator, hielt an und öffnete einem kalten Wolkenbruch die Tür.

Sekunden später hatten Willie und seine Schwester Bobbie den Bus bestiegen, unmittelbar gefolgt von der tätowierten Hünengestalt von L. G. Mit L. G. hinter ihnen sahen die beiden wie Lebkuchenmännlein aus, von Natur aus gut, fast elfenhaft und in gewisser Weise zarter, als sich in Worten und Musik ausdrücken läßt. Dann schloß sich die Tür. Dann fuhr der Bus wieder an. Dann waren wir *on the road again.*

»Hier, das müßte dir gefallen«, sagte Willie, bugsierte mich zum Tischchen und drückte eine Kassette in die

Stereoanlage. »Das ist ein Song, den wir vielleicht zusammen singen können.«

Ich wußte, welchen Song er meinte, noch bevor dieser zu hören war. Ned Sublett hatte ihn geschrieben, und irgendwie hatte Willie ihn vor Jahren in die Finger bekommen. Seitdem hatten wir immer wieder Versionen ausgetauscht und mit dem Gedanken gespielt, den ziemlich abartigen Song irgendwann einmal aufzunehmen. Er hieß »Cowboys Are Frequently Secretly Fond of Each Other«.

Als er im Lautsprecher erklang, legte Willie den Kopf auf die Seite und lauschte verzückt.

»Also«, sagte er, »wir beide sollten diesen Hurensohn wirklich mal aufnehmen.«

»Ich träume von nichts anderem«, sagte ich und zwinkerte Bobbie zu.

»Tja, unser Geburtshaus steht nicht mehr«, sagte Willie und wechselte das Thema mit der Gewandtheit eines Geisteskranken.

»Willie hat ein neues gebaut«, sagte Bobbie. »Das Original hat man abgerissen, ohne uns vorher Bescheid zu sagen. Wir waren irgendwo auf Tour, als das passiert ist.«

»Also was den Song angeht…«, meldete ich mich zaghaft zu Wort.

»Das Schlafzimmer, in dem ich geboren wurde, konnte erhalten werden«, sagte Willie und holte einen Joint heraus, der die Größe und Gestalt eines altmodischen Gastanks auf dem Lande hatte. Er zündete ihn an und inhalierte tief.

»Was haben sie damit gemacht?« fragte ich und gab den Geist auf.

»Was haben sie womit gemacht?« fragte Willie zurück.

Er hielt mir den Joint hin, und seine Augen funkelten wie Sterne.

»Was haben sie mit dem Schlafzimmer gemacht, in dem du geboren wurdest?« fragte ich, nahm den Joint und einen Zug. Was soll's, dachte ich, ich war ja nicht im Dienst. Ich konnte mich allerdings auch nicht erinnern, ob ich je im Dienst gewesen war.

»Das steht heute am andern Ende der Stadt«, sagte Willie. »Ich glaube, heute wohnt da eine schwarze Familie.«

Ich sah kurz durchs Fenster in den Regen hinaus. Er prasselte nicht mehr so hart wie zuvor auf den Randstreifen der Landstraße.

»Andere Zeiten, andere Nachbarn«, sagte ich.

12

Wenn man bei einem Gig von Willie Nelson in den Kulissen steht, fühlt man sich wie der Papagei auf der Schulter von dem Typen, der das Riesenrad bedient. Es ist zwar kein Logenplatz, aber man bekommt doch genug Licht, Action, Leute und Chaos mit, daß man sich fragt, ob da eigentlich noch irgend jemand durchblickt. Für die Leute in der ersten Reihe läuft der Gig natürlich so reibungslos wie der deutsche Zugverkehr, aber Willie Nelson würde wie jeder große Zauberkünstler als allererster darauf hinweisen, daß die eigentliche Show nie in der Manege stattfindet.

Die Stimmung hinter den Kulissen ist bei jedem Konzert, ob nun am Broadway, im Zirkus oder in einem schäbigen kleinen Country-Schuppen in Nacogdoches, Texas, grundsätzlich immer gleich. Die spürbare Nähe der Leute, die irgendwo da draußen auf den Auftritt warten. Wenn man echte Traute hat, kann man den Vorhang ein Stück wegziehen und sich das echte Publikum ansehen, das da sitzt und darauf wartet, von jemandem, in diesem Fall einem selbst, unterhalten zu werden. Die Kleinigkeiten, an die man denkt oder gerade nicht denkt, um sich auf den Augenblick vorzubereiten, wenn der Mann sagt: »Noch fünf Minuten, Mr. Jolson.«

Aus diesem Grund kotzte Richard Burton vor praktisch jedem Live-Auftritt seines Lebens. Und teils aus diesem Grund schluckte George Jones seinen Early-Times-Bourbon, Judy Garland ihre Bluebirds und war manch ein leuchtend strahlender Stern am Musikhimmel schon bald ausgebrannt. Allein im Rampenlicht zu stehen, oben auf dem Hochseil und ohne Netz, ist eine Situation, mit der Willie Nelson die meiste Zeit seines Erwachsenenlebens klarkommen mußte. Hat er dafür besondere Tricks entwickelt? Wird er je nervös? Ich war neugierig, wollte ihm aber unmittelbar vor der Show keine so schweren Fragen stellen. Also trieb ich mich weiter in den Kulissen herum. Schließlich war ich zu Gast im freien Amerika.

Willies Team erinnerte an eine Zigeunerschar, die gerade bei einem Rolex-Großhändler eingebrochen ist. Die meisten kannte ich, und viele waren freundlich, aber alle hatten zu tun. Der Konzertbeginn rückte näher, und wie Ben gesagt hatte, hatten sie da so ein Ding namens Job. Ich konnte Poodie Locke begrüßen, Willies technischen Leiter, der den längsten Zopf von allen hatte, um das zu unterstreichen. Willie hatte Poodie auf der Gangway der Arche Noah kennengelernt, wo dieser unmittelbar hinter Paul English gestanden hatte, Willies Schlagzeuger. Poodie balancierte auf einem kleinen Berg Lautsprecherzubehör und schrie Anweisungen in ein Walkie-talkie.

»Na, Poodie, wie sieht's denn aus heut' abend?« fragte ich, nachdem er mich entdeckt und zu sich gewinkt hatte.

»Genauso wie an jedem anderen Scheißabend in den letzten fünfundzwanzig Jahren«, sagte er. »Zum Glück haben wir nichts unter Kontrolle.«

Die Atmosphäre in den Kulissen schien hektischer zu werden, also ließ ich mich zu den Garderoben treiben, die sich zunehmend mit Lokalgrößen füllten, aber auch mit abgewrackten Groupies, bei denen in Nashville immer zum Resteficken geblasen wurde. Das An- und Abfluten des Gesindels verlieh dem Ort eine Aura, die an einen Lesesaal der Christian Scientists zur Happy-Hour erinnerte.

In einer Ecke entdeckte ich Larry Trader, einen alten Freund und Promoter von Willie, der meiner Band mal aus der Klemme geholfen hatte, als ein Haufen osttexanischer Rednecks die Texas Jewboys hatte lynchen wollen. Larry hatte den dortigen Gig zwar angekündigt, aber ich hatte den Fehler gemacht, auch auftreten zu wollen.

»Meine Güte«, sagte ich, »zieht er immer so viele Blinde und Rollstuhlfahrer an? Ist ja die reinste Erweckungsversammlung wie zu Olims Zeiten.«

»Will ist zwar kein Halbgott in Weiß«, sagte Trader lachend, »aber er heilt immerhin durch Musik. Du hast recht, es hat wirklich was von einer Erweckungsversammlung wie zu Olims Zeiten.«

»Oh yeah«, sagte ich, tat einen kräftigen Zug an der Lone-Star-Flasche und betrachtete dabei durch eine Seitentür schläfrig die Menge der erwartungsvollen Gläubigen.

»Wenn er uns beide auch erwecken könnte«, sagte Trader, »wäre alles geritzt.«

Die Band war mit dem Stimmen fast fertig, also klinkte ich mich aus und im Backstage-Bereich wieder ein, wo ein prima Festschmaus und wegen der Hitze jede Menge Drinks aufgebaut worden waren. Ich tauschte das einsame Lone Star gegen einen doppelten Jack Daniel's und einen Dr. Pecker zum Nachspülen. In jeder Hand ein Glas, ging ich wieder Richtung Bühne, hielt mich aber außer Sicht des Publikums. Ich stand im Schatten, rauchte eine Zigarre und nippte abwechselnd von den Gläsern – was übrigens gar nicht so einfach unter einen Cowboyhut zu bringen ist –, als mich plötzlich eine Stimme so erschreckte, daß mir die Zigarre fast in den Dr. Pecker gefallen wäre.

»Komm, ich zeig dir was«, sagte sie dicht hinter mir.

Es war Willie Nelson, die Gitarre um den Hals und im vollen Rodeofummel für den Auftritt, was bei ihm hieß: Jeans, T-Shirt, Turnschuhe und Halstuch. Ben Dorsey mußte sich als Kammerdiener offensichtlich nicht gerade den Arsch aufreißen.

Willie zog den Bühnenvorhang ein Stück beiseite, wobei er darauf achtete, daß wir im Halbdunkel blieben, und zeigte mir eine ausgetickte und zunehmend betrunkene Menge, die im Billy Bob's dichter zusammengepreßt wurde als geräucherte Austern in Hongkong und allmählich unruhig wurde. Aus unserem verborgenen Winkel wirkte ihr Anblick merkwürdig beklemmend, aber Willie ließ das so kalt wie ein Spaziergang über den Campingplatz.

»Da findet die echte Show statt«, sagte er.

»Wenn das die echte Show ist, will ich mein Geld zurück«, sagte ich.

»Ist dir klar«, fuhr Willie gedämpft, besänftigend und feierlich fort, »daß neunundneunzig Prozent dieser Menschen nicht mit ihrer ersten wahren Liebe hier sind?«

»Ist dir klar«, entgegnete ich, »daß wir beide auch nicht mit unserer ersten wahren Liebe hier sind? Ich weiß unsere latent homosexuelle Zweierkiste zu schätzen, aber früher oder später …«

Willie hörte meinem blühenden Cocktailblödsinn jedoch gar nicht zu. Wenn überhaupt, nahm er gerade selbst eifrig Jeanne-d'Arc-Stunden. Er sah noch einen Augenblick zur Menge hinaus, dann ließ er den Vorhang los, und wir standen wieder im Zwielicht.

»Deswegen schmeißen die Leute aus Nostalgie auch immer was in die Jukebox«, sagte er.

13

Regierungen, ganze Zivilisationen, ja selbst Fast-Food-Ketten werden und vergehen in der Zeit, die Willie Nelson nach einem Gig mit Signieren verbringt. Fairerweise sollte man hinzufügen, daß er mit der Abgeklärtheit des alten Mahatma an die Angelegenheit herangeht und an jedem einzelnen Fan echtes Interesse zeigt. Das ist keineswegs bei allen Berühmtheiten und Entertainern so. Als einmal die Mutter eines Basketballspielers der New York Knicks nach einem Spiel den anwesenden Bill Cosby um ein Autogramm bat, sagte er: »Sie hören von uns.« Dem *National Enquirer* zufolge, dieser Leuchte der Wahrheit im Spiegelkabinett der von uns so genannten modernen Welt, führt sich Barry Antelope noch schlimmer auf. Der hat mal ein Konzert in Florida beendet und sich im Gegensatz zu Willie geweigert, Autogramme zu geben. Als sich eine übereifrige Anhängerin trotzdem zu seiner Limousine vorkämpfte und ihm ihr kleines Autogrammalbum hinhielt, schrieb er ihr die zartfühlende Widmung hinein: »Scher dich zum Teufel. Barry Antelope.« Gott allein weiß, wie dann erst John Denver und Alan Alda sein mögen.

Das Konzert war ein echter Killerbienen-Abräumer gewesen und hatte gelegentlich hypnotische Qualitäten erreicht. Willies ausgedehntes Love-in mit seinen Fans bot mir die Gelegenheit, alte Bekanntschaften mit den Bandmitgliedern und Roadies aufzuwärmen, mit denen ich in nächster Zeit unterwegs sein würde. Leicht überrascht merkte ich, daß mir McGovern, Rambam, Chinga und selbst Ratso fehlten. Mir fehlten sogar *beide* Ratsos, der in New York und der in Washington. Kürzlich hatte ich erfahren, daß Washington-Ratso Gründungsmitglied einer kleinen, ziemlich ominösen Gesellschaft war, die sich *Männer der Titanic* nannte. Sie zelebrierten die Ritterlichkeit der Männer, die mit der *Titanic* untergegangen waren, und wollten die heutige Gesellschaft mit dieser Zivilcourage und diesem Ehrgefühl erfüllen. Für diese Arbeit mußte man wohl geboren sein.

Trotzdem bekämpfte ich meine Sehnsucht wie ein heimwehkrankes Sommerlagerkid auf der Echo Hill Ranch und wagte mich hinaus in eine schöne neue Welt, die von ähnlich schillernden Gestalten bevölkert wurde, oft sogar mit ähnlich absurden Tiernamen. Für Willie arbeiteten nicht nur Gator und Poodie, im Lauf der Jahre hatten sich auch Wesen wie Snake, Beast, Bee und Pooh-Bah der Karawane angeschlossen und sie wieder verlassen. Zu Menschen mit merkwürdigen Tiernamen hatte ich mich schon hingezogen gefühlt, bevor ich der perverse Kinky wurde. Daß ich seit neunundvierzig Jahren damit schlechte Erfahrungen machte, war schließlich noch lange kein Grund, mitten im Strom die Pferde zu wechseln.

Ich ging zu den Garderoben zurück und stieß auf Willies Mundharmonikaspieler Mickey Raphael, der gerade den Austausch von Telefonnummern und Hobbys mit drei attraktiven jungen Tittentrullas über die Bühne und siebenundachtzig Maulorgeln verschiedener, irgendwie freudianischer Formen und Größen von der Bühne brachte.

»Wehe, du vergißt, mich anzurufen, wenn ihr nach Lubbock kommt, Mickey«, sagte eine der drei kichernd, als sie die Garderobe verließen.

»Und, wirst du sie anrufen?« fragte ich, nachdem das Trio verschwunden war.

»Warum nicht?« meinte er. »In Lubbock ist ja sonst nicht viel los.«

»Du könntest Buddy Hollys Grab besuchen«, schlug ich vor und nahm mir ein Pearl Beer aus einer der herumstehenden Kühlboxen.

»Das mach ich eh schon, Kinkster«, sagte Mickey. »Jeden Abend, den wir auf Tour sind.«

Womit er irgendwie recht hatte, dachte ich. Das Tourleben brachte einen so langsam und schleichend um, daß man nach einiger Zeit nicht mehr wußte, ob man eigentlich nicht schon tot war. Man wollte es auch gar nicht wissen. Der Highway brachte einen abends ins Bett. Das Hotel weckte einen morgens auf. Jemand sorgte dafür, daß Gitarren und Gepäck hinkamen, wo sie hinsollten, und man selbst fand da in der Regel auch hin. Eines Tages fand man sich vielleicht in Lubbock wieder, und wenn man die Nummer nicht längst verloren hatte und sich noch erinnern konnte, wer sie einem gegeben hatte, rief man vielleicht an.

»Vielleicht brauchst du mal 'ne Pause«, sagte ich. »Kehr der Straße den Rücken. Geh eine Weile zu den Leuten vom Shalom Retirement Village.«

Mickey Raphael sah sich verstohlener in der Garderobe um, als ich für unbedingt nötig hielt, und trat dann dicht an mich heran.

»Eigentlich bist du doch ein recht attraktiver junger Mann«, sagte ich.

»Ich ruf dich an, wenn ich in New York bin«, sagte er.

»Aber ich brauch die Pause bestimmt nicht. Ich mach mir eher Sorgen um Willie.«

»Wie meinst du das? Willie ist derselbe wie eh und je. Das war heute abend einer seiner besten Gigs aller Zeiten.«

»Ja, ich weiß. Er läßt sich nie was anmerken. Man merkt es nur, wenn man jeden Abend mit ihm zu tun hat. Ich sag dir, irgend etwas liegt ihm schwer im Magen, und das paßt einfach nicht zu ihm.«

»Vielleicht hat er Krach mit Annie.«

Annie war Willies siebenundneunzigste Frau, und selbst einer June Cleaver wäre eine Ehe mit Willie Nelson schwergefallen. Andererseits hatten sie eine Lizenz zum Streiten, wie Hank Williams immer gesagt hatte.

»Vergiß nicht, daß ich die meisten Frauen von Willie mitbekommen habe«, sagte Mickey, »ganz zu schweigen vom Finanzamt, das mir die blöden Harmonikas weggenommen hat, und jeder Menge sonstigem Scheiß. Aber so wie jetzt hab ich ihn noch nie erlebt. Und nicht nur mir fällt das auf. Allen fällt das auf. Wenn ich abergläubisch wäre, würd ich sagen, er wird von irgendwas heimgesucht.«

»Hör mal, Mick, Willie hat mich zu dieser Tour eingeladen, weil ich dachte, *ich* klinke aus, und jetzt erzählst du mir, du glaubst, *er* klinkt aus?«

»Wenn du schon mal hier bist, kannst du auch ein bißchen Amateurschnüffler spielen. Klemm dich dahinter, was ihm da für 'ne Laus über die Leber joggt. Du weißt doch, daß er 's von sich aus keinem erzählt.«

»Immer sachte mit den jungen Bräuten. Das ist eine ganz andere Krisen-Hotline. Ich bin kein Seelenklempner. Ich hab nicht mal 'ne Lizenz als Privatdetektiv. Ich bin als stinknormaler Freund hier.«

»Genau deswegen sollst du es ja auch machen. Du bist weder sein Anwalt noch sein Buchhalter. Du arbeitest nicht für ihn, sondern bist sein Freund. Dann sei auch ein Freund.«

»Ich wüßte gar nicht, wo ich anfangen soll.«

»Red mit Just Bill. Mit dem hat Willie in letzter Zeit viel zusammengehockt. Sag ihm, Groucho schickt dich.«

»Just Bill? Ist das der ganze Name?«

»Just Bill und nichts anderes«, sagte Mickey.

14

Um einen zweiten Befund einzuholen, oder sogar einen dritten, wenn man Ben Dorseys mitzählen will, nahm ich mir noch ein Pearl und stromerte weiter durch den Backstage-Bereich. Wie ich sah, war Willie immer noch draußen, lächelte, gab Autogramme und posierte für die Fotografen; die Menschenmenge scharte sich um ihn wie ein freundlicher Lynchmob. Die restliche Bevölkerung Nordamerikas steckte anscheinend hier im Backstage-Bereich, was es mir nicht gerade leichtmachte, unauffällig Leute anzusprechen, um sie zu fragen, ob Willie Nelson ihrer Meinung nach auf einem anderen Planeten kochte.

Ich entdeckte Paul English, der Willie länger kannte als jeder andere, dessen Schwester Bobbie mal ausgenommen, aber er hatte anscheinend viel zu tun. Er hatte sich gerade mit dem Bassisten Bee Spears in der Wolle, während sich beide einen Weg zu den Bussen bahnten, die hinter dem Billy Bob's geparkt worden waren. Meiner Erfahrung nach verbringen Schlagzeuger, meistens die ausgeflipptesten Musiker einer Band, und Bassisten, meistens die langweiligsten, hinter der Bühne sehr viel Zeit miteinander, sind aber praktisch nie einer Meinung. Diesmal bekam ich bloß ein kurzes päpstliches Winken von Bee und ein leicht teuflisches Lächeln von Paul.

Wird schon noch werden, sagte ich mir. Das Schöne am Touren war, daß man früher oder später jeden einholte.

Zu denen, die ich früher einholte, gehörte Willies Gitarrist Jody Payne, der seine Klampfe gerade in ihren Kasten bettete wie ein Kind in den Sarg.

»Wo hast du Willie das erstemal gesehen?« fragte ich, als er den Gitarrenkasten zuschnappen ließ.

»1962 in Detroit«, sagte Jody, der einen guten Kronzeugen abgegeben hätte, weil er sich auf wundersame Weise an alles erinnerte. »In der West Fort Tavern. Willie ist bei ein paar Songs eingesprungen und hat ›Half a Man‹ gesungen, was mich einfach umgehauen hat. Dann ist der Barbesitzer zu mir gekommen und hat gemeint: ›Laß den bloß nicht mehr auf die Bühne. Das ist der schlechteste Sänger, den ich je gehört hab.‹«

»Dasselbe hat der Gesangslehrer mal zu Enrico Caruso gesagt.«

»Mit wem hat der denn gespielt?« fragte Jody.

»Mit Clayton Delaney«, sagte ich. Jody griff nach dem Gitarrenkoffer und ich nach einer Flasche Shiner's-Dunkelbier. »Paß auf, Jody«, sagte ich, »mal unter sechs Augen, wenn man Lefty Frizzell mitzählt, sind dir an Willie in letzter Zeit irgendwelche Veränderungen aufgefallen?«

Jody stellte den Gitarrenkoffer wieder ab. Sein zuvor fröhliches Gesicht verdüsterte sich sorgenvoll.

»Ich weiß, daß du sein Freund bist, deswegen verrate ich's dir. Er hat sich sogar verdammt verändert. Ich kenne seine Tricks schließlich in- und auswendig. Als ich ihn kennengelernt hab, war er Bassist bei Ray Price und hat es dermaßen schlau hingekriegt, daß Ray sechs

Monate gebraucht hat, um zu schnallen, daß Willie gar nicht Baß spielen konnte. Ich hatte das nach rund fünf Minuten raus. Aber diesmal bin ich echt überfragt. Irgendwas nagt an ihm, aber er will's einfach nicht zugeben.«

Irgendwas nagte an uns allen, dachte ich, und wir wollten das auch nicht zugeben. Es war eine Kleinigkeit namens Leben, und das würde wohl weiter nagen, bis nur noch eine Katze übrig war und auf die Postkarte pißte, die wir in der Geheimtasche unserer Kindheit vergessen hatten. Yes, Ma'am, das Leben wird uns alle bei lebendigem Leibe auffressen. Dann bestellt es eine Crème brûlée und hinterher vielleicht noch einen Digestif. Und zuletzt prellt es die Zeche.

»He«, sagte Jody Payne, »du hast dich da oben in New York im Kampf gegen das Verbrechen doch ganz wacker geschlagen. Warum versuchst du nicht mal, hier bei der Tour zu ermitteln?«

»Ich habe keinen Klienten«, sagte ich.

Danach klapperte ich noch eine halbe Stunde lang den Backstage-Bereich ab, erfuhr aber nichts Erhellendes über Willies gegenwärtigen Geisteszustand. Gut, ein paar Angehörige der Willie Nelson Family fanden, daß er in letzter Zeit nervös, cholerisch und zerstreut war. Aber vielleicht bleibt das nicht aus, wenn man sein Leben auf Tour verbringt, jährlich 365 Konzerte abhält, sieben Regenwälder Gras wegkifft und nach jedem Gig einem besoffenen, längst vergessenen und feindseligen Rindvieh von der High-School über den Weg läuft, das einem ununterbrochen die Hand schüttelt und ständig wiederholt: »Na, wie heiß ich? Du kommst nicht drauf, was? Du Arsch weißt nicht mal mehr, wie ich heiße. Wie heiß ich? Los, sag schon!«

Ich werd dir schon sagen, wie du heißt, dachte ich. Du heißt Schnarchsack. Du heißt Quälgeist. Brüderchen Quälgeist Schnarchsack Arschgesicht. Hab ich recht? Aber Willie hätte so etwas nie gesagt. Jedenfalls nicht mein alter Willie.

Auf dem Weg zu den Bussen hinaus kam ich in der Eingangshalle an einem kleinen Raum vorbei, wo ein Radiofritze aus der Gegend Bobbie Nelson interviewte. Bobbie und ich waren Seelenverwandte, und sie winkte mir zu wie ein kleines Mädchen aus einem längst entschwundenen Klassenzimmer der Grundschule. Vielleicht würden wir uns später noch über die Sache unterhalten, vielleicht auch nicht. Vielleicht würde ich Willies Geisteszustand in seinem Kopf lassen, genau wie viele andere Angelegenheiten, die mich einen feuchten Dreck angingen. Die ganzen Wunderfitze wollten eh nur wissen, was los war, um einen dann, wenn man es herausgefunden hatte, höchstwahrscheinlich mit heißer Nadel zu kreuzigen.

Auf dem Parkplatz hinter dem Billy Bob's fand ich Lana Nelson zusammen mit Doug Holloway und Sammy Allred von den berühmten Geezinslaw Brothers. Sammy und Doug waren aus Austin gekommen, um den Gig nicht zu verpassen, und Lana war natürlich mit Daddy auf Tour gewesen, seit sie mit dem Seilspringen auf dem Schulhof aufgehört hatte – ein Reifezeugnis, das Sammy, Doug und ich bis heute nicht vorweisen konnten. Lana hatte einen modisch gekleideten, attraktiven jungen Mann dabei, der die Aura verströmte, sich mal unters gemeine Volk mischen zu wollen, was auf dem Parkplatz vom Billy Bob's auch nicht weiter schwer war.

»Howdy«, sagte er und gab allen seine schlaffe Hand.

»War grad in Texas und dachte, ich nehme mal ein Konzert von Willie mit. Er ist der Größte, was? Der gibt echt nie auf.«

»Trevor ist Schauspieler in Hollywood«, sagte Lana.

»Ach ja?« meinte Sammy. »In welchem Restaurant?«

15

Wenn man genug Einzelkonzerte gegeben hat, stellt man früher oder später fest, daß alle Orte, die man durchquert, und alle Leute, die man trifft, nur beliebige Stationen auf dem Weg sind. Wohin dieser Weg führt, weiß man dann noch weniger als zu Beginn der Reise. Aber man hat das Gefühl, man muß weitermachen, selbst wenn es einen umbringt, und das tut es natürlich auch zwangsläufig auf die eine oder andere Weise.

1976 war ich nach vier harten Tourjahren mit den Texas Jewboys und langen Monaten als Teil von Bob Dylans Rolling Thunder Revue ein ziemlich chronischer Fall von »Weckt mich, wenn wir da sind, falls wir überhaupt hinfahren«. Erschöpfung, Weltekel und ein Personenzug voll peruanischer Marschverpflegung hatten meiner Grauzellenabteilung eine dreifache Dornenkrone aufgedrückt, und meine Seele war immer noch in einer chemischen Reinigung der *Town we'd left behind*.

Ich war ein Applausjunkie geworden, ein dressierter Seehund, flog unter elf verschiedenen Kräutern und Gewürzen und war so high, daß ich eine Trittleiter brauchte, um mich am Hintern zu kratzen, so high, daß ich langsam einsam wurde. Ich rotierte geistig in anderen Sphären. War ein faselnder Buckliger, der von Stadt zu Stadt reiste und dem bis auf den nächsten Hit alles schnuppe war. Aber wahrscheinlich wurde man erst nach Jahrmillionen zu einer Schnuppe, bei der sich eine einsame Grille etwas wünschen konnte.

Eines schönen Tages wanderte ich an einem menschenleeren Strand auf Jalapa vor der Küste von Mazatlán dahin, mit einem weiteren Jewboy ins Gespräch vertieft. Einem Jewboy aus Minnesota. Es war ein warmer Tropentag, aber er behielt seine schwarze Lederjacke an. Vielleicht wehte ihn von fern her ein Eishauch an, den außer ihm niemand spürte. Vielleicht war das bei seinen Leuten so Sitte. Sollte er einen Grund für sein Verhalten gehabt haben, so gab er ihn nicht preis. Wie sich Sherlock Holmes nur zurückhaltend über unabgeschlossene Fälle äußerte, so war Bob Dylan äußerst diskret, was Auskünfte über die spirituelle Maschinerie seines Lebens anging. Ihm reichten zwei Zeilen aus eigener Feder: *She never stumbles / She's got no place to fall.*

Als wir über jenen fernen Strand spazierten, waren Bob und ich schon über elf Monate lang auf Reisen, und mir kam es vor wie ein ganzes Jahr. Rolling Thunder hatte weitere Strecken zurückgelegt als Willy Loman oder der italienische Forschungsreisende Clitorius Ferrero auf seinen folgenreichen Expeditionen im 16. Jahrhundert. Bob Dylan war wahrscheinlich schon vor mehr Menschen aufgetreten als der Papst. Natürlich gibt ab und zu ein Papst den Löffel ab, und dann tritt der nächste vor den Kommunionshostienteller. Weißer oder schwarzer Rauch steigt vom Vatikan auf, und je nachdem, welcher es ist, knien sich entweder alle hin und beten, oder sie tanzen herum und singen »The Wicked Witch Is Dead«.

Aber es gab nur einen Bob Dylan, und sollte der je stolpern, würde er viele Menschen und eine dicke

83

Scheibe Musikgeschichte mit sich nehmen, außerdem eine Phalanx von Promotern, einen Berg von Buchhaltern, eine Armee von Anwälten und eine Kette von Kritikern der *New York Times*, ganz zu schweigen von meinem Freund Tommy Masters, der damals den Bus fuhr.

»Ich kannte mal einen Zigeunerkönig«, sagte Bob. »Mit dem bin ich durch Spanien gereist.«

»War noch nie in Spanien«, sagte ich.

»Er hatte zehn Frauen und über hundert Kinder ...«

»Bei fünf Dollar die Nummer reicht das fast für 'nen zweiten Auftritt.«

»Und der hatte einen Jungen bei sich, so eine Art Mystiker oder heiliger Narr. Der konnte mit bloßen Händen eine Fliege fangen. Er hat die Hand ganz langsam bewegt, und jedesmal hat er die Fliege gefangen.«

»Eine Fliege wie in ›Ich hab grad keine um‹ oder eine wie die, die Emily Dickinson beim Sterben gehört hat?«

Dylan beachtete die Frage nicht. Natürlich. Dylan beachtete prinzipiell keine Fragen.

»Ich bin dann eine Weile auf Tour gegangen, und als ich nach ein paar Jahren wieder nach Spanien gekommen bin und den König besucht hab, war er ganz allein.«

»Auf Akustikgitarre umgestiegen?«

»Als er alt und schwach wurde, hatten ihn die Frauen nach und nach verlassen und die Kinder auch. Von seiner einstigen Karawane war ihm nur ein einziger Wagen geblieben. In dem bin ich mitgefahren. Eine einsame Fahrt.«

»Was ist aus ihm geworden?«

Bob antwortete nicht gleich. Wie die »Sad-eyed Lady of the Lowlands« schien er Zigeunerwagen zu sehen, die auf den Brechern in die See hinausritten.

»Wenn man stirbt«, sagte er schließlich, »zappelt man nicht mehr am Haken.«

Bob Dylan und Willie Nelson waren die spirituellen Bücherstützen auf den musikalischen und vielleicht mystischen, auf jeden Fall staubigen Regalen meines Lebens. Beide wußten, wie sich Zigeunerkönige fühlen. Beide wußten auch, wie betäubend und geistzermalmend die Einsamkeit werden kann, wenn man einst ein Zigeunerkönig gewesen ist. Zu beiden sehe ich auf, wenn ich Weisheit und Rat brauche, obwohl beide kleiner sind als der ganze Rest der Welt, Paul Simon mal ausgenommen.

Aber ich würde um nichts in der Welt versuchen, in ihre Köpfe vorzudringen. Wäre ich einmal darin, könnte eine kleine Hand mich zu fangen versuchen, mit ganz langsamen Bewegungen wie die Windmühlenräder eines Zigeunerwagens.

16

Die Gelegenheit zum Gespräch mit Just Bill bot sich zwei Tage später, als dieser an einem kalten Abend hinter dem Holiday Inn von Oklahoma City die Frontscheinwerfer der Honeysuckle Rose mit Spucke polierte. Holiday Inns waren aus zwei Gründen Willie Nelsons Lieblingshotels. Erstens mußte man sie nicht durch die Eingangshalle betreten. Zweitens gab es in einem Holiday Inn praktisch »keine Überraschungen«. Meistens stiegen jedoch nur die Band und die Roadies wirklich im Hotel ab, während Willie nur zu besonderen Anlässen wie dem halbjährlichen Duschen seinen Schatten auf die Seiten- oder Hintertüren fallen ließ. Wäre er Rosa Parks gewesen, hätte Amerika keine Bürgerrechtsbewegung bekommen, weil er darauf beharrt hätte, hinten im Bus zu bleiben.

»Nennen dich deine Freunde ›Just‹«, fragte ich und paffte in der Dunkelheit meine Zigarre, »oder nennen sie dich Bill?«

»Just Bill«, sagte Just Bill.

Das schluckte ich, als müßte ich erst eine Weile darüber nachdenken. Just Bill hatte nicht einmal hochgesehen. Da der Bus in der nördlichen Hemisphäre stand, polierte er die Scheinwerfer geschickt und sorgfältig im Uhrzeigersinn. Er schien kein übermäßig mitteilsamer

Typ zu sein, aber als von Willie persönlich eingeladener Tourgast hatte man den Vorteil, daß sich alle wenigstens in Rufweite der Höflichkeit begaben, ob sie einen nun mochten oder nicht. Just Bill gab sich bestimmt redlich Mühe, ein entgegenkommender Gastgeber zu sein. Und ich gab mir redlich Mühe, kein abstoßender Gast zu sein. Außerdem hatte Willie in den verschiedenen Kasinos der Erfahrung so viele Freunde, daß niemand mit Gewißheit sagen konnte, wer ihn nun länger oder besser kannte. Das führte zu Rangeleien um die Spitzenpositionen auf der Innenbahn. Den Leuten, die Willie besser kannten, war klar, daß man auf verlorenem Posten stand, wenn man ergründen wollte, was in ihm vorging.

»Hör mal«, sagte ich, »wahrscheinlich ist es nicht mein Bier, und wenn du nicht darüber reden möchtest, bitte. Aber Ben macht seit Tagen Andeutungen, daß hier was faul ist, und Mickey Raphael sagt, Willie wäre aus irgendwelchen Gründen neben der Kappe, und da wollte ich dich mal fragen, was du davon hältst.«

»Noch nie von 'nem Cop namens Kinky gehört.«

»Ich bin kein Cop, ich bin Privatdetektiv.« Damit nahm ich den Mund zwar ziemlich voll, aber ich fand, es klang besser als ›Arschloch aus New York, das seine Nase in fremde Angelegenheiten steckt‹.

Just Bill richtete sich auf und musterte mich von Kopf bis Fuß, als müßte er reiflich überlegen, ob er mir den Job als stellvertretender Scheinwerferputzer anbieten könne. Das Ergebnis schien ihn nicht direkt umzuhauen.

»Außerdem ist Willie mein Freund«, sagte ich.

»Also«, sagte Just Bill. »Ben hat recht. Mickey auch. Ich weiß bloß nicht, was du und ich dagegen machen können.«

»Als erstes könntest du mir erzählen, wann dir erstmals aufgefallen ist, was dir aufgefallen ist.«

»Oh, das ist ein leichtes. Aber ich will nicht, daß Willie irgendwas von dem zu Ohren kommt, was ich dir jetzt erzähle.«

»Das ist genauso ein leichtes. Das bleibt unser kleines Geheimnis.« Ich grinste in die Dunkelheit und dachte an eine Bemerkung meines Freundes Ted Mann: »Der Kinkster kann nur die Sachen für sich behalten, die er vergessen hat.« Ich wußte nicht mehr, ob das stimmte oder nicht.

»Angefangen hat alles vor zwei Monaten«, sagte Just Bill, »als Gator den Indianer übern Haufen gefahren hat.«

»Klasse Einstieg«, sagte ich. »Würdest du das bitte näher erläutern?«

»Na ja, Gator konnte irgendwie nichts dafür. Er ist halt nachts auf dem Weg zum nächsten Gig durch die Wüste von Arizona gebrettert, und plötzlich ist da doch so ein besoffener alter Indianer glatt vor dem Bus auf die Straße getreten.«

»Verstehe. Der Bus hatte keinen eingebauten Suffindianermelder.«

»Er konnte überhaupt nichts machen. Aber es war schlimm, das kann ich dir sagen. Willie war fast genauso vor den Kopf geschlagen wie der Indianer. Er ist nämlich selber teilweise Indianer.«

Ich nickte. Früher oder später, dachte ich, werden wir alle Indianer. Bloß abwarten und Tee trinken. Ich hörte Just Bill zu, der detailverliebt weitererzählte.

»Ich hab im Leben noch nicht soviel Blut, Gedärm und Federn gesehen. Als wär uns Big Bird gegen die Windschutzscheibe gedonnert. Fürchterliche Schweinerei.«

88

»Wird dir die Arbeit nicht gerade erleichtert haben.«

»Kannste laut sagen. Hab 'ne Woche gebraucht, um den Bus sauber zu kriegen, und danach im Kühlergrill immer noch Stücke gefunden. Sahen aus wie Speckscheiben. Schön war das nicht, das kann ich dir flüstern. Da hat's von Hilfssheriffs nur so gewimmelt. Aber L. G. und der Sheriff haben sich zu einer stundenlangen Aussprache zusammengesetzt und haufenweise Papierkrieg erledigt. Gator hatte natürlich 'nen ziemlichen Schock, aber Willies war noch schlimmer. Dessen Gesicht war weiß wie 'n Laken. Und das kriegste nicht oft zu sehen bei 'nem Typen, der selbst teilweise Indianer ist. Hab ich dir schon erzählt, daß Willie selber teilweise Indianer ist?«

»Ich glaube, du hast es mal erwähnt.«

»Ist er jedenfalls, und ich glaube, er hat Angst, der Unfall könnte ein böses Omen sein oder schlechtes Karma bringen oder halt so eine von diesen üblen Plagen aus der Bibel.«

»Die biblische Plage ist schon über ihn hereingebrochen. Sie hieß Finanzamt.«

»Yeah, aber der Unfall war erst der Anfang. Es hat sich nämlich herausgestellt, daß der Typ der Medizinmann von seinem Stamm war.«

»Jesus Christus!«

»Das hat Willie auch gesagt. Er hat aber auch seinen zweiten Vornamen erwähnt.«

»H.?«

»Nein«, sagte Just Bill. »Fuckin'.«

Ich bedankte mich und ging. Wenn ein spiritueller Mensch wie Willie nervös im Gekrös wurde, war das hier ein verdammt guter Grund. Nach wenigen Schritten packte Just Bill mich am Arm.

»Aber das ist noch nicht das Schlimmste«, sagte er. »Es geht noch weiter.«

»Hab mir schon gedacht, daß dich irgendwo der Mokassin drückt.«

»Und wie. Ungefähr zwei Wochen nach dem Unfall haben wir bei einer Landwirtschaftsausstellung irgendwo in Florida einen Gig gegeben, Tausende von Meilen weit weg, und nach der Show kommt ein Typ zum Bus und gibt Willie ein kleines Wildlederpäckchen. Der Typ hatte pechschwarze Augen und lange Zöpfe, so wie Willie, nur daß sie bei ihm schwarz waren. Er hat ausgesehen wie ein zum Leben erwachter Kawliga.«

Für alle, denen Hank Williams' Talente bisher verborgen waren: »Kawliga« ist einer der besten, aber auch traurigsten Songs, die Hank je geschrieben hat. Es geht darin um einen Holzindianer, der sich in ein Indianermädchen im Antiquitätenladen gegenüber verliebt. Eines Tages kauft ein reicher Kunde das Indianermädchen und bringt es weit fort, aber der alte Kawliga bleibt. »Kawliga« ist auf gleiche Weise traurig, wie »Frosty the Snowman« traurig ist. Aber viele Leute, besonders Angestellte von Plattenfirmen, verstehen das nicht. Meine kleine Schwester Marcie hat seit Kinderzeiten das Cover eines Albums von Hank Williams an der Wand hängen. Das Album heißt *Kawliga and Other Humorous Songs*. Das Cover zeigt eins der traurigsten Bilder von Hank, das ich kenne.

»Und was war in dem Päckchen, das der Indianer Willie gegeben hat?«

»Keine Ahnung«, sagte Just Bill. »Ich hab gesehen, wie er's aufgemacht, reingeschaut und dann einfach in die Tasche gesteckt hat.«

»Hat er irgendwas gesagt?«

»Ja. Er hat gesagt, der Indianer, den wir über den Haufen gefahren hatten, würde zurückkommen und ihn finden. Ich hab Willie daraufhin gefragt, was der tote Indianer seiner Meinung machen würde, wenn er ihn gefunden hätte.«

»Und was hat Willie gesagt?«

»Willie hat gesagt: ›Mich umbringen natürlich.‹«

17

Da ich an die alten Indianerlegenden und -flüche genauso glaubte wie jeder Amerikaner, der in einer Stadt mit indianischem Namen wohnt, wußte ich, daß man sich über so etwas lieber nicht lustig machte. Als ich vor einigen Jahren durch das australische Outback reiste, fand ich mich in einem Land wieder, in dem die Zeit stehengeblieben war. Ich rief in meinem Luxushotel die Rezeption an und fragte, auf welchem Fernsehkanal CNN käme. Der Empfangschef sagte: »Sir, was bitte ist CNN?«

Bevor ich mich dann auf den Treck durchs Outback machte, ging ich die Liste von Sachen durch, die man als Weißer braucht, um die Reise gesund und munter zu überstehen, und sah mir dann an, was die Aborigines für dieselbe Reise brauchen. Als Weißer braucht man folgendes: robuste Wanderstiefel, große Feldflaschen mit ausreichend Wasser, Verbandskasten, Funkgerät, Taschenlampe, Konservendosen mit allen erdenklichen Lebensmitteln unter der Sonne (weswegen sie ja auch eingedost werden), breitkrempiger Hut mit einem Loch seitlich in der Krempe für das Funkgerät oder Walkie-talkie, Gewehr und Messer zum Selbstschutz für den Fall, daß man noch so einen Idioten wie sich selbst trifft, Karten der Gegend (die sich aber nicht groß verändert hat, seit Banjo Paterson 1896 »Waltzing Matilda« schrieb), Telefon- und Fax-nummern, damit man im Notfall den nächsten Koala-bären (strenggenommen gar kein Bär), der einen Pager hat, anpiepen kann, und Serum gegen Schlangen- und Spinnengift. Wenn man allerdings von der australischen Schwarzen Witwe gebissen wird, heißt es schon bei der Premiere gute Nacht. Übrigens frißt das Weibchen dieser Schwarzen Witwe sein Männchen bei der Paarung auf. Meinem Freund Piers Akerman zufolge hat das Männchen einen Penis, der wie ein Korkenzieher aussieht; das erklärt vielleicht das Verhalten des Weibchens. Wenn man von einer Taipanschlange gebissen wird, hat man leider auch keine Zeit mehr, sich die aktuelle Software-Version zu besorgen. Der Taipan denaturiert das Blut, spaltet es sofort und total auf. In Australien heißt es, ein Taipan könne ein Pferd in einer halben Sekunde umbringen. Das wäre also die Liste von Sachen gewesen, die man als Weißer braucht, um im Outback zu überleben. Die Liste für Aborigines ist naturgemäß sehr viel kürzer. Sie umfaßt eigentlich nur einen Gegenstand: einen Stock.

Als ich damals das Gebiet um Ayers Rock – oder Uluru, wie er bei den Aborigines heißt – bereiste, stieß ich auf ein uraltes Ritual, das vielleicht erklären könnte, was heute einer der letzten amerikanischen Volkslegen-den, Willie Nelson, drohte. Es erklärt vielleicht, warum der Geist eines toten Indianers zurückkehren und einen quicklebendigen Amerikaner zerstören könnte, der seine Teilabstammung von den amerikanischen Ureinwoh-nern in hohen Ehren hielt. Der besagte Ritus der Abori-gines ist ziemlich morbider Natur. Er heißt »Das Zeigen des Knochens«.

»Das Zeigen des Knochens« ist ein Jahrtausende altes Ritual. Es wird nur sehr selten angewendet und dann auch nur vom Maban-tjara, dem spirituellen Oberhaupt eines Aborigines-Stammes. Es ist ein mystisches und unfehlbares Todesurteil. Wenn das Oberhaupt mit einem bestimmten, geweihten Knochensplitter auf einen zeigt, wird man sterben. Punkt, Schluß. Und der Tod tritt unweigerlich in den nächsten zwei bis drei Tagen ein. Er kommt von innen und tötet das Opfer auf eine obskure Art und Weise, wie sie die zivilisierte Welt nicht versteht. Für den erfolgreichen Verlauf des Rituals muß nur eine Voraussetzung erfüllt werden: Das Opfer muß daran glauben, daß es am »Zeigen des Knochens« sterben wird. Aber nur sehr wenige Aborigines sind ungläubige Thomasse.

In unserer modernen und aufgeklärten Gesellschaft gibt es kein genaues Gegenstück zum »Zeigen des Knochens«. Aber auch unsere Kultur hat ihre unleugbaren Todesurteile. Wenn der Arzt sagt, daß man Aids oder Krebs im Endstadium hat und sterben wird, tut man das üblicherweise auch. Man braucht vielleicht etwas länger als die Aborigines, um die Traumzeit, wie sie das nennen, zu erreichen, aber wenn man seinem Arzt vertraut, findet man schon hin. Nur selten setzt sich der Patient in unserer modernen Gesellschaft über die düsteren Zauberformeln des Arztes hinweg. Eine solche Ausnahme war George Burns' geradezu religiöses Beharren auf dem Zigarrenrauchen. An seinem hundertsten Geburtstag wurde er gefragt, was sein Arzt denn davon halte, daß er weiterhin rauche. »Mein Arzt ist tot«, sagte Burns.

Ich wollte nicht, daß Willie Nelson etwas zustieß. *»Stay all night, stay a little longer«*, dachte ich. Aber Just Bills verstörende Erzählung brannte ein häßliches kleines Szenario in eine ungefegte Ecke meiner Grauzellenabteilung. Seine Version der Ereignisse konnte natürlich

Quatsch mit Soße und wildem Honig sein, aber den Eindruck hatte ich eigentlich nicht. Wenn Willie Nelson wirklich an etwas glaubte, was mit dem »Zeigen des Knochens« verwandt war, und wenn wirklich jemand mit dem Ding auf ihn zielte, dann konnte ich beim Versuch, ihm zu helfen, in Teufels Küche kommen. So wie bei einem Rettungsversuch von einem »Angel Flying Too Close to the Ground«.

18

Zwei Tage später konnte ich mich bei einer nur langsam vorankommenden Schachpartie morgens um eins endlich unter vier Augen mit Willie unterhalten. Seit Just Bill sein morbides Garn gesponnen hatte, war etwas Zeit verstrichen, die ich dazu genutzt hatte, in aller Ruhe und im fahlen, erlöschenden Licht des 20. Jahrhunderts über die Sache nachzudenken, und meine Lust, Willie Nelson zu fragen, ob er glaubte, einem Indianerfluch aus grauer Vorzeit zum Opfer gefallen zu sein, hielt sich mittlerweile in Grenzen. Wenn man allerdings im Bus nach Buffalo unterwegs ist, findet man für so gut wie jedes Gesprächsthema irgendwann Zeit und Lust.

»Ich bin viel zu sehr mit mir selbst beschäftigt«, sagte ich, »um zu merken, wie sich andere verändern.«

»Geht mir genauso«, sagte Willie. »Du hast dich allem Anschein nach jedenfalls nicht groß verändert.«

Meinem Kommentar zum Trotz war mir nicht entgangen, daß sich sein Schachspiel verändert hatte. Normalerweise spielte er blitzschnell und impulsiv, aber heute kam er nur in Zeitlupe voran wie mancher Leute Träume. Seine Bühnenpräsenz war immer noch überragend, hielt ich ihm zugute, aber viele große Künstler lieferten ihre besten Vorstellungen, wenn sie innerlich schon halb tot waren. Andererseits ist Schach ein Spiel der Sammlung und Konzentration. Wie Edgar Allan Poe gesagt hat, ist es »verwickelt, aber nicht tiefgründig«. Am Schach läßt sich auch gut die Gemütsverfassung eines Menschen ablesen. Ein zerstreuter Geist wird sich in einer Schachpartie immer verraten. Das gilt natürlich auch für das Rauchen eines Joints vom Format einer großen koscheren Salami, aber das hatte Willie schon früher nicht groß gekratzt.

»Ich hab mich mit ein paar Leuten aus deinem Bekanntenkreis unterhalten«, sagte ich so zartfühlend, wie ich konnte. »Sie finden, du hättest dich in letzter Zeit verändert, wissen aber nicht recht, wie.«

»Wenn sie dahinterkommen«, sagte Willie und zog seinen Springer, »sagen sie mir hoffentlich Bescheid. Du bist am Zug.«

»Mein Zug ist das Bekenntnis«, sagte ich, »daß ich durch Zufall von dem Zusammenstoß weiß.«

»Mein Zug ist das Bekenntnis«, sagte Willie, »daß es keinen Zufall gibt.« Er sah mir tief in die Augen, und in seinem Blick lag die geballte Weisheit von Äonen. Ich kannte nur zwei Augen, die vielleicht noch mehr Weisheit enthielten, und die gehörten meiner Katze in New York. Es hatte keinen Sinn, um das heiße Linsengericht herumzuschleichen.

»Ich meine den Zufall«, sagte ich, »daß die Honeysuckle Rose in Arizona einen betrunkenen Indianer zu Hackfleisch gemacht hat.«

»Das war kein Zufall«, sagte Willie. »Das war Fügung.«

Ich stand von Willies Tischchen auf, lief ein paarmal im Gang auf und ab, rauchte meine Zigarre und ging alles noch einmal durch. Ein Zen-Texaner wie Willie konnte ein härterer Brocken sein, als ich gedacht hätte.

»Fügung war vielleicht, *daß* es passiert ist«, sagte ich, »aber es mußte nicht auf diese Weise passieren. Ein paar solche Unfälle können jedem das Karma zu Klump hauen – selbst dir. Erst recht, wenn du dich davon zerstören läßt.«

»Nichts kann etwas zerstören, das nicht zerstört werden will«, sagte Willie und zog wieder tief an seiner Salami. »Ich glaube nicht an den Tod. Er gehört zum Leben und zur Countrymusik. Es ist, als würdest du eine Partie Schach gewinnen oder verlieren, während du dich durch Zeit und Raum eines anderen Menschen bewegst wie die Highwaymen, die wir auf die Rückseite vom Bus gemalt haben. Was glaubst du denn, wie *die* sich fühlen?«

»Ich frag sie, wenn wir in Buffalo sind.«

Ich setzte mich wieder an den Tisch und studierte das Schachbrett. Mir standen mehrere Züge offen, aber keiner sah sehr vielversprechend aus. Alles in allem endet das Leben mit einem Patt, sagte ich mir. Es war, als würde man eine Partie Schach gewinnen oder verlieren, während man sich durch Zeit und Raum eines anderen Menschen bewegte.

»Wie hast du es rausbekommen?« fragte Willie plötzlich.

»Du kennst doch uns Privatdetektive mit Countrysänger-Vergangenheit«, sagte ich. »Wir geben unsere Gewährsleute nie preis. Na ja, vielleicht, wenn du mir zwei- oder dreihundert gibst.«

»Ist ja auch egal. Es wäre mir allerdings lieb, wenn das Ganze nicht in 'ner billigen Kultursendung übern Bildschirm flimmert. Als es passiert ist, waren nur fünf Leute im Bus: L. G., Bobbie, ich, Ben und Gator, der eben das Pech hatte, am Steuer zu sitzen. Die anderen Busse waren vor uns, und wir haben uns aus verschiedenen Gründen entschieden, die Kenntnis von dem Vorfall ganz auf die Honeysuckle Rose zu beschränken. Ich hab's nicht mal Paul oder Poodie erzählt oder einem anderen Mitglied der Band oder der Family. Es handelt sich hier um mein ureigenes Problem, und es gibt keinen Grund, warum die anderen fertig mit der Welt sein sollten, bloß weil ich es bin.«

Willie zog wieder am Joint. Ich zog wieder an der Zigarre. Wir starrten uns durch den Qualm über einem Schachbrett an, das plötzlich so bedeutungslos geworden war, wie es nur das Leben manchmal ist.

»Nachdem ein paar Wochen verstrichen waren«, sagte Willie, »hab ich gedacht, wir hätten den ganzen Albtraum jetzt einigermaßen ausgestanden.«

»Und da ist der Indianer mit dem Wildlederpäckchen aufgetaucht.«

»Du bist ein verdammt guter Privatdetektiv, Big Dick.«

»Matschas Garcias«, sagte ich. »Das Ganze hört sich allerdings an, als könntest du tief in was drinstecken. Kann ich irgendwas tun?«

»Ja«, sagte Willie. »Du kannst deine Dame bewegen, bevor mein Springer sie schlägt.«

19

Als sich die Eisgriffel der Dämmerung in den Bus vortasteten, saß ich vorn auf einer vollgemüllten Couch und versuchte ein paar Songfetzen auf die Reihe zu kriegen, die mir unaufhörlich durch den Kopf gingen. *It was a package show in Buffalo / It was us and Kitty Wells and Charley Pride ...* Sie stammten aus »Me and Paul«, einem alten Song von Willie, der einer meiner Lieblingssongs war. Kitty Wells hatte sich vielleicht schon auf den Weg über den Regenbogen gemacht, und Gott allein wußte, wo Charley Pride gerade war. Aber immerhin wußte ich, wo Willie Nelson war. Er war in seinem Geheimabteil hinten im Bus, schlief sich aus, meditierte, betete und / oder masturbierte, heckte seinen nächsten Schachzug aus, zupfte auf seiner alten Gitarre mit dem Loch herum oder verbrannte Salbei, um indianische Dämonen fernzuhalten. Als er am Abend ins Bett gegangen war, hatte mir der Blick in seinen Augen gar nicht gefallen, und seitdem hatte ich hinten aus dem Bus keinen Mucks mehr gehört. Aber ich wußte, daß Willie am Leben war. Er glaubte nicht an den Tod.

»John Wayne war ein furchtbar sturer Bock«, sagte Ben Dorsey gerade, »aber gegen Willie Nelson hätte er nicht anstinken können. Willie ist die Sturheit in Person. Einmal hab ich versucht, den Duke samt Tequilaflasche aus seinem siebensitzigen Roadster rauszukriegen ...«

»Deine Schoten über John Wayne stehen mir bis hier«, sagte Gator. »Ich finde, Willie hat völlig recht: ›Er konnte nicht singen und hatte ein dämliches Pferd.‹«

»Aber wenn er hier wäre«, sagte Ben, »würde er dir garantiert die Fresse polieren.«

»Würde er nicht«, sagte Gator. »Ich würde L. G. holen.«

»Würdest du nicht«, sagte L. G., der im Klappbett lag, aber gar nicht schlief, wie wir zunächst gedacht hatten. »Wo zum Teufel ist eigentlich Willie? Der steht doch sonst *immer* als erster auf der Matte.«

»Der grübelt«, sagte Ben und starrte niedergeschlagen auf die verschlossene Tür hinten im Bus.

»Woher willst du wissen, daß er nicht einfach nur schläft?« fragte ich mit einer gewissen Berechtigung, wie ich dachte. »Schach kann einen Mann bekanntlich fast genauso aussaugen wie eine Frau.«

»Schach kann mich mal am Arsch lecken«, sagte Ben.

»Frauen können mich mal am Schwanz lecken«, sagte L. G., der immer noch lag.

»Es geht doch um folgendes«, sagte Ben und kam ins Dozieren. »Man muß Willie kennen. Er ist wie ein Kind am Heiligabend. Ich habe noch nie einen Menschen getroffen, der soviel Energie gehabt hätte wie er.«

»Einschließlich John Wayne?« rief L. G.

»Na ja«, meinte Ben, »John Wayne hatte sozusagen andere Energiequellen. Der konnte fünf Flaschen Tequila trinken ...«

»Deine Schoten über John Wayne stehen mir bis hier«, sagte Gator.

Eine Weile herrschte Schweigen im Bus, der durch das amerikanische Morgengrauen immer weiter nach Norden rollte. Der Honeysuckle Rose schien es egal zu sein, ob wir zur Stadt unserer Träume unterwegs waren oder bloß zum nächsten Gig. In diesem Fall ging es wohl eher um letzteres. Aber wenn man mit Willie Nelson auf Tour ging, war das im Grunde nie so leicht zu sagen. Der nächste Gig *war* die Stadt seiner Träume.

Ben Dorsey ging in die Kochnische zurück, die im Gang gegenüber von Willies kleiner Ozzie-and-Harriet-Frühstücksecke lag. Auf Tour diente diese Willie auch als Büro und Kommunikationszentrum, war momentan aber nur bemannt von einer kleinen, verlassenen und zersprengten Armee von Schachfiguren, den Opfern einer unüberlegten und unaufmerksamen Strategie. Halbherzig kochte Ben eine Kanne starken Kaffee. Halbherzig half ich ihm beim Trinken.

»Glaubst du, er brütet«, fragte ich, »weil er sich Vorwürfe macht, daß der Medizinmann in die ewigen Jagdgründe gegangen ist?«

Ben fuhr herum und packte mich so unvermittelt am Handgelenk, daß ich uns beide fast mit dem heißen Kaffee verbrüht hätte. Haushaltsunfall Nr. 436. Für einen Cheflaufburschen, der von Rechts wegen längst emeritiert gehörte, konnte er ganz schön fest zupacken.

»Woher weißt du das?« zischte er. »Hat Gator davon erzählt?«

»Nein«, sagte ich. »Gator kann meiner Omi was erzählen.«

»L. G. hat's dir gesagt.«

»Negativ.«

»Dann muß sich Bobbie verplappert haben.«

»Ich fürchte, nein.«

»Ich bin mir absolut sicher, daß Willie dir nichts erzählt hat. Der kann doch kaum sich selbst eingestehen, daß es passiert ist.«

Ben ließ meinen Arm los, der seine neugewonnene Freiheit nutzte und uns frischen heißen Kaffee nachschenkte. Ben wirkte immer noch verwirrt, aber vielleicht stand das heute einfach auf der Tagesordnung.

»Dann bleibe nur ich übrig«, sagte er mehr zu sich. »Man will mich vielleicht an der Universität von Meschugge einschreiben, aber noch ist es nicht soweit. Und ich bin verdammt sicher, daß ich weder dir noch sonstwem von dem Scheißindianer erzählt hab.«

»Niemand aus dem Bus hat mir davon erzählt. Am Lagerfeuer wird halt gemunkelt.«

»Und wer ist der Idiot, der die Klappe nicht halten konnte?«

»Das kann ich im Interesse der nationalen Sicherheit nicht preisgeben.«

»Also wenn du schon Bescheid weißt, warum unternimmst du dann nichts, hä? Diese Scheiße mit dem Indianer macht Willie nämlich langsam, aber sicher fertig. Ich hab das Gefühl, da passiert bald was ganz Schlimmes, und er hat's auch. Du bist doch in New York so ein großer Detektiv – warum legst du nicht endlich mit dem Detektieren los?«

»Weil Willie keinen Detektiv braucht.«

»Na schön, Mr. Sherlock Holmes. Wenn er keinen Detektiv braucht, was braucht er denn dann?«

»Einen Exorzisten«, sagte ich.

Ben Dorsey war nicht der einzige im Bus, der langsam leicht aufgeregt war. Das undefinierbare Erdbeben, das der Unfall in Willies Hirn ausgelöst hatte, führte auch beim Team zu seismischen Erschütterungen. Aber ein Fan oder das Publikum bekam die Nachbeben noch nicht mit, auch kein Interviewer wie Barbara Walters etwa, die sich was darauf einbildete, andere Menschen zu fragen, ob sie glücklich seien. General Charles de Gaulle wurde mal gefragt, ob er glücklich sei, und ich werde die profunde Menschenkenntnis seiner Antwort nie vergessen: »Halten Sie mich für einen Idioten?«

Bobbie Nelson war auch nicht gerade überglücklich, als ich sie eine Stunde später weckte und überredete, mir beim Kaffeetrinken an Willies immer noch verlassenem Tischchen Gesellschaft zu leisten. Bobbie, die Willie länger kannte als der ganze Rest des Planeten, war vor einigen Jahren meine Seelenschwester geworden, als wir im kleinen, holzverstrebten Cabrio meiner Mutter nach Palm Springs und zurück gefahren waren. Das Cabrio hieß Dusty und war ein sprechendes Auto, ein gutes Gefährt für einsame Menschen, zu denen Bobbie und ich damals gehörten.

Schöne unglückliche Frauen haben ein gewisses Etwas, das ihnen als Reisebegleiterinnen besonderen Soul gibt. Da das Leben eine Reise und kein Ziel ist, kann die Begleiterin im Dusty unserer Träume bleibende und nachwirkende Bedeutung bekommen. Mehr Soul als Bobbie Nelson hätte allenfalls Bobby McGee gehabt, die Kris Kristofferson unterwegs in einem Lied verlor. Beim vergeblichen Versuch, diesen unvorstellbaren spirituellen Verlust wettzumachen, nagelte Kris in späteren Jahren alles, was im Staate Kalifornien nicht beizeiten auf die Bäume kam. Das tat er mit einigem Erfolg, und unter seinen zahlreichen Eroberungen war angeblich auch die junge Farrah Fawcett, über die er gesagt haben soll: »Grad genug Arsch, daß meine Eier nicht aufs Bett klatschen.« Bobby McGee fand er jedoch nie wieder. Auch sonst fand sie niemand je wieder. Egal wo sie ist, wir können nur hoffen, daß sie glücklich ist oder zumindest nie von Barbara Walters interviewt wird.

Als ich jetzt Bobbie Nelson über das Tischchen hinweg in die sorgenvollen Augen sah, merkte ich, daß sie offensichtlich immerzu an ihren Bruder dachte.

»Er war mein kleiner Bruder«, sagte sie. »Jetzt ist er mein großer Bruder. Aber so hab ich ihn noch nie erlebt, Kinky. In guten wie in schlechten Zeiten, bei Hochzeiten, Scheidungen, Todesfällen in der Familie, nachdem er ein Leben lang geschuftet hatte und dann alles ans Finanzamt verlor – nie hatte er diesen resignierten Ausdruck in den Augen.«

»Meinst du, das ist wegen dem Unfall? Ach komm, Bobbie. Das hätte genausogut einer Busladung Shriner oder japanischen Touristen passieren können. Unfall ist Unfall. Das muß Willie doch klar sein.«

Bobbie sah mich nachdenklich an und trank einen Schluck Kaffee. Als sie den Becher absetzte, hatten ihre Augen die Farbe des Kaffees angenommen.

»Schicksal ist Schicksal, Kinky«, sagte sie. »Das ist auch Willie klar. Und er scheint sich dreingefunden zu haben. Ich hab das komische Gefühl, daß uns etwas Furchtbares bevorsteht.«

Ich weiß aus Erfahrung, daß manche Menschen engeren Kontakt mit den Mächten des Schicksals haben als ich. Man möge es angeborene Sensibilität nennen, aber wenn ich mit diesen seltenen Wesen zusammen bin, vertraue ich ihnen wider besseres Wissen mehr als mir selber. Bobbie Nelson war ein solches Wesen.

»Ich wecke Willie jetzt auf«, sagte sie. »So lange hat er seit seiner Kindheit nicht mehr geschlafen.«

Bobbie stellte ihren Becher ab, stand auf und ging durch den schmalen Gang zu Willies Tür. Sie klopfte ein paarmal. Keine Reaktion. Sie drückte auf die Klinke. Die Tür war abgeschlossen.

Es fiel mir ziemlich schwer, meine Rolle in der Willie Nelson Family zu definieren, falls ich überhaupt eine solche hatte. In der Honeysuckle Rose kam es zu einer merkwürdigen Photosynthese. Als Outsider nahm ich sie nur halbwegs wahr, war aber gleichzeitig Insider genug, um zu spüren, daß sie da war. Der Bus brauste auf Buffalo zu, und ich steckte in der Falle wie ein Mann, der in einem Faß auf die Niagarafälle zutreibt und es sich inzwischen anders überlegt hat. Mir fiel der verständnisvolle Kommentar Oscar Wildes ein, als er erstmals an den Niagarafällen stand: »Zweitgrößte Enttäuschung für amerikanische Bräute.«

Dann rief ich mir wieder in Erinnerung, warum ich eigentlich hergekommen war. Ich wollte wild und frei sein und mit dem Zigeunerkönig auf die Walz gehen. Ich wollte raus aus der Stadt mit ihren grauen, deprimierten, ausgelaugten Seelen. Das Dumme am Reisen ist bloß, daß man sich selbst immer mitnehmen muß. Wenn man mit den Zigeunern unterwegs ist, lernt man schnell, das Übergewicht seines Lebens hinter sich zurückzulassen. Eines Tages steht man dann mit einem Pappkoffer neben der totgeschlagenen Zeit, raucht im Regen seine alte Pfeife verkehrt herum wie ein unzeitgemäßer Ritter und fragt sich nicht, wer man ist und was man neben der Leiche zu suchen hat, sondern warum die Menschheit seit über zweitausend Jahren im Flugzeug Ginger Ale trinkt und ob Frauen Orgasmen wirklich vortäuschen, weil sie glauben, daß Männer Wert darauf legen. Bald wandert man dann einsam und verlassen umher und sucht nach seinem Schließfach an der Universität von Meschugge.

»Ich hab 'nen Zweitschlüssel«, sagte L. G. und glitt so schnell und behende an mir vorbei wie ein Seemann an Deck eines sinkenden Schiffs.

Ich hörte, wie er am Schloß herumfummelte, dann erhob ich mich und sah die Tür aufgehen. Ich trat hinter Bobbie und L. G. und starrte in das Kämmerchen. Auf dem Boden lag eine große Matratze. Sie war mit einer leuchtenden rotschwarzen Indianerdecke bedeckt. Das Kämmerchen enthielt außerdem eine Kommode, einen Stuhl und ein Beistelltischchen. An der Wand über der Matratze hing ein reich verzierter Traumfänger der Navajos. Aber es waren keine Träume da, die sich hätten fangen lassen.

Willie Nelson war fort.

20

In der Countrymusik ist es gang und gäbe, daß Leute abtauchen. Hank Williams, dem am Ende seiner kurzen Karriere Körper und Geist zerfielen, dessen Seele jedoch all die Zeit überraschend heil geblieben war, tauchte gegen Ende seiner Tage oft nicht mehr auf. Bis auf ein paar unerschrockene Promoter wie Jack Ruby hätte wohl niemand den Jungen auch nur mit einer Kneifzange angefaßt. In neuerer Zeit hat George Jones praktisch eine Karriere darauf aufgebaut, bei Konzerten nicht aufzutauchen. Seine Fans rechneten zunehmend damit, und obwohl er oft hervorragende Leistungen ablieferte, waren sie fast enttäuscht, wenn er sich tatsächlich mal sehen ließ.

Willie Nelson ist da von anderem Kaliber. Obwohl ihm ein erratisches Verhalten, das einem Hank alle Ehre gemacht hätte, keineswegs fremd ist, kommt er doch nicht an George Jones heran, der in seinen Sternstunden auf einem Rasenmäher in die Stadt geritten kam, um sich klammheimlich mit Alkohol einzudecken. Aber in einem Punkt unterscheiden sich die langen Karrieren von Willie und George ganz entschieden: Wenn es irgend menschenmöglich ist, erscheint Willie zum Konzert. Für ihn ist die Musik schlicht und ergreifend die Sprache seines Lebens.

Für Willie war es undenkbar, einen Gig sausenzulassen, sagte ich mir, als die Honeysuckle Rose unaufhaltsam auf Buffalo zubrauste. Er war so eins mit seinem Tun, und dieses Tun war so transzendent, daß er, ohne aus dem Takt zu kommen oder sein Programm zu ändern, bei einer Bar-Mizwa, einer Hochzeit oder Beerdigung eine virtuose Vorstellung abliefern konnte, ohne zu wissen oder auch nur wissen zu wollen, um was es sich gerade handelte. Das wichtigste, ja das einzige über allem war, daß er seine Musik spielte. Nach eigener Aussage lief er seit rund dreißig Jahren auf Autopilot, aber soweit ich das beurteilen konnte, gehörte er in einer trivialisierten, homogenisierten und desinfizierten Welt der Ladenketten, Restaurantketten und Menschenketten zu den ganz wenigen, die im Einklang und in Verbindung mit sich geblieben waren. Willie sprühte vor Leben, und wenn er in seine rostigen Saiten griff, ließ er bei den Menschen verwandte Saiten erklingen und hatte im Lauf der Jahre auf magische Art Liebe in ihr Leben gebracht.

»Wie zum Geier kann der Alte den Bus verlassen haben?« fragte L. G. ins Leere.

»Keine Ahnung«, sagte Gator, »aber ich glaube, mein Schrittmacher ist im roten Bereich. Vielleicht sollten wir umkehren und zum letzten Rasthof zurück.«

»Der letzte Rasthof liegt hundert Meilen hinter uns«, sagte L. G.

»Hast du 'nen besseren Vorschlag?« fragte Gator.

»Ich hab überhaupt keinen Vorschlag«, sagte L. G. niedergeschlagen. »So was hat er noch nie gemacht.«

»Einmal ist immer das erstemal«, sagte Gator.

Ich puzzelte zusammen, was zusammengehörte, und das Ergebnis gefiel mir ganz und gar nicht. Der unglückselige Unfall vor mehreren Monaten. Die verschiedenen

Angehörigen der Willie Nelson Family, die mir von seiner beunruhigenden Veränderung erzählt hatten, selbst wenn sie von dem Unfall gar nichts wußten. Der Besuch des Indianers, der Willie das geheimnisvolle und mir bislang unbekannte Päckchen gegeben hatte. Mein Gespräch mit Willie am Vorabend. All das ergab ein ziemlich häßliches Bild. Entweder war Willie auf der Flucht vor seinen Dämonen, oder – und diese Möglichkeit fand ich weitaus gefährlicher – er wollte sie ganz allein an einem Paß abfangen. Die zweite Taktik hatte sich schon bei General Custer nicht sonderlich bewährt und war auch in unseren modernen Zeiten nicht zu empfehlen.

»Wann sind wir in Buffalo, wenn's so weitergeht?« fragte ich Gator.

»In zweieinhalb Stunden«, sagte Gator, »wenn wir nicht vom Blitz getroffen werden.«

»Was mich nicht überraschen würde«, sagte L. G.

»Und wann ist der Gig?«

»Morgen abend«, sagte L. G. und hielt grämliche Zwiesprache mit einer Tätowierung, die er auf dem Arm trug.

»Dann haben wir ja noch Zeit«, sagte ich.

»Alle Zeit der Welt«, sagte L. G.

»Das fürchte ich auch«, sagte Bobbie leise.

Ich drehte mich zu ihr um und sah die ganze Wärme und Tragik eines Zigeunerfeuers in ihren Augen brennen. Es war offensichtlich, daß Willies Verschwinden sie emotional aufgewühlt hatte. Die dunkle Seite des Mondes kannte sie schon, weshalb es sie vielleicht nicht sonderlich überraschte, was da gerade ablief. Davon glühten die runden hellen Lagerfeuer ihrer Augen nur etwas trauriger.

»Die Arbeit hat er noch nie einfach so im Stich gelassen«, sagte sie. »L. G. oder mir oder *irgendwem* hat er immer Bescheid gesagt. Als er das letztemal weggelaufen ist, ohne mir etwas zu sagen, war er sechs Jahre alt, lebte in Abbott, Texas, und alle Welt nannte ihn Booger Red.«

»Na«, sagte ich und warf einen letzten Blick in das leere Kämmerchen hinten im Bus, »jetzt hat der kleine Rotzlöffel es offenbar wieder gemacht.«

21

Die Debatte wogte. Der Bus rollte. Gator war dafür, umzudrehen und den Rasthof abzuchecken. L. G. war dafür, weiterzufahren, wie geplant im Holiday Inn von Buffalo einzuchecken und die weiteren Entwicklungen abzuwarten. Bobbie war in heftigstem Aufruhr und hielt es offenbar für das beste, für Willie zu beten. Ich sagte, das sei eine gute Idee. Im Grunde gebe ich nicht viel auf die Macht des Betens, aber es eignet sich ganz gut, um die Leute in schweren Zeiten auf andere Gedanken zu bringen. Solange sie beten, brennen ihnen keine Sicherungen durch, und sie laufen nicht durch die Gegend und kreischen: »Bin ich ein böser Junge gewesen, Mutter?« oder »Ich bring jetzt einfach alle Fahrstuhlpassagiere um!« Ben Dorsey schlug trotz meiner Einwände vor, den Fall von Willies Verschwinden dem großen Privatdetektiv Kinky Friedman anzuvertrauen, der sich rein zufällig schon an Bord der Honeysuckle Rose befand. Zu meiner Bestürzung waren die anderen von seinem Vorschlag ganz begeistert.

»Immer sachte mit den jungen Bräuten«, sagte ich. »Wir sollten lieber die Polizei verständigen. Falls hier jemand foul spielt oder falls ...«

»Nein«, rief L. G. »Die Polizei verständigen wir als allerletztes. Wenn Willie zurückkommt und erfährt, daß wir das getan haben, zieht er mir das Fell über die Ohren.«

»Außer jemand zieht vorher ihm das Fell über die Ohren«, sagte ich.

»Wer um alles in der Welt sollte Willie denn das Fell über die Ohren ziehen wollen?« fragte Bobbie.

»Ich glaube nicht, *daß* das jemand will«, sagte ich. »Es ist bloß eine Möglichkeit, die nicht einfach so von der Hand zu weisen ist. Aber die Durchführung einer Ermittlung, oder wie auch immer ihr das nennen wollt, erfordert mehr Fähigkeiten und Verantwortung, als ich im Moment auf Lager habe. Vergeßt nicht, daß ich praktisch all meine Erfahrung in der Verbrechensbekämpfung in New York gesammelt habe. Das ist ein ganz spezielles Universum. Dort kann ich mich auf ein Grüppchen gottesfürchtiger kleiner Kirchgänger namens Village Irregulars verlassen. Außerhalb von New York sind sie praktisch nutzlos, unter anderem deshalb, weil die meisten von ihnen nicht glauben, daß der Rest der Welt überhaupt existiert.«

»Vielleicht haben sie da ja recht«, sagte Bobbie.

In der Honeysuckle Rose, die weiter über den Highway brummte, kehrte Schweigen ein, und ihre Passagiere hingen ihren Gedanken nach. Meine waren besonders weitschweifig und beunruhigend. Gut, wenn man mit *Willie the Wandering Gypsy* auf Tour ging, durfte man sich nicht wundern, wenn er auf und davon wanderte. Aber deswegen war es noch lange nicht meine Pflicht vor Gott und der Countrymusik, loszuziehen und ihn wiederzufinden. Oder doch? Soweit die Lage überhaupt den Anschein einer Ermittlung hatte, wurde sie von den verdammt übersinnlichen Veranlagungen von Willie und Bobbie Nelson zusätzlich verkompliziert. Bei beiden war es so gut wie unmöglich, eine klare Antwort auf etwas zu bekommen.

Nach einer halbstündigen Prüfung meines Gewissens war dieses durchgefallen, aber ich erklärte mich bereit, die Angelegenheit unter die Lupe zu nehmen – unter der Bedingung, die Polizei zu verständigen, sollte Willie bis zum Gig am folgenden Abend nicht wieder auftauchen. Bobbie hatte die Mücke gemacht und lag in ihrem Klappbett. L. G. telefonierte mit Mark Rothbaum, Willies Manager. Ich saß vorn im Cockpit oder wie man das bei einem Bus nennt, rauchte eine Zigarre, hätte gern Platz gehabt, um hin und her zu laufen, und befragte pro forma Gator und Ben Dorsey nach den Umständen, unter denen Willie den Bus verlassen haben konnte.

»Ben, versetz dich im Geiste zu dem Rasthof zurück«, sagte ich.

»Welchem Rasthof?« fragte Ben.

»Welchem Geist?« fragte Gator.

»Hinter uns liegen rund eine Million Rasthöfe«, sagte Ben. »Woher soll ich wissen, wo du ihn verbaselt hast?«

»*Ich* soll ihn verbaselt haben?« sagte Gator.

»Also, *ich* hab ihn jedenfalls nicht verbaselt. Ich war hinten und hab Schuhe geputzt, als du gehalten hast.«

»Und warum bist du dann ausgestiegen?« fragte Gator.

»Ich bin nicht ausgestiegen!« rief Ben. »Wenn ich ausgestiegen wäre, wie könnte ich dann hier sein?«

Dem ließ sich eine gewisse Logik nicht absprechen. Aber Gator blieb ebenfalls felsenfest bei seiner Beobachtung. Da lichtete sich der Nebel auf einmal ein bißchen. Was sich da allerdings abzeichnete, gefiel mir eher nicht.

»Ben«, sagte ich, »erinnerst du dich an den Hut mit den Ohrenschützern, den du öfter mal aufhattest? Der so aussieht, als würde er einem U-Boot-Kommandanten gehören?«

»Ben glaubt wahrscheinlich, er *wäre* ein U-Boot-Kommandant«, sagte Gator und sah mit steinerner Miene auf die Straße.

»Den Hut hab ich getragen, als John Wayne und ich *Alamo* gedreht haben«, sagte Ben trotzig.

»O mein Gott«, sagte Gator, »jetzt geht das mit John Wayne wieder los.«

Ich konnte mich an ein Foto von den Dreharbeiten für *Alamo* erinnern, auf das Ben höchstpersönlich mich mal aufmerksam gemacht hatte. Es hing an der Wand vom John Wayne Room im O. S. T. Diner in Bandera, Texas. Die Aufnahme zeigte Wayne und andere Stars des Films, umringt von schätzungsweise fünfhundert Komparsen, darunter Ben Dorsey, worauf mich dieser geflissentlich hingewiesen hatte. Auf dem Foto hatte Ben tatsächlich die Kopfbedeckung des U-Boot-Kommandanten getragen.

»Ben«, sagte ich, »kannst du hinten mal nachschauen, ob du den Hut und den Mantel der Willie Nelson Family findest, die du gestern abend anhattest?«

»Ich hoffe, ich kann die finden.«

»Ich auch. In Indien würde man natürlich sagen: ›Ich hoffe, ich gandhi finden.‹«

»Selten so gelacht«, sagte Ben und eilte nach hinten. Kurz darauf ertönte ein Schrei, während Gator fuhr und ich wie ein Soldat mit Schützengrabenneurose neben ihm stand und auf den grenzenlosen Kriegsschauplatz hinausstierte, der grau in grau vor uns lag.

»Mein Hut! Mein Mantel!« schrie Ben. »Alles weg!«

Gator warf mir einen kurzen Blick zu. Sein müdes Gesicht wirkte besorgt. Dann sah er schnell wieder auf die Straße. Ich paffte meine Zigarre und starrte ebenfalls nach vorn, wo die ersten Schneeflocken stumm die Windschutzscheibe küßten. Ohne besonderen Grund krabbelte eine Zeile von Robert Louis Stevenson über den überladenen und verstaubten Schreibtisch meiner Grauzellenabteilung. Stevensons Ansicht konnte ein Zigeuner beherzigen, wenn die Nacht, wie sie es bisweilen zu tun geruht, zu finster wird, und die Straße, wie sie bisweilen genötigt ist, zu lang.

»Voller Hoffnung zu reisen«, schrieb Stevenson, »ist besser, als anzukommen.«

22

Am Abend ließ ich die Telefondrähte heißlaufen, trank Kaffee und rauchte in meinem Zimmer Zigarren. Im Gegensatz zu Brian Wilson lag mein Zimmer im Holiday Inn von Greater Buffalo. Genau wie Brian Wilson allerdings stellte ich immer mehr fest, daß ich auf einem anderen Planeten kochte, während ich verzweifelt versuchte, den mit Haut und jeder Menge Haar verschwundenen Willie Nelson zu finden. Der *Red Headed Stranger* aus Blue Balls, Montana, nahm allem Anschein nach Amelia-Earhart-Stunden. Je länger sich die Nacht hinzog und je mehr duftender Zigarrenrauch das Zimmerchen erfüllte, desto mehr Sorgen machte ich mir um sein Wohlergehen. Vielleicht mußte er bloß mal allein sein und mit sich ins reine kommen. Ich vielleicht auch.

Die Hälfte der Leute, die in meinem schwarzen Adreß-büchlein verzeichnet waren, war schon tot. Die andere Hälfte reagierte leicht entsetzt, als sie von mir hörte, und berichtete, in jüngerer Vergangenheit keinen Willie Nelson gesichtet zu haben, außer in Fernsehwiederholungen von *Der elektrische Reiter*. Offenbar war er kurz in die Rolle eines Ben-Dorsey-Imitators geschlüpft, um sich von der Honeysuckle Rose zu verdrücken. Offenbar hing er nicht am Rasthof herum, spielte Flipper, hielt

Ausschau nach neuen Gürtelschnallen und verteilte Autogramme unter Blindgängern von Truckern oder wie man Leute nennen soll, die, wohin es sie auch verschlägt, immer mit leeren Händen zurückkommen. Entweder hielt er sich aus der Schußlinie, oder er nahm die Sache selbst in die Hand. Irgendwie fand ich beide Aussichten nicht sonderlich ermutigend.

L. G. war im Bus geblieben und schob Handydienst. Um zehn Uhr waren die Ergebnisse der von ihm koordinierten Such- und Rettungsaktion noch nicht sehr vielversprechend. Er hatte die meisten Mitglieder der Willie Nelson Family kontaktiert, darunter Willies Frau Annie, Larry Trader, Darrell Royal – der ehemalige Football-Trainer der University of Texas –, Mark Rothbaum und sonstige Leute, mit denen Willie womöglich Kontakt aufnehmen würde. Er bekam nichts, aber auch gar nichts heraus. Ich sprach Leute an, die sich eher am Rande des Nelsonschen Netzwerks bewegten, denen er aber gleichwohl nahestand und die er angerufen haben könnte. Dazu gehörten: Sammy Allred, Bud Shrake – der Ko-Autor von *Harvey Pennicks Little Red Book* –, Billy Joe Shaver, Captain Midnite, Little Joe Hernandez und andere, die noch weiter hergeholt waren. Ich hatte genausoviel Erfolg wie Jim Croce, als dieser mit seinem »Operator« gesprochen hatte. Kein einziger Nordamerikaner wußte anscheinend, wo Willie abgeblieben war. Ich konnte bloß hoffen, daß er zopfwedelnd nach Hause zurückkam.

Meine Hörerhektik war jedoch nicht ganz umsonst. Ich wurde immer wieder beruhigt und bekam Unmengen farbiger Anekdoten zu hören, die neues Licht auf den Verschwundenen warfen. Denn wie gut man einen Menschen auch zu kennen glaubt, man wird unweigerlich Neues noch und nöcher über ihn erfahren, vor allem wenn dieser Mensch Willie Nelson ist. Als besonders schöner Beleg dieser These möge mein Gespräch mit Sammy Allred dienen.

»Guten Abend, Schwester!« sagte Sammy. »Bei mir hat er das auch mal gemacht.«

»Ja, aber diesmal gibt es vielleicht unheilverkündende mildernde Umstände …«

»Scheiße, Mann, 1973 gab es beim Abbott Homecoming auch unheilverkündende mildernde Umstände. Mitten auf der Bühne drückt er mir einen Zettel mit ungefähr zweihundert darauf aufgelisteten Musikern in die Hand und sagt: ›Übernimm mal eben. Bin gleich wieder da.‹ Draußen auf dem Acker haben einige Fantastillionen gestanden und ›Leee-onn! Leeee-ooonnn!‹ skandiert …«

»Waren das Anhänger von Leo Trotzki?«

»Mit denen hätte man wahrscheinlich leichter fertig werden können. Nein, die haben nach Leon Russell gekreischt, der zwar angekündigt wurde, in letzter Minute aber nicht gekommen ist …«

»Sexuell?«

»Er hat nicht am Konzert teilgenommen, sollte ich wohl besser sagen. Ich steh also auf der Bühne, die Menge probt den Aufstand, und dann steigt auch noch 'ne Gruppe von Farmern mit Schrotflinten aus 'nem Pick-up und behauptet, Willies Gig würde an anderer Stelle steigen als abgemacht. Die anderen Idioten kreischen immer noch nach Leon, der wahrscheinlich irgendwo in Kalifornien rumhing …«

»Zur Sache, was war los?«

»Elf Stunden später ist Willie zurückgekommen.«

»Hat er was gesagt?«

»Ja. Er hat gesagt: Besteht unter Umständen die Möglichkeit, uns aus der Patsche zu vögeln?« Dann hat er
gegrinst und mir 'nen Joint angeboten.

Ein Jahr später hat er mir beim Fourth of July Picnic
bewiesen, daß er wirklich hellsehen kann«, fuhr Sammy
fort. »Das hat bei Gonzales oder so stattgefunden, wo es
seit sieben Jahren nicht geregnet hatte. Am Abend vor
dem Gig haben die im Sheriffsbüro sich ausgemalt, wie
die enorme Hitze die dichtgedrängte Menge ausrasten
lassen würde.

Willy hat die aber beruhigt und gemeint, am nächsten
Tag würde es nachmittags um sechs regnen und die
Sache abkühlen. Punkt sechs fängt es an zu schütten wie
aus Kübeln, genau wie Willie gesagt hat. Zeltbahnen
müssen über die Lautsprecheranlagen gebreitet werden,
aber die laufen voll, bis Paul English schließlich seine
Knarre nimmt und Löcher reinschießt, woraufhin die
halbe Bühne überschwemmt wird. David Allan Coe
– weißt ja, der hat 'n paar Jahre in der Todeszelle gesessen – sollte als nächster auftreten, und ich sag ihm:
›David, setz dich bloß nirgends hin, sonst kriegst du eine
gewischt wie auf dem elektrischen Stuhl.‹ Fand er nicht
sehr witzig.«

»Sammy«, sagte ich, »kommen wir doch mal kurz auf
unser jetziges Jahrzehnt zu sprechen, wenn's dir nichts
ausmacht. Kann sein, daß Willie hellsehen kann, aber
vielleicht sieht es für ihn im Moment auch zappenduster
aus, irgendwo da draußen in der kalten, gottverlassenen
amerikanischen Nacht. Glaubst du, er taucht wieder auf,
oder sollen wir lieber gleich die Polizei holen?«

»Um Himmels willen, Schwester! Bloß keine Polizei!
Vielleicht kommt er ja zurück wie ein regelrechter Hou-
dini. Erinnerst du dich an seine erste Frau, Martha? Mit

der war ich befreundet, ein echtes Klasseweib, obwohl die richtig jähzornig werden konnte. Einmal, da hat sich Willie in Nashville, wo die beiden damals in einer Wohnwagensiedlung gewohnt haben, total vollaufen lassen, und dann sind die Fetzen geflogen, bis Martha ihn mitten in der Nacht mit einem Fleischermesser über den Friedhof gejagt hat, der gleich nebenan war. Irgendwie schüttelt er sie ab, und als sie nach Hause kommt, liegt er längst im Wohnwagen, wo er offensichtlich umgekippt ist. Martha näht ihn ratzfatz ins Laken ein, prügelt ihn mit einem Besenstiel grün und blau, nimmt die Kinder und haut ab. Alter Schwede, wenn er jene Nacht überlebt hat, dann überlebt er alles. Herr im Himmel, hatte die ein Temperament. Martha war Indianerin, mußt du wissen.«

Bis hierher war ich irgendwie amüsiert nur halb Ohr gewesen, aber der letzte Satz traf mich wie ein Tomahawk in die Stirn.

»Ach du Scheiße!« sagte ich. »Das hatte ich glatt vergessen. Sie hat sich auf den Weg übern Regenbogen gemacht, oder?«

»Genau«, sagte Sammy. »Ist schon vor Jahren in die ewigen Jagdgründe gegangen. Willie hat im Augenblick vielleicht Probleme, aber wir können sicher sein, daß Martha nichts damit zu tun hat.«

»Da wär ich mir nicht so sicher«, sagte ich.

Nach diesem Gespräch hielt ich es zumindest nicht mehr für völlig ausgeschlossen, daß Willie auf mysteriöse Weise rechtzeitig zum Gig am nächsten Abend auftauchen würde. Auszuschließen war allerdings auch nicht, daß sich hier etwas *wirklich* Mysteriöses abspielte. L. G. und ich hatten beschlossen, unsere Telefonkampagne locker angehen zu lassen, damit niemand in Panik geriet, auch wenn wir selbst langsam höchst aufgeregt waren.

Uns war auch verdammt klar, daß Willie, sollte er bei seiner Wiederkunft erfahren, was wir getan hatten, genau wie Jesus damals zu Recht schwer genervt sein konnte.

Um Mitternacht war auch ich mit meiner Geduld am Ende. Ich wollte mir wegen dieser Sache keine Magenverstimmung einhandeln. Wenn Willie rechtzeitig zum Gig zurück war, war alles halb so wild. Dann hatte ich bloß einen scheußlichen Abend damit verbracht, vom Holiday Inn in Greater Buffalo aus Leute anzurufen, während Willie Nelson wieder einmal in das Land hinter dem Spiegel meines Badezimmers in der Vandam Street gereist war, wo ich persönlich im Moment auch um einiges lieber gewesen wäre.

Sollte er jedoch nicht zurückkehren, konnte die Situation äußerst unangenehm werden. Sollte ich einen Fahndungsbefehl für *Shotgun Willie* rausgeben? Sollte ich Rambam bitten, betteln und beschwatzen, an der Ermittlung mitzuarbeiten? Sollte ich mich an meinen Indianerfreund Robby Romero oder Willies Kumpel Dennis Alley wenden, um die Friedenspfeife um den Planeten wandern zu lassen, bevor es dazu zu spät war? Oder wie wär's mit einer erneuten Befragung von Just Bill oder der Suche nach dem Wildlederpäckchen, das L. G. in Willies Kämmerchen hinten im Bus plötzlich nicht mehr finden konnte?

Ich muß jede Menge Chefsachen entscheiden, dachte ich düster, als ich morgens um zwei durch die ausgestorbenen Hotelkorridore streifte, ein tapferer Pilger auf der Suche nach einer Dr.-Pecker-Maschine nebst einem Eimer Eis. Warum mußte das ausgerechnet einen Typen treffen, der aus der großen Stadt weggelaufen war und sich den Zigeunern angeschlossen hatte? Warum konnte mein Problem nicht so einfach sein wie das von meinem Freund Dylan Ferrero, dem einstmaligen Tourmanager der Texas Jewboys? Dylan hatte sich neulich eine Zerrung im Kreuz geholt, anscheinend beim Arschabwischen.

Solcherart waren meine hellen, dunklen und facettenreichen Gedanken, als ich mit einer Dose Dr. Pecker in der einen Hand und einem Eimer Eis in der anderen das Schattental des Weltekels durchwanderte und eine Montecristo No. 2 rauchte, als wäre ich eine menschliche Lokomotive, die auf Verbrecherjagd voranschnaufte. Wenn ich erst mal in meinem Zimmer war, wollte ich noch etwas Kohle nachschaufeln, indem ich eine große Flasche Jameson Irish Whiskey anbrach und ihr mit einem kleinen roten Bremserwagen Dr. Pecker den Rücken stärkte. Aber soweit sollte es nicht kommen.

Als ich um die letzte Korridorecke bog, hörte ich etwas, was wie Fehlzündungen eines Panzers draußen auf dem Parkplatz klang. Ich ging gerade an der Niagara Suite vorbei, die, wie ich auf L. G.s Belegungsplan gesehen hatte, auf den Namen Larry Jackson gebucht worden war.

Sekunden nach der Fehlzündung hörte ich den unverkennbaren dumpfen Aufprall eines Menschen, der auf den Teppichboden eines Hotelzimmers im Holiday Inn in Buffalo, New York, stürzte. Diesem folgte die obligate Stille; die Stille, wenn die Parade vorbeigezogen, das Spiel aus, der Krieg zu Ende und der letzte menschliche Soldat am Strand eines herrlichen Tages für Bananenfisch gefallen ist. Totenstille. Eine Stille à la »Die Natur hat den letzten Mord«.

Die Tür zur Niagara Suite stand offen, aber das einzige hörbare Rauschen erzeugte das Blut, das mir in den Kopf schoß, als ich meinen Dr. Pecker und den Eimer Eis abstellte, um dann einzutreten. Die große Suite lag im Dunkel da, und das konnte von mir aus ruhig so bleiben. Nachdem sich meine Augen an die Dunkelheit gewöhnt hatten, sah ich als erstes das Loch, das die Kugel in der Fensterscheibe hinterlassen hatte und von dem aus Risse spinnwebengleich in alle Richtungen liefen. Als zweites sah ich im tiefen Schatten am anderen Zimmerende die Umrisse eines Körpers, der auf dem Boden lag.

Ich wußte, daß es nicht Larry Jackson war. Es gab keinen Larry Jackson. Larry Jackson war der Name, unter dem Willie Nelson in Hotels abstieg, damit er von den Leuten nicht belästigt wurde.

Anscheinend hatte ihn jemand belästigt.

23

Die Leiche auf dem Boden der Niagara Suite war nicht die von Willie Nelson, wie ich erleichtert feststellte. Sie war zu lang, zu dünn und zu abgerissen. Kurz darauf merkte ich ganz erschrocken, daß sie nicht einmal tot war. Sie hatte auf dem Gesicht gelegen, aber nachdem ich sie in der Dunkelheit umgedreht hatte, sah ich, daß die Leiche noch keine war. Aus der Schwärze kam eine Hand und packte mich am Arm. Ich sah mich in leichter Panik um, aber im Zimmer war niemand außer meinem Körper und jenem Körper. Die Hand mußte also zu jenem Körper gehören, und die verzweifelte, krallenartige Umklammerung kam mir dunkel bekannt vor. Es lag auf der Hand, daß das unglückselige Opfer entweder Ben Dorsey war oder die Vogelscheuche aus dem *Zauberer von Oz*.

Wie eine paranoide Spinne krabbelte ich zum Fenster, griff hoch und zog die Vorhänge zu, dann schaltete ich schnell das Licht an, tänzelte zum Telefon und bestellte eine Fleischkutsche. Selbst in der Vertikalen sah Ben meistens ziemlich tot aus. Wie er jetzt in einer Blutlache so vor mir auf dem Boden lag, war der genaue Stand seiner Vitalfunktionen allerdings noch schwerer festzustellen.

»Ben«, sagte ich und kniete mich neben ihn. »Durchhalten heißt die Parole. Der Krankenwagen ist schon unterwegs.«

»Ich höre die Kavallerie, Duke«, sagte Ben mit flatternden Lidern. »Sie werden uns retten.«

»Ben, ich bin's, Kinky. Du bist im Holiday Inn. Du bist angeschossen worden, aber das wird wieder.«

»Alles klar, Duke. Aber Moment mal! Was ist denn das? Naht die Kavallerie, oder hör ich die Englein singen?«

»Weder noch, Ben. In der Diele ist jemand an der Eismaschine zugange.«

Die Kugel mußte in Dorseys rechte Schulter eingedrungen sein. Ich war zwar kein Arzt, konnte mir aber empfindlichere Körperstellen für ein bißchen Blei vorstellen. Als Arzt wäre ich wohl kaum hier gewesen und hätte das Hoteltelefon benutzt. Ich hätte eine Schwester um den OP-Tisch gejagt, während meine Frau zu Hause den Jungen nagelte, der zum Pool-Saubermachen gekommen war. Aber ich war nun mal hier, machte mir Hände und Hose blutig, fragte mich, ob irgendein Idiot mit einem Jagdgewehr aus dem Wäldchen hinter dem Parkplatz gerade meine Silhouette studierte, und beruhigte einen schwerverletzten älteren Mann, der glaubte, er unterhielte sich mit John Wayne.

»Was hattest du hier überhaupt zu suchen, Ben?« fragte ich, um ihn am Reden zu halten und einem möglichen Schock vorzubeugen.

»Du hast mich doch herbeordert, Duke. Ich mußte durchkommen. Mußte dir die Nachricht von General Custer bringen.«

Die ganze Sache verschob sich langsam aufs seltsamste ins Kino. Wenn ich Ben mit Willie verwechselt hatte, konnte das auch anderen passiert sein. Dorsey lag nicht im Sterben. Die stärkste Blutung hatte ich mit ein paar gutplazierten Hotelhandtüchern stoppen können. Aber vielleicht waren die Englein schon am Singen, und ich hörte sie bloß nicht. Vielleicht stand Ben doch schon unter Schock, sah nur meinen Cowboyhut und hielt mich darum zwangsläufig für John Wayne. In einer so jämmerlichen Situation, in der das Opfer nur noch schwankend auf der stumpfen Rasierklinge der Sterblichkeit balanciert, war ein John Wayne neben einem bestimmt so gut wie jeder andere. Jesus war natürlich immer eine gute Alternative, aber den schien Ben heute abend nicht zu sehen. Der war wahrscheinlich noch in der Stadt und schob Überstunden.

»Und?« sagte ich und besann mich auf meinen besten Umgangston mit Kranken. »Was will Custer nun schon wieder?«

»Keine Ahnung, Mann«, sagte Ben. »Er hat mir einfach was gegeben. Hat gesagt, ich soll's nicht aufmachen. Ich soll's dir bloß bringen, und zwar pronto. Wär streng geheim, hat er gesagt.«

»Das war gute Arbeit, Ben. Und wo ist die Nachricht nun?«

»Unter dem Bett.«

Wenn man mit der festen Absicht vorgeht, sich nicht überraschen zu lassen, dann kann einen wenig überraschen. Deswegen schliefen Hunderte von Menschen weiterhin in ihren desinfizierten Kabinen um uns herum, Empfangschefs kümmerten sich weiterhin um das Einchecken und Auschecken der Gäste, und in der Niagara Suite fand ein Gespräch direkt aus der geschlossenen Anstalt zwischen mir und einem Mann statt, der vielleicht wirklich am Auschecken war. Ich spielte wiederholt mit dem Gedanken, in mein Zimmer zu laufen und die Flasche Jameson zu holen, aber ich wollte Ben nicht allein lassen. Wir hätten uns wohl beide gern die Kappe vollgeschossen, wobei Dorsey im Vorteil war; der war ja schon angeschossen.

»Hast du gesehen, wer auf dich geschossen hat, Ben?«

»Die Indianer, Duke. Die haben mich kaltgemacht.«

Dabei legte er theatralisch die Hand aufs Herz. Trotz seiner Verletzung konnte er unserem Gespräch offenbar tausendmal mehr abgewinnen als ich. Ich wartete immer noch auf die Kavallerie.

»Sie haben dich nicht kaltgemacht, Ben. Du kommst wieder auf die Beine.« Falls jemand den Sanitätern Beine machte, dachte ich.

»Willst du's nicht lesen, Duke?« sagte Ben, immer noch mit der Hand auf dem Herzen, obwohl er in die rechte Schulter getroffen worden war. Er sah mir unverwandt in die Augen wie in der Sterbeszene in *Duell in der Sonne*.

»Was lesen?«

»Custers Nachricht natürlich!«

»Richtig«, sagte ich geistesabwesend. »Wo zum Henker ist sie denn?«

»Unter dem verdammten Bett, Duke. Du hast wieder getrunken, stimmt's?«

»Nein, hab ich nicht, Ben, hätte ich aber gern.«

Um Dorsey seinen Willen zu tun, schlug ich die Tagesdecke zurück und spähte ins Dunkel unter dem Bett. In diesem Augenblick kamen die Sanitäter und die Geschäftsführung ins Zimmer gedonnert wie, ja, wie ein Trupp Kavallerie. Unglaublich, aber ich entdeckte tatsächlich etwas unter dem Bett. Es war ein Päckchen, das anscheinend in Wildleder eingewickelt war. Ich schnappte es mir, steckte es unters Hemd und machte den Sanitätern Platz.

Ich machte auch den Cops Platz, die, wie ich von der Tür aus sehen konnte, durch die Diele auf uns zuhasteten. Den Eiseimer und den Dr. Pecker ließ ich weiterhin im Flur Luft schnappen und düste wie eine wärmesuchende Rakete ins Refugium meines Zimmers, um ohne Zeugen explodieren zu können. Ich schloß ab und legte die Kette vor die Tür, deponierte das Wildlederpäckchen auf dem Couchtisch und holte die Jameson-Flasche aus dem Koffer.

Ich verzichtete auf die zellophanverpackten Plastikgläser vom Lokus und trank mit der hygienisch besten Methode – direkt aus der Flasche. Genau wie im alten Westen, dachte ich und ließ mir einen posttraumatischen Schluck durch die Kehle gluckern. Ich hatte das Gefühl, mein Zäpfchen würde von den Niagarafällen attackiert, aber meinem übrigen Selbst schenkte der Jameson ein angenehmes radioaktives Glühen.

Ich zündete mir eine frische Zigarre an und war gerade am Überlegen, ob ich das Päckchen öffnen sollte oder lieber den Mund, um noch einen großen Schluck Jameson reinzukippen, als das Telefon klingelte. Ich ging hin und hob ab. L. G. war dran. Im Hintergrund hörte ich laute Musik. Ich wollte von Ben berichten, aber er ließ mich nicht zu Wort kommen.

»Willie ist wieder da«, sagte er.

24

Es war eine lange, ereignisreiche Nacht gewesen, und wie lange, ereignisreiche Nächte das so an sich haben, wollte sie erst gegen Morgen wieder von dannen ziehen. Als ich auf den Parkplatz hinter dem Holiday Inn kam, um mich mit Willie zu unterhalten, war die Honeysuckle Rose bereits fort. Mickey Raphael und Just Bill unterhielten sich unter einer entzückenden kleinen Holiday-Inn-Laterne, als ich auftauchte. Als sie mich sahen, verstummten sie plötzlich.

»Wo zum Teufel sind sie hin?« sagte ich.

»Gator hat gesagt, sie fahren ins Krankenhaus«, sagte Mickey. »Ich hab gehört, Ben ist schlecht geworden.«

»So könnte man es auch nennen«, sagte ich.

»Was ist denn passiert?« fragte Just Bill leicht beunruhigt.

»Das ist etwas unangenehm«, sagte ich, um Zeit zu schinden. Dann sagte ich mir, es würde sich sowieso in Windeseile herumsprechen, also konnte ich ruhig mit der Sprache herausrücken.

»Möchtest du es deinen Klassenkameraden nicht erzählen?« sagte Mickey.

»Jemand hat auf ihn geschossen.«

»Scheiße«, sagte Just Bill. »Bandit oder eifersüchtiger Ehemann?«

»Weder noch«, sagte ich.

»Herrgott«, sagte Mickey, »ich wollte Ben ja auch oft genug erschießen, aber wer macht so was denn im Ernst?«

»Er behauptet, die Indianer hätten ihn erwischt«, sagte ich.

Mickey sah völlig perplex aus; Just Bill starrte mich bloß an und nickte dann langsam wie ein Mann, der Rauchzeichen in der Ferne entziffert.

Im Kielwasser der Schießerei nahm die Polizeipräsenz auf dem Parkplatz deutlich zu. Ich würde aussagen, wenn's sein mußte, aber ich bezweifelte, daß ich's bringen würde. Auch ich war voll damit ausgelastet, Rauchzeichen zu entziffern. Wohin war Willie verschwunden und warum? War es wirklich reiner Zufall, daß er genau zu dem Zeitpunkt wieder aufgetaucht war, als Ben angeschossen wurde? Wußte der Schütze, der Ben mit Willie verwechselt haben mußte, daß dieser gar nicht da war? Das Ganze war wahrlich eine Studie in Scharlachrot, sogar mehr als die, die Conan Doyle so betitelt hatte. Die Farbe symbolisierte nicht nur den »scharlachroten Faden des Mordes, der durch das farblose Knäuel des Lebens verläuft«, sondern auch die allgegenwärtige Verstrickung des amerikanischen Indianers in diese lästige Angelegenheit.

Teilweise, um der Polizei nicht zu früh in die Arme zu laufen, und teilweise, weil ich allein sein und nachdenken wollte, ging ich im Walde so für mich hin, nach Art von Henry David Thoreau, Robert Frost oder Emily Dickinson. Die Cops würden Ben natürlich befragen, genau wie mich und schließlich auch Willie Nelson. Diesen würden sie vielleicht sogar um Autogramme bitten oder darum, sich mit ihnen fotografieren zu lassen. Im Moment entfesselten sie auf dem Parkplatz, der an den Hotelflügel mit der berüchtigten Niagara Suite angrenzte, das reinste Bienenhaus. Während ich tiefer in den Wald hineinging, sah ich Streifenwagen mit aufgeblendeten Scheinwerfern und Männer, die zu Fuß mit Taschenlampen nach Spuren des Angreifers suchten. Ich befürchtete allerdings, daß Ben Dorseys Indianer wie vom Erdboden verschluckt war, genau wie dessen uralte Kultur und dessen Ahnen. Der Indianer hatte der Polizei nur haufenweise Dörfer und Städte mit seinem Namen hinterlassen, dazu ein paar Baseball- und Footballmannschaften und rund eine Million Flüsse, die unerbittlich ins tiefblaue Meer flossen, das jetzt jemand anders gehörte.

Vielleicht hatte mich Bens theatralisch raumgreifende Geste unwillkürlich auf den Gedanken gebracht, die Kugel müsse aus großer Entfernung abgefeuert worden sein, jedenfalls nicht vom Parkplatz. Die Indianer waren beeindruckende Scharfschützen gewesen, die drei Pfeile zu einem wackligen Stativ zusammenstellen und über unglaubliche Entfernungen hinweg Wild erlegen konnten. In der Geschichte nannten die Indianer diese Technik »Langschuß«. Ich nannte es eher einen Schuß vor den Bug.

Wie ich so strolchte durch den finster'n Tann, erreichte ich um Viertel nach Büffelarsch eine kleine Lichtung. Auch mein Geist lichtete sich, und wie Rehkitze den Wald durchsprangen ihn die bohrenden Fragen, die ich Willie Nelson möglichst bald stellen wollte. Jedesmal, wenn ich glaubte, ich bekäme die Sache in den Griff, schlüpfte sie mir wieder durch die Finger. Aber jetzt glaubte ich immerhin zu wissen, was zu tun war.

Ich stand im silbrigen Mondschein auf der Lichtung, als ich direkt vor mir auf dem gefrorenen Waldboden ein silbriges Glänzen sah. Es war eine knapp drei Zentimeter lange Patronenhülse. Natürlich konnte jeder einheimische Schwachkopf einem harmlosen Waldtier die Kugel ins friedfertige Köpfchen geschossen haben. Damit verbrachten viele Menschen gern ihr bißchen Zeit auf diesem Planeten. Gut, andere verschwendeten ihre Zeit damit, sich mitten in der Nacht den Arsch abzufrieren, weil sie durch die Gegend laufen und Patronenhülsen aufsammeln mußten.

Ich sammelte die Patronenhülse auf und steckte sie in die Tasche meines blauen Mantels, der aussah, als hätte Oliver Twist ihn mir vererbt. Als ich aufstand und zum Holiday Inn zurücksah, lief mir so was wie ein Insekt die Wirbelsäule hoch. Das Hotel war von dichten Wäldern umgeben, die bis zum Parkplatz reichten und sich weit über die Lichtung hinaus erstreckten, aber von meinem Standort aus hatte man freie Sicht auf die Niagara Suite.

25

»Bring mir einen Muntermacher, Schatz«, sagte Willie Nelson zu seiner Tochter Lana. Es war vier Uhr morgens, Willie saß mir im Bus gegenüber und sah ungelogen aus wie ein fröhlicher kleiner Kobold.

»Kommt sofort, Daddy«, sagte Lana wie ein kleines Mädchen in einer Trabantenstadt, das seinem Vater morgens den Orangensaft an den Frühstückstisch bringt, bevor er zur Arbeit geht.

»Mach Kinky auch gleich einen«, sagte Willie. »Der sieht aus, als hätte er einen nötig.«

»Wie man's nimmt«, sagte ich. »Meine Augen sehen immer aus wie in den Schnee gepißte Löcher.«

Lana ließ an der Spüle in der Kochnische zwei Gläser mit Wasser vollaufen. Dann träufelte sie sorgfältig und reichlich Tabasco hinein. Sie hörte erst auf, nachdem das Wasser zunehmend dem in der Duschszene von *Psycho* ähnelte, und brachte dann die beiden Muntermacher ans Tischchen.

»Ich hoffe, Sie sind mit unserem Getränkeservice zufrieden, Mr. Friedman«, sagte sie.

Lana Nelson hatte die Augen ihres Vaters. Obwohl sie schon viel gesehen hatten, so kam es mir vor, waren sie immer noch voller Hoffnung. In diesen Augen lagen vier Ehen, was Gleichstand mit Willies vier Ehen bedeutete, obwohl natürlich niemand mehr so richtig mitzählte. Lana selbst hatte mal bemerkt: »Exmänner hab ich am laufenden Kilometer.« Allen Ginsberg hatte mal bemerkt: »Der Apfel fällt nicht weit vom Stamm, auch nicht, wenn der längst gefällt ist.« Der Stamm wäre in Nashville tatsächlich fast gefällt worden, als Willies Privatleben und sein Berufsleben gleichzeitig auf dem Nullpunkt ankamen. Da hatte er zusammen mit Hank Cochran mal die ganze Nacht lang Songs komponiert. Der letzte, der erst in den frühen Morgenstunden fertig wurde, hieß: »What Can You Do to Me Now?« Danach war Willie nach Hause gegangen, nur um festzustellen, daß sein Haus abgebrannt war. Lana war damals noch ein kleines Mädchen gewesen, aber wenn man ihr tief in die Augen sah, konnte man heute noch die Gluten schwelen sehen.

Wie Willie und Bobbie war sie eine Kämpfernatur, eine Frau, die niemals aufgab. Nachdem einer ihrer Exmänner in spe sie regelmäßig geschlagen hatte, mußte dieser dann irgendwann ein Resozialisierungsprogramm durchlaufen, das man ihm aufgebrummt hatte. Lana hatte damals die Hoffnung nicht aufgegeben, was Willie zu dem Kommentar veranlaßte: »In der Resoz ruhen sie sich aus, bevor sie wieder auf einen losgehen.« Was damals dann auch der Fall war. Nach seiner Rückkehr verschaffte der baldige Exmann Lana unfreiwillig einen der besten Sprüche ihres Lebens. Er hatte nach seiner Rückkehr wieder angefangen, sie zu schlagen, bis sie schließlich die Schnauze voll hatte und ihn eine Treppe runterstieß.

»Na, was hältst du denn von diesem Zwölf-Stufen-Programm?« hatte sie ihm nachgerufen.

»Auf dein Wohl«, sagte Willie und trank mir zu. »Und auf Bens Wohl.«

135

»Und auf dein Wohl«, fügte ich hinzu.

Ben war außer Gefahr, wie ich erfahren hatte, kaum daß ich in den Bus gestiegen war. Wie ich gleich vermutet hatte, war die Verletzung nicht lebensbedrohend. Die Ärzte behielten ihn bloß zur Beobachtung über Nacht im Krankenhaus. Sie meinten, körperlich hätte er die Konstitution eines Pferdes. Sein Geisteszustand stand auf einem anderen Blatt, aber dafür brauchte man auch einen anderen Arzt, möglichst mit einem Doktortitel der Universität von Meschugge.

Nachdem Willie seinen Muntermacher gezwitschert hatte, sagte er: »Immerhin hat Ben inzwischen kapiert, daß du nicht John Wayne bist. Er bleibt aber bei seiner Version, daß er von Indianern angeschossen wurde.«

»Überrascht dich das?« sagte ich. Mich dagegen überraschte eher, daß ich nach dem Muntermacher noch sprechen konnte. Zu dessen Gunsten sei gesagt, daß er einen selbst morgens um vier seitwärts springen ließ.

»Nichts, was Ben sagt, könnte mich je überraschen«, meinte Willie.

»Ganz meine Meinung«, sagte ich. »Aber lassen wir John Wayne und das Alamo mal außen vor. Mich beschäftigt immer noch dieser quälende kleine scharlachrote Faden. Der Tourbus macht einen Indianer zu Hackfleisch. Kurz darauf taucht ein junger amerikanischer Ureinwohner auf und drückt dir ein Wildlederpäckchen voller Scherereien in die Hand. Du verpißt dich samt Kiste, um – in deinen eigenen Worten – ›in wärmerem Klima Golf zu spielen‹. Während du weg bist, verschwindet das Wildlederpäckchen. Dann taucht es in der Niagara Suite des Hotels wieder auf, in einem Zimmer, das für dich alias Larry Jackson gebucht worden ist und wo sich Ben hinbegeben hat, weil er geglaubt hat, er soll

136

John Wayne Befehle von General Custer aushändigen. Nun ist es so, daß Ben im richtigen Leben mal für John Wayne gearbeitet hat. Heute arbeitet er im richtigen Leben für dich. Dann passiert ein bißchen unbestritten richtiges Leben: Ben wird angeschossen. Er behauptet, von einem Indianer. Er erzählt mir, das Wildlederpäckchen liege unter dem Bett. Ich sehe nach, finde es, nehme es mit und untersuche in meinem Zimmer sorgfältig seinen Inhalt. Ich bringe es dir zurück. Du legst es zwischen uns auf dieses Tischchen. Und jetzt sitzen wir beide hier wie Faron Young morgens um vier und starren das Scheißding an, untrennbar verbunden durch den quälenden kleinen scharlachroten Faden, und fragen uns, was zum Henker wohl als nächstes passiert.«

Es war meine bisher längste Rede zum Thema, aber Willie war nicht nur auf der Bühne, sondern auch im Zuschauerraum großartig. Er nahm jedes Wort auf und verstand auch alle Nuancen, Zweifel und unausgesprochenen Schlußfolgerungen. Er betrachtete mich mit den Augen eines Schlangenbeschwörers.

»Hast du 'ne Idee?« fragte er.

»Meine Kristallkugeln hab ich in der anderen Hose«, sagte ich, »aber ich hätte einen Vorschlag.«

»Und der wäre?« sagte Willie und zündete sich in aller Ruhe einen Joint von der Größe des Holland Tunnel an.

»Wir sollten langsam eine Busburg bilden«, sagte ich.

Am folgenden »Bloody Mary Morning« flatterte ich wie ein kühner kleiner Kolibri aus der Honeysuckle Rose heraus und in eine unbekannte und gefahrvolle Morgendämmerung hinein. Auf Willies Bitte hin hatte ich den allgegenwärtigen, sauber wieder eingepackten Wildlederalbatros mitgenommen, der mit jedem Augenblick, den ich ihn in der Hand hatte, mehr Böses aufzunehmen schien. Willie und ich waren formell übereingekommen, daß ich mich offiziell an diese ungewöhnliche Ermittlung machen und nichts unversucht lassen sollte, um herauszufinden, wer oder was hinter dieser unangenehmen Situation steckte. Bei Willie besteht eine formelle Übereinkunft natürlich aus einem Händedruck und einem Lächeln, aber das war garantiert *good enough for me and Bobby McGee,* egal, wo die sich heute herumtrieb.

So wie ich die Dinge sah, mußte ich noch ein paar Hausarbeiten erledigen, und dann hieß es, den Staub Buffalos von den Füßen zu schütteln, dem Tourleben vorläufig Lebewohl zu sagen und nach New York zurückzukehren. Ich mußte mich neu orientieren. Ich wollte einen Schritt zurücktreten, Überblick gewinnen und das Problem studieren, so wie man an einem Aussichtspunkt hält, um auf einer Landkarte in aller Ruhe die Route in die Hölle zu studieren. Ich mußte Kriegsrat mit Rambam halten, meinem wichtigsten technischen Berater in Sachen Kriminologie. Und ich hatte, ehrlich gesagt, Sehnsucht nach der Katze.

So saß ich vierundzwanzig Stunden später an Bord eines Flugzeugs, das mich aus Buffalo zum JFK brachte. Das Gefühl, nach Hause zu kommen, blieb allerdings aus. Zum einen habe ich nur vage, fast flüchtige Vorstellungen von Zuhause. Zum anderen gibt man die Straße nicht so leicht auf. Manchmal braucht man dafür ein ganzes Leben. Manchmal länger. Manchmal liegt die Straße am Himmel.

TEIL 3

GOTT

»Stell dir vor, was Gott erst hätte schaffen können,
wenn er ein bißchen Geld gehabt hätte.«

ROGER MILLER ZU WILLIE NELSON
BEI BETRACHTUNG EINES WUNDERSCHÖNEN
SONNENUNTERGANGS IN TEXAS

26

»Schmeiß den beschissenen Puppenkopf runter!« schrie Rambam, dessen Frustrationstoleranzschwelle der Eisregen, der stetig und unerbittlich auf den Fußweg prasselte, anscheinend etwas gesenkt hatte.

Die Katze und ich sahen uns das Spektakel vom Küchenfenster meines Lofts im dritten Stock aus an. Ich trug meinen alten lila Robert-Louis-Stevenson-Bademantel, trank eine Tasse heißen, bitteren Espresso und rauchte Teil zwei einer uralten kubanischen Zigarre, die ich aus meinem großen Aschenbecher, der die Form des Staates Texas hat, exhumiert hatte. Keine Frage: Ich war froh, wieder in New York zu sein.

Spaßeshalber heuchelte ich kurz Verständnisschwierigkeiten bezüglich der nur zu klar zutage liegenden Wünsche unseres mächtig aufgebrachten Besuchers unten auf der Vandam Street.

»Was glaubst du? Was will dieser Verrückte?« fragte ich die Katze.

Die Katze sagte natürlich nichts, musterte jedoch erneut Rambams Mätzchen unten auf der Straße. Er stapfte herum wie ein Kosak mit Veitstanz. Er kreischte wie eine Schwuchtel mit Nasenbluten. Er ruderte mit den Armen wie dieser blöde Schostakowitsch. Die Katze sah mich skeptisch an.

»Die Stimme kenne ich irgendwoher«, sagte ich.

Die Katze sagte nichts.

»Schmeiß den beschissenen Puppenkopf runter!« schrie Rambam fuchsteufelswild.

Spaß muß sein, dachte ich, aber bei einem Typen wie Rambam sollte man es damit nicht zu weit treiben. Erstens brauchte ich seine Hilfe, wenn ich der Willie-Nelson-Sache überhaupt je auf den Grund kommen wollte. Zweitens hatte ich keine Lust, eines Tages die Straße entlangzuspazieren, um plötzlich feststellen zu müssen, daß mein Cowboyhut explodiert war.

Mit aller gebotenen Eile ging ich zum Kühlschrank, nahm den lächelnden kleinen Negerpuppenkopf herunter, öffnete das Fenster einen Spaltbreit und warf den geliebten Gegenstand in den kalten, herzlosen Nachmittag von New York City hinaus. Der Wind hatte offenbar aufgefrischt, denn der farbenfrohe Fallschirm trug den Puppenkopf in einer weiten Flugbahn über Rambams Kopf hinweg. Rambam ließ sich jedoch nicht so einfach unterbuttern, machte einen schier übermenschlichen Hechtsprung auf die Straße hinaus, wurde um Haaresbreite von einem gemächlich zurücksetzenden Müllwagen übergemangelt, der ein Rendezvous mit einem Müllcontainer hatte, und fing den Puppenkopf mit einer zirkusreifen Vorstellung.

»Allah sei gelobt«, sagte ich zur Katze und schloß das Fenster.

Die Katze war in ihrem vorigen Leben eine charismatische Episkopalin gewesen und und reagierte nicht gerade freundlich auf meine zugegeben falsche fundamentalistische Frömmigkeit. Statt dessen starrte sie weiterhin mit einem gerüttelt Maß an zynischem Katzenmißfallen Rambam an, der auch nicht gerade freundlich auf die Situation reagierte. Dann mußten wir voller Entsetzen mit ansehen, wie Rambam dem kleinen Puppenkopf den Hausschlüssel aus dem lächelnden Mund riß und ihn hoch über den Kopf hielt. Mit der anderen Hand pfefferte er den kleinen Puppenkopf mit aller Kraft auf den gefrorenen Fußweg.

»Um Himmels willen!« schrie ich auf und löste bei der Katze nun doch eine heftige Reaktion aus. Sie sprang vom Fensterbrett, überschlug sich ein paarmal auf dem Boden und fing an, in Zungen zu reden.

Der Regen fiel weiter auf all die archelosen Noahs auf der Straße, der Puppenkopf lag wieder auf dem Kühlschrank und lächelte stoisch, die Katze hatte sich unter der Heizlampe auf dem Schreibtisch zusammengekuschelt und schlief, Rambam und ich saßen gemütlich am Küchentisch, tranken Espresso, und ich erzählte ihm Kilometer für Kilometer von der Tour. Jemandem von einer Erfahrung zu erzählen ist nie das gleiche wie die Erfahrung selbst, auch wenn man auf diese ganz gern verzichtet hätte. Manchmal war mir, als ließe Rambam die Atmosphäre so stark auf sich wirken, daß ich fast meinte, wir säßen wieder bei Willie und seinen Zigeunern im Bus. Manchmal hatte ich auch den Eindruck, Rambam würde mir überhaupt nicht zuhören, und dann fühlte ich mich wie Marco Polo, der einem Haufen gereizter Italiener die Vorzüge der Nudel nahebringen will.

Drei Stunden, sechs Espressos, vier Zigarren und eine halbe Flasche Jameson später wurde es draußen dunkel, aber drinnen fiel neues und konzentrierteres Licht auf eine definitiv weite trübe Landschaft. Die Katze war wieder hellwach, und ich atmete auf, als ich sah, daß Rambams Augen fast genauso intensiv glühten wie ihre.

143

Statt der unverblümten Frage »Worauf willst du eigentlich hinaus?« stieß er jetzt wenig hilfreiche Interjektionen aus wie »Willst du mich verarschen?« und »Das kann doch nicht wahr sein!«. Ich fühlte mich gleich viel besser.

Rambams »abgebrühte Computermethode« und seine gesetzliche und manchmal außergesetzliche Sachkenntnis waren schon oft eine unschätzbare Hilfe gewesen, wenn eine Ermittlung aus unerfindlichen Gründen in Regionen weggetreten war, wo kein Nachtbus mehr fuhr. Ich hoffte, daß dieses allgemeine Prinzip auch auf Willie Nelsons Tourbus zutraf.

Ich kippte noch einen Jameson und sah zu, wie Rambam etwas in sein kleines Detektivnotizbuch schrieb. Das war ein gutes Zeichen. Ich beobachtete meinen manchmal mürrischen und manchmal charmanten Freund und dachte mit widerwilliger Dankbarkeit an seine Hilfe bei einem Fall, über den McGovern geschrieben und dem er den leider gar nicht kryptischen Titel *Der Leibkoch von Al Capone* gegeben hatte. Dieser Mafiakoch hatte, wie es schien, post mortem dem Telefonterror gegen McGovern gefrönt. Die Ermittlung war Rambams abgebrühten Computern übergeben worden, die zu guter Letzt herausbekommen hatten, daß ich drei Monate lang einen Mann gesucht hatte, den es gar nicht gab.

»Nun, Travis McGee«, sagte Rambam und lehnte sich behaglich zurück, »du weißt, was du zu tun hast.«

»Ach ja?« sagte ich und warf der Katze einen fragenden Blick zu, aber wie die meisten Bittsteller, die sich an eine Katze wenden, wurde ich keines Blickes gewürdigt.

»Du hast mir jede Menge Hintergrundwissen zu Willie gegeben«, sagte Rambam und konsultierte seine Notizen. »Du hast erzählt, er habe als Kind Baumwolle gepflückt und zwar auf dem Feld einer texanischen Kleinstadt...«

»Abbott, Texas«, sagte ich.

»Abort, Texas«, sagte Rambam. »Jacke wie Hose. Er hat dir erzählt, als Kind habe er immer große Autos auf den Highways vorbeifahren sehen, deren Fenster auch im Hochsommer immer geschlossen blieben, und sich gewünscht, auch mal so ein Auto zu haben, statt auf den Baumwollfeldern schuften zu müssen. Das verrät einem schon so manches über seine damaligen Vorstellungen von Erfolg und zeigt, daß er Reichtum und Macht schon als Kind ins Herz geschlossen hatte.«

»Reichen Sie mir mal das Kokain, Dr. Freud?«

»Bloß kauf ich ihm seine kosmische oder fatalistische Zen-Philosophie nicht ab. Daß er sich nicht mal besonders aufregt oder sich wenigstens fragt, wer ihn da umbringen will...«

»Willie regt sich nie besonders auf.«

»Ich mich auch nicht«, sagte Rambam. »Außer wenn mein Wagen einen Kratzer abbekommt. Und dann macht dir Willie weis, daß er nicht an den Tod glaubt, sorgt aber gleichzeitig penibel für seine Gesundheit...«

»Dabei geht's um Energie. Das mach ich jetzt auch.«

»Du nimmst mich auf den Arm, oder? Mal ehrlich: Du schluckst täglich zwei Pollenkapseln?«

»Stimmt genau.«

»Dazu eine nicht näher spezifizierte, aber unglaubliche Menge von Chlorellapillen aus einer Art Grünalgen?«

»Stimmt genau.«

»Und du trinkst täglich wie dein Mentor ein Glas – wo hab ich's denn? – reinen, ungefilterten Apfelessig?«

»Stimmt genau. Hat dir schon mal wer gesagt, daß du dich gut als Stenograf machst?«

»Hat dir schon mal wer gesagt, daß du dich total zum Affen machst? Weißt du überhaupt, was das ganze Zeug bei dir anrichten könnte? Vielleicht nimmt Willie das ja, damit er eine Latte kriegt.«

»Ach, deswegen laufe ich seit 'nem Vierteljahr mit diesem Drei–Meter–Monsterständer rum!«

»Und ich hab schon gedacht, ich wär da unter dem Tisch gegen dein Bein gestoßen.«

»Hilfst du mir nun oder nicht?« fragte ich, weil ich das Sprücheklopfen langsam satt hatte und ohne seine Hilfe auf verlorenem Posten stand.

»Kommt darauf an«, sagte Rambam, klappte sein Notizbuch zu und musterte mich.

»Kommt worauf an?« fragte ich.

»Darauf, ob das eben dein Bein war«, sagte Rambam.

27

Der Regen sank weiter hernieder, und die traumge-
wobene Indianerdecke der Kindheitsnacht sank auf
die Stadt hernieder. Auch der Pegel der Jameson-Flasche
sank. Der Jameson war bald weg, aber Rambam, die
Katze und ich waren noch da, zusammengeschweißt von
Regen, Weltekel und den Umständen, disparate Despe-
rados, die ein Leben lang umherwanderten, nur um sich
schließlich in einem vergessenen französischen Roman
wiederzufinden.

»Dir dürfte inzwischen aufgegangen sein«, sagte Rambam, »daß diese ganze verrückte Indianergeschichte die
ideale Tarnung für jeden wäre, der Willie Nelson das Fell
über die Ohren ziehen will.«

»Wie Bobbie Nelson sagen würde: ›Wer um alles in
der Welt sollte Willie denn das Fell über die Ohren ziehen wollen?‹« sagte ich.

»Ich«, sagte Rambam, »wenn ich mir anhören muß,
wie er ›Mammas Don't Let Your Babies Grow Up to be
Jewboys‹ singt.«

»Aber du warst bestimmt nicht der Typ, der aus Verse-
hen Ben Dorsey angeschossen hat. Da warst du nämlich
mit den Fallschirmspringern vom srilankischen Luftlan-
debataillon unterwegs.«

»Den Königlich Thailändischen Fallschirmspringern.

Woher willst du eigentlich wissen, daß der Schütze es nicht tatsächlich auf Ben Dorsey abgesehen hatte?«

»Weil Ben ständig mit Willie verwechselt wird. Willie profitiert im übrigen oft davon. Er hat mal erzählt, wenn er früher als erster aus dem Bus vor die Fans trat, hat er manchmal ein ›Mann, sieht der alt aus‹ zu hören bekommen. Also hat er irgendwann Ben den Vortritt gelassen. Wenn die Leute den gesehen haben, hieß es auch: ›Mann, sieht der alt aus.‹ Willie wartet einen Augenblick, dann steigt er ebenfalls aus und bekommt zu hören: ›Mann, sieht Willie gut aus.‹«

»Der ist gut«, sagte Rambam und lachte. »Schlauer Fuchs. Meinst du nicht, Willie könnte auch so schlau sein, dir bei der Sache dies und das zu verheimlichen?«

»Möglich wär's.«

»Nicht nur möglich. Was ist, wenn er nun weiß oder vermutet, wer dahintersteckt, und es dir nur nicht sagen will? Was ist, wenn er glaubt, es wäre jemand, der ihm nahesteht? Der vielleicht sogar für ihn arbeitet? Du hast doch selbst gesagt, daß fast alle von denen schon mal im Bau waren.«

»Kann ich mir nicht vorstellen«, sagte ich. »Die Willie Nelson Family hält ihm die Treue bis in den Tod.«

»Da führt diese Ermittlung auch hin, wenn du dich verrannt hast.«

Das war ein ernüchternder Gedanke. Und ich brauchte einen ernüchternden Gedanken, nachdem wir fast die ganze Flasche Jameson umgebracht hatten. Ich beschwerte mich mit einer Zigarre als Ballast und ging zur Espressomaschine, die schon eifrig eine Annäherung an »Blow High, Blow Low« summte, den Walfängersong aus *Karussell*. Das war einer der besten Songs der Broadway-Show gewesen, aber leider nicht in den Film übernommen worden. Ich zapfte zwei Tassen starken, heißen, bitteren Espresso ab, um den Jameson-Suff in den Griff zu kriegen. Ich brachte die Tassen an den Tisch, stellte Rambam eine hin und setzte mich dann auf die andere Seite. Jetzt mußten wir nur noch die Ermittlung in den Griff kriegen.

»Ich glaube nicht, daß Willies Leute bewußt bei etwas mitmachen würden, das ihm schaden könnte«, sagte ich. »Auch der kriminelle Geist hat eine gewisse Moral, die in der normalen Bevölkerung nur selten anzutreffen ist.«

»Wahrscheinlich hast du recht«, sagte Rambam. »Hört sich an, als würden seine Leute für ihn durch die Hölle gehen. Seinetwegen große persönliche Risiken auf sich nehmen. Die Schiene eben. Wie in der Geschichte mit den Drogenhunden, die du vorhin erzählt hast.«

Rambam bezog sich auf einen Vorfall am Anfang der Tour, als der Bus nach einem Konzert in McAllen, Texas, morgens um drei von Bundesbullen angehalten worden war. Ben hatte in panischer Hast versucht, das Marihuana zu verstecken, aber genausogut konnte man versuchen, am Strand von Waikiki den Sand zu verstecken. Willie, L. G., Gator, Bobbie, Lana, Ben und ich waren aufgefordert worden, den Bus zu verlassen. Zusammen mit einer traurigen Mexikanerin und zwei zerlumpten, hübschen Kindern standen wir eine Weile in dem eiskalten Bundesbullenbüro herum und sahen zu, wie zwei äußerst gepflegte und unglaublich junge Bundesagenten den Stand der Dinge besprachen.

»Die sind so jung, die haben wahrscheinlich keinen blassen Dunst, wer Willie ist«, hatte ich zu Gator gesagt.

»*Jeder* weiß, wer Willie ist«, hatte er geantwortet.

Dieser Umstand konnte allerdings auch ein anderes Problem zeitigen. Vielen Paragraphenreitern – besonders Finanzbeamten und überhaupt Ordnungshütern – fehlte jene Moral und Phantasie, die bei den Outlaws blühte und gedieh. Manch ein getrübtes und humorloses Auge des Gesetzes erkannte zwar eine Ikone wie Willie Nelson, betrachtete eine Festnahme von diesem aber als Glanzstück einer sonst eintönigen Laufbahn. Als der im Pick-up am Highway bei Waco knackende Willie wegen Drogenbesitzes kassiert wurde, ergab sich eine interessante Konstellation. Ein alter und ein junger Cop waren an dem Vorfall beteiligt. Der alte plädierte dafür, die Countrymusik-Legende laufenzulassen. Der junge mußte unbedingt die Klappe aufreißen. Hinter der Klappe lagen dummerweise etliche Joints, die so groß wie Willie selbst waren. Der alte Cop war angeblich immer noch dafür, Willie mit einem blauen Auge davonkommen zu lassen, aber der junge hatte Blut geleckt. Er bestand darauf, ihn festzunehmen, um bundesweit in die Schlagzeilen zu kommen.

Die Bundesagenten bei McAllen waren, wie gesagt, blutjung. Sie wußten vielleicht, wer Willie Nelson war, aber man konnte Gift darauf nehmen, daß sie noch nie von Hank Williams, Anne Frank, Wavy Gravy, Adlai Stevenson, Pater Damien, Ira Hayes, Breaker Morant oder Emily Dickinson gehört hatten. Wenn doch, hätten sie die auch kassiert. Befehl war schließlich Befehl.

Ungefähr an diesem Punkt war ein neuer junger Agent mit einem ungeheuer dienstbeflissenen, wachsamen, nüchternen Schäferhund mit Spezialausbildung hinzugekommen. Die traurigen Augen der Mexikanerin und unsere blutunterlaufenen Augen mußten mit ansehen, wie der Bundesbulle die Tür der Honeysuckle Rose öffnete und mit dem Hund im Bus verschwand. Wir konnten den Kopf des jungen Beamten sehen, der die gesamte Länge des Busses abschritt. Im Lauf der Jahre hatte das an Bord der Honeysuckle Rose gerauchte Gras deren Beet dermaßen gedüngt, daß ein einziges Schnuppern an den Rosenblüten einen ausreichend high werden ließ, um bei den Wiener Sängerknaben im Sopran unterzukommen. Die Mexikanerin sah mitleidig zu uns herüber.

Wir standen rund vierzig Jahre lang in der Wüste von Südtexas, doch siehe da – es geschehen noch Zeichen und Wunder. Der junge Bundesbulle und der Schäferhund rückten ab, ein vierter junger Bulle schickte uns in den Bus zurück und winkte uns unserer Wege.

»Meine Güte«, sagte ich. »Was zum Teufel ist denn da passiert?«

»Vielleicht war der Hund ein Fan von Willie«, hatte Lana vorgeschlagen.

»Vielleicht war er ein Fan von Kinky«, hatte Willie lächelnd gesagt.

»Oder aber«, hatte Bobbie gemurmelt, »er hatte eine Nebenhöhlenentzündung.«

Ich rauchte meine Zigarre, hing wehmütig der Erinnerung nach und meinte schließlich zu Rambam: »Ich bin sicher, daß wir die Willie Nelson Family von der Liste streichen können.«

»Was uns zu der Frage bringt, die wir uns als erstes hätten stellen müssen. Was ist mit Willies *früheren* Familien? Speziell seinen Exfrauen? Ich wette, daß eine von denen dahintersteckt.«

»Husbands and Wives«, dachte ich in Reminiszenz an den alten Song von Roger Miller. Er paßte wie die Faust aufs Auge.

»Wie viele Exfrauen hat Willie denn?« fragte Rambam.

Ich zog an der Zigarre und trank einen Schluck Espresso.

»Pi mal Daumen so um die siebenundneunzig«, sagte ich.

Unser Treffen auf höchster Ebene kippelte am Rande der Vertagung. Rambam stand auf und vollführte etwas, was zu den Dehnungsübungen der burmesischen Armee gehören mußte. Ich ging zum Schreibtisch und lenkte seine Aufmerksamkeit auf das einzige Beweisstück, das ich von der Tour mitgebracht hatte. In diesem Moment legte die Lesbentanzschule paradoxerweise einen Kavalierstart hin und ließ verschiedene dumpfe Knallgeräusche, langgezogene Gleitlaute und schlichtes Stampfen ertönen, was alles von der Loftdecke erbarmungslos auf uns herabregnete. Im Moment konnte ich an Winnie Katz' Lesbentanzschule nur eines loben: Keine ihrer Schülerinnen würde je Willie Nelsons Frau werden.

»Hier hab ich noch was zum Thema ›Mein schönster Ferienfund‹«, sagte ich und gab Rambam die Patronenhülse aus dem Wald und das geheimnisvolle Wildlederpäckchen, was seinen Abgang hinauszögern half. Er ging mit der Hülse zum Schreibtisch hinüber, um sie unter der Lampe zu untersuchen, was die Katze, die sich dort wieder zum Schlafen zusammengekuschelt hatte, sichtlich störte.

»Hab ich auf einer kleinen Waldlichtung gefunden. In der Nähe ist Ben Dorsey angeschossen worden. Von der Lichtung aus hat man direkte Sicht auf die Niagara Suite, von der ich dir erzählt habe.«

»Heiliges Kanonenrohr«, sagte Rambam und hielt die silbrige Hülse ins Licht.

152

»Was ist denn?«

»So eine hab ich schon seit langem nicht mehr gesehen.«

»Was ist denn damit?«

»Keine Ahnung«, sagte Rambam, »aber die sieht aus, als wäre sie ungefähr fünfunddreißig Jahre lang in Don Knotts' Tasche rumgeeiert.«

»Du meinst, sie ist alt?«

»So eine hätte der Sheriff von Tombstone im Gürtel tragen können. Wenn du nichts dagegen hast, nehme ich sie mal mit und überprüfe sie.«

»Und was ist mit dem geheimnisvollen Wildlederpäckchen, das der Indianer Willie in Florida in die Hand gedrückt hat?«

»Weiß ich nicht«, sagte Rambam und musterte den Inhalt. »Das fällt in dein Ressort. Ich mach mich an die siebenundneunzig Frauen ran, und du kümmerst dich um die Indianer.«

»Und warum willst du mir bei den Indianern nicht helfen?«

Rambam war schon wieder zur Tür unterwegs und sagte nur noch: »Ich schmücke mich nicht gern mit fremden Federn.«

28

Anfang der Fünfziger, da ich ein Kind war, da spuckte ich wie ein Kind und schiß wie ein Kind und hatte kindlich lustige spitze Geburtstagshütchen. Ich wußte, was alle Kinder über Indianer wissen, was in einem rein spirituellen Sinn oft ganz schön viel sein kann, aber natürlich wußte ich nichts über Exfrauen. Als ich heranwuchs und endlich aus dem Heim für die Durchgeknallten in Bandera entlassen wurde, weil ich zuviel gereimt hatte, wußte ich etwas mehr über Indianer, aber noch immer nichts über Exfrauen bis auf einen Satz von Alden Shuman: »Sie bleiben bei dir auf Gedeih.«

Was Indianer angeht – und die gehen meist weiter als Exfrauen –, hatte ich im Lauf der Zeit rund eine Million Pfeilspitzen gesammelt und war häufig im Museum der Frontier-Zeiten in Bandera gewesen, was praktisch neben dem Heim für die Durchgeknallten liegt. In diesem Museum werden nicht nur unzählige Artefakte der Indianer ausgestellt, es besitzt auch einen echten Schrumpfkopf, eine Ziege mit zwei Köpfen, den »Schuh einer Negerin«, der 1927 bei einem Unfall mit Fahrerflucht übrigblieb, und noch viele, viele andere merkwürdige und obskure Objekte, die mich als Kind faszinierten und mich, weil ich dummerweise geistig etwas zurückgeblieben bin, heute noch faszinieren.

Ich war schon immer der Überzeugung, daß Kinder viele Dinge von Haus aus besser verstehen als Erwachsene. Wenn sie größer werden, wird diese angeborene Fähigkeit wie schönes, altes Kopfsteinpflaster mit Beton erstickt, verschüttet, zerstört und durch sogenanntes Wissen ersetzt. Das Wissen wird, laut Albert Einstein, der übrigens viel Zeit mit den Indianern verbrachte, wenn er nicht gerade in Princeton, New Jersey, sein Fahrrad vergessen mußte, im Vergleich zur Phantasie allgemein überschätzt. Die Phantasie ist bekanntlich die Währung der Kindheit. Deswegen ist es kein Wunder, daß Kinder für Indianer, die Natur, den Tod, Gott, Tiere, das Universum und einige unverständliche Abstrakta wie die katholische Kirche mehr Verständnis aufbringen als Erwachsene.

Mit den Augen eines Kindes zündete ich mir jetzt die erste Zigarre des Morgens an und tastete mich behutsam an alles heran, was nicht da war. Ich hatte ein verdammtes Halbjahrhundert auf diesem primitiven Planeten überlebt, wo das Picken der Plattschweifsittiche in Australiens Northern Territories unsere geringste Sorge war. Ich ließ meine Gedanken zu dem Siebenjährigen zurückschweifen, der im texanischen Sommer à la Otis Redding am Kai an den tiefen Wassern der Echo Hill Ranch saß. Dort und damals kam es zu einer folgenreichen Erfahrung meines jungen Lebens, eigentlich eine Kleinigkeit, aber wie Raymond Chandler in den letzten Stadien seines Alkoholismus oft sagte: »Kleine Schritte für kleine Füße.« Damals sah ich zum ersten Mal einen Männerhoden, der einem Blakeschen Symbol gleich außen am Saum einer Badehose, wie sie halt in den Fünfzigern in Mode waren, unbewußt in der Schwebe gehalten wurde.

Der dazugehörige Mann hieß Danny Rosenthal, ein netter Mensch mit einem Schnurrbart und einem fröhlichen Lächeln, der wahrscheinlich haufenweise Probleme hatte, aber die waren mir als Kind natürlich unbekannt. Er war mit meinem Vater befreundet und konnte sich eine Zigarette ins Ohr stecken und den Rauch aus dem Mund strömen lassen. Sein momentan einziges mir bekanntes Problem war, daß an seinem Badehosensaum ein großer Männerhoden wie eine tote Ratte in der Falle baumelte. Danny Rosenthal hatte es nicht gemerkt, aber ich war als Kind entzückt, und weil ich dummerweise sexuell etwas zurückgeblieben bin, fasziniert es mich noch heute. Danny Rosenthals Hoden hängt wie eine Sonne über meinen glücklichen Erinnerungen an die letzten Tage der Kindheit.

Heutzutage sieht man keine Männerhoden mehr aus Badehosen hängen. Die Mode hat sich verändert, die Menschen haben sich verändert, und die Welt hat sich verändert, heißt es. Statt zu den Dingen aufzusehen, sehen wir heute auf sie hinab. Außerdem können wir nicht mehr mit Danny Rosenthals Hoden herumtändeln, weil die Leute heutzutage Weicheier sind, die immer gleich in den Sack hauen. Die Hartgekochten schrumpfen mit den Jahren wie die Phantasie.

Ich glaube, mein Vater hat mal erwähnt, daß sich Danny Rosenthal vor einigen Jahren auf den Weg über den Regenbogen gemacht hat. Wenn das stimmt, schwimmt er heute sicher am Himmel, und sein eigensinniger Hoden wurde auf dem Weg allen Fleisches zu den Schatten an den Mauern von Hiroshima verbannt. Ich habe dieses kleine Erlebnis aus meiner frühen Kindheit nie jemandem erzählt, schon gar nicht Danny Rosenthal, aber ich bin mir sicher, daß er aus dem Alter heraus ist, in dem ihm der Fauxpas peinlich gewesen wäre. Ich glaube, Gott schützt jeden Hoden, auch die, die manchmal unabsichtlich vom Pfad der Tugend abkommen. Ich glaube, eines Tages werden wir alle mit Danny Rosenthal am Himmel schwimmen oder zumindest in irgendeiner Bar enden und Jimmy-Buffett-Songs covern.

Links und rechts klingelten die Telefone. Ich paffte noch einmal an der Zigarre und hob dann – noch ganz verträumt – den linken Hörer ab.

»Bist du *da?*« fragte Rambam mit merkwürdigem Drängen in der Stimme.

»Wo soll ich denn sonst sein?« fragte ich.

29

»Ich glaube, ich hab was«, sagte Rambam.
»Und warum hat das so lange gedauert?« fragte ich.

Ich wußte, daß Rambams abgebrühte Computermethode manchmal schnelle Ergebnisse zeitigte, aber das
hier war grotesk schnell gewesen. Ich hatte ihm die Liste
mit Willies Verflossenen doch erst am Vorabend, kurz
bevor er ging, in die Hand gedrückt. Und jetzt hatte er
schon Ergebnisse? Es war doch erst Viertel nach Gary-
Cooper-Zeit. Die Espressomaschine war noch nicht mal
bei der zweiten Strophe der Titelmelodie von *Dr. Schiwago* angekommen.

»Ich hab keine Lust, lange zu erklären, wie die abgebrühte Computermethode funktioniert«, sagte Rambam. »Den Computerteil würdest du eh nicht verstehen,
und den abgebrühten Teil willst du wahrscheinlich gar
nicht wissen.«

»Correctimundo in jeder Hinsicht«, sagte ich und sah
zu, wie sich eine blaugraue Wolke Zigarrenrauch zur
Gott sei Dank stummen Insel Lesbos in den Himmeln
des Stockwerks über mir emporkräuselte. In New York,
dachte ich, hatten nicht nur Wände Ohren; auch Decken
und Fußböden gingen oft geheimnisvolle anthropomor-
phe Anne-Frank-Beziehungen ein.

»Vorläufig vergessen wir mal die Freundinnen, Geliebten und alten Flammen«, sagte Rambam, »und konzentrieren uns auf die jetzige Frau und die Exfrauen. Die haben schließlich am ehesten ein Mütchen zu kühlen, ob nun finanziell, juristisch oder emotional, eben auf diese ganz spezielle Weise, wie sich nur Eheleute verachten können.«

»Was glaubst du, warum ich mir eine Katze halte? Sag schon, was hast du rausbekommen?«

»Erstens, er war nur viermal verheiratet, nicht siebenundneunzigmal ...«

»Na gut, ich hab mich verzählt.«

»Martha, Shirley und Connie sind abgefrühstückt, und die jetzige heißt Annie. Martha ist tot, aber das war dir anscheinend nicht wichtig genug, um es mir mitzuteilen.«

»Ich glaube nicht an den Tod«, sagte ich.

»Du hast dich anscheinend nie im Lone Star Café auf der Bühne gesehen.«

Ich versetzte mich ein gutes Jahrzehnt zurück in die letzten paar Jahre, in denen ich noch regelmäßige Auftritte im Lone Star hatte. Ich dachte an die Massen, die Bierlachen auf den Garderobenböden, das Kokain, die Frauen, die gekommen und gegangen waren, oft im Wortsinn, und die paar mit dem goldenen Herzen, die wie ein nachhallender Akkord geblieben waren, bis auch sie wußten, daß der Traum ausgeträumt war.

»Was glaubst du, warum ich mir eine Katze halte?« sagte ich.

»Also, ich kenne mindestens eine Katze«, sagte Rambam, »die du dir garantiert nicht halten willst.«

»Die Katze im Sack?«

»Nein, Kinky. Ich meine einen italienischen Kater. Er gehört zu einer schillernden Familie, streunt in den falschen Kreisen herum, und für eine anständige Belohnung kratzt er am Lack der Leute, bis sie aus dem Buch des Lebens getilgt sind.«

Ich paffte nachdenklich meine Zigarre und fragte mich, worauf Rambam hinauswollte und ob das dann für kleine Kinder und Grünpflanzen unschädlich war. Rambam hatte die Angewohnheit, in Rätseln zu sprechen, was einen schier zur Verzweiflung treiben konnte. So wie die Suche nach dem Band, das den Saum der Nacht an alle meine Nachkommen bindet.

»Bist du noch dran?«

»Ja. Muß nur grade eine Chefsache entscheiden.«

»Und die wäre?«

»Ob ich diesen Kater Stephanie DuPont oder Ratso auf den Hals hetzen sollte.«

»Das ist doch keine Frage. Im Zweifelsfall immer die Katze der Ratte nachschicken. Aber ich fürchte, bewußter Kater ist gerade nicht frei. Ich glaube, der hat schon 'nen Gig.«

»Laß hören«, sagte ich ein wenig beklommen.

»Also, ich hab den Eindruck, daß nicht alle Mädchen, die Willie mal geliebt hat, seine Gefühle erwidern. Ich habe einige Kontobewegungen durch den so gut wie unfehlbaren abgebrühten Computer gejagt, und herausgekommen ist, daß die Frauen Nr. zwei und drei dem Kater genau in der Woche, bevor Ben Dorsey angeschossen wurde, üppig zu fressen gegeben haben.«

»Immer sachte mit den jungen Bräuten!« sagte ich.

»Immer sachte mit den jungen Bräuten stimmt«, sagte Rambam. »Wenn Willie nur seine Stimmbänder und nicht ihre Weichteile traktiert hätte, wär das alles nicht passiert.«

»Ich werd's ihm sagen, wenn ich ihn sehe. Und du bist dir sicher, daß der Computer sich nicht irrt? Immerhin, eine Verschwörung von Exfrauen ist schließlich fast so unglaublich wie die Behauptung, Lee Harvey Oswald sei aus eigenem Antrieb oben im Texas Cookbook Suppository gewesen. Wieviel sollen die Exen diesem – ähm – Kater denn gezahlt haben?«

»Sie *sollen* ihm nicht nur gezahlt haben. Alle beide *haben* ihm zehntausend Dollar gezahlt.«

»Heilige Muttergottes«, entfuhr es mir. »So billig ist heutzutage ein Mord?«

»Dafür bekommt man schon ein ganz anständiges Attentat. Oder kann jemanden tierisch ins Bockshorn jagen. Ein Leben ist billig, Kinky.«

»Das Leben mag billig sein, Freundchen, aber reich an der Münze des Geistes.«

»Versuch mal, Katzenfutter und Zigarren mit der Münze des Geistes zu bezahlen. In ein paar Wochen würdet ihr euch aus dem Müllcontainer auf der Vandam Street ernähren.«

»Piepegal. Wir würden so tun, als wären wir auf einem Schiff mit Dr. Dolittle, unterwegs auf der Suche nach der rosa Riesenschnecke.«

»Und dann würden die Männer in den weißen Kitteln kommen …«

»Piepegal. Die Katze könnte mir in der Klapsmühle Gesellschaft leisten, wie ja auch van Gogh eine Katze hatte, die ihm in der Psychiatrie Gesellschaft geleistet hat.«

»Er hatte auch ein Ohr, das ihm Gesellschaft geleistet hat …«

»Jeder in der Klapsmühle sollte eine Katze haben, die ihm Gesellschaft leistet«, fuhr ich unbeirrt fort, »und alle anderen sollten ebenfalls eine Katze haben. Wenn sie dann anfangen, Selbstgespräche zu führen, merken sie wenigstens nicht, daß sie verrückt geworden sind.«

»So verrückt wie die Chose mit den Exfrauen, die ein Kopfgeld auf Willie ausgesetzt haben. Also, ich werde der Sache aus zwei Gründen nachgehen. Erstens: Der abgebrühte Computer liegt theoretisch nie daneben. Und zweitens: Bei einem Klienten, der nach dem Motto lebt: ›Wer keinen Spaß verträgt, kann mich mal‹, ist alles möglich. Wie bist du bei den Indianern vorangekommen?«

»Ich sattle gerade die Pferde. Aber können wir noch mal auf diesen italienischen Kater zurückkommen? Ich kenne nur drei Italiener: Dylan Ferrero, Christoph Columbus und Papst Hexenverbrenner den Älteren, auf den die Tiara von Papst Turboschwanz II. überkommen...«

»Das sind nicht die einzigen Italiener, die du kennst. Indirekt kennst du noch einen. Du verdankst ihm deine Espressomaschine.«

Nachdem ich aufgelegt hatte, saß ich eine Zeitlang am Schreibtisch, rauchte die Zigarre und gab mich dem Anblick der prunkvollen Profi-Espressomaschine hin, die ungefähr ein Drittel meiner Küche einnahm. Sie war mit Dr. Schiwago fertig und summte jetzt eifrig eine Melodie vor sich hin, die sich nach dem »Marsch der siamesischen Kinder« aus *Der König und ich* anhörte, ein eindeutiger Hinweis darauf, daß sie einem Orgasmus so nah war, wie das einer Espressomaschine nur möglich ist.

Ich erinnerte mich nur zu gut an den Tag, an dem die Männer gekommen waren, um das riesige, glänzende Dingsda zu installieren. Später hatte ich erfahren, daß es das Geschenk eines Mannes war, dessen Tochter ich mal vor einem Überfall am Geldautomaten in der Christopher Street gerettet hatte. Rambam hatte damals gesagt, es sei nicht nötig, ja nicht einmal ratsam, den Mann anzurufen oder ihm einen Dankesbrief zu schicken. Laut

Rambam handelte es sich um einen Mann, den man lieber aus der Ferne schätzte.

Er hieß Joe-die-Hyäne.

Ich konnte mir nicht vorstellen, daß Shirley und Connie – die zweite hatte ich ein paarmal getroffen – gemeinsame Sache machten, um Willie umzulegen. Das war irgendwie das Verrückteste, was ich je gehört hatte, aber in welcher Verbindung sollten sie sonst mit einem Mann wie Joe-die-Hyäne stehen, erst recht so kurz vor dem Ben-Dorsey-Zwischenfall? Bei Joe-die-Hyäne zog selbst ein Rambam die Krallen ein.

»Koo-koo-kah-choo«, sagte die Espressomaschine, vielleicht um Joe-die-Hyäne zu verteidigen.

»Koo-koo-kah-choo«, erklärte ich der Katze, »ist eine Wendung, die entweder Paul Simon aus dem Song ›The Walrus‹ von den Beatles gemopst hat, oder aber die Beatles haben sie aus Paul Simons Song ›Mrs. Robinson‹ abgekupfert. Niemand weiß das noch oder interessiert sich dafür außer mir und John Lennon.«

Der Katze waren beide ganz offensichtlich egal. Offensichtlich war auch, daß die Espressomaschine genug Innendruck aufgebaut hatte, um im nächsten Augenblick wie eine Mehrstufenrakete vom Tresen abzuheben, die zigarrenrauchhaltige Ionosphäre des Lofts zu passieren, die Decke zu durchbrechen und ihren lodernden Hexenkessel der Liebe wie einen riesigen schimmernden Phallus mitten in Winnie Katz’ Lesbentanzschule zu deponieren.

»Welch eine Verschwendung«, sagte ich zur Katze.

Die Katze fixierte mich mit kalten, hellseherischen, weiblichen Augen. Wie immer war sie sofort bereit, mich mißzuverstehen.

»Ich meinte den ganzen Espresso«, sagte ich mokant.

163

30

Den restlichen Nachmittag verbrachte ich damit, Indianer durch das staubige Loft zu jagen, an der Decke den Lesben zu lauschen, eine Tasse heißen, bitteren Espresso nach der anderen zu trinken und genug kubanische Zigarren zu rauchen, um eine Familie zu ernähren, die annähernd so groß wie Willies war. Die Katze hatte eine Weile auf dem Schreibtisch gesessen und mir die kalte Schulter gezeigt, während der Zigarrenrauch zur Decke emporkräuselte. Als sie davon genug hatte, war sie vom Schreibtisch runter und auf den Küchentisch gesprungen, von wo aus sie mir weiter boshafte Blicke in den Nacken bohrte. Ich konnte sie nicht sehen, aber ich spürte die Hitze.

Katzen mögen in der Regel keinen Zigarrenrauch, und besonders ungehalten sind sie über kubanischen Zigarrenrauch. Das hat einen einfachen Grund. Katzen wissen, daß sie neben Juden und Zeitungsverlegern die dritte Gruppe bilden, die Diktatoren und Despoten auf den Tod nicht abkönnen. Im freisinnigen, unabhängigen Wesen einer Katze liegt etwas, das jeden machtgeilen Wichser unweigerlich auf die Palme bringt. Hitler mochte Hunde, aber er haßte Katzen. Napoleon haßte Katzen. Alexander der Große haßte Katzen. Idi Amin haßte Katzen. Der Prophet Mohammed dagegen liebte

Katzen so sehr, daß er einmal den Ärmel seiner Robe mit einem scharfen Degen abschnitt, damit er seine Katze nicht wecken mußte, aber trotzdem rechtzeitig in die Moschee kam. Albert Schweitzer hatte so schon eine saumäßige Klaue, aber außerdem stellte er seine Rezepte auch noch ausschließlich mit dem Arm aus, auf dem nicht gerade die Katze schlief. Winston Churchill soll sich geweigert haben, zu essen, zu trinken, zu schlafen oder einen Nixon abzudrücken (damals hieß das natürlich noch nicht Nixon), wenn seine Katze Jock das jeweilige Ereignis nicht mit ihm teilen konnte. Besonders unangenehm wurde das, als Jock einmal für vierzehn Tage verschwand. Churchill bekam Verstopfung, war außer sich und wurde ausfallend gegen Lady Astor. Jock war gerade rechtzeitig zum D-Day oder »Dung-Tag« wieder da, wie Churchill ihn nannte, wodurch jener ein gewichtiges transatlantisches Kabel legen konnte. Und der allgegenwärtige van Gogh blieb auch dann noch ein Freigeist, als sich die örtlichen Franzmänner schon wunderten: »In welches Loch kam Vincent van Gogh?« In gar keins, aber es ist historisch verbürgt, daß er trotzdem in manchem gekommen ist. In der Anstalt gab er sich der affenmäßigen Autogamie hin, aber er hatte ja auch noch seine Katze, die angeblich immer eine kleine grüne Buchhalterschirmmütze trug, damit sie die unablässigen Akte menschlicher Verderbtheit nicht mit ansehen mußte.

Unterm Strich ist es also wenig überraschend, daß jedwede Katze, die über ein Gehirn von den Ausmaßen einer kleinen walisischen Bergarbeiterstadt verfügt, Fidel Castro nicht mögen und kubanischen Zigarrenqualm für ein abstoßendes Symbol des Totalitarismus halten wird. Die Augen der Katze waren jetzt jedenfalls von einem eigentümlich grünen anarchistischen Glühen erfüllt.

»Das hat nichts mit Politik zu tun«, versicherte ich ihr. »Ich rauche nun mal gern kubanische Zigarren.«

In einer abschließenden Geste des Ekels kehrte mir die Katze den Rücken zu, saß kerzengerade auf dem Küchentisch und starrte konzentriert den Puppenkopf an. Der schien in stillschweigendem Einverständnis zurückzulächeln.

»Das hat nichts mit Wirtschaftsunterstützung zu tun«, sagte ich. »Ich verbrenne nur ihre Felder.«

Die Katze sagte natürlich nichts.

Der Nachmittag bestand jedoch nicht nur aus kubanischem Zigarrenrauch und Badezimmerspiegeln. Wenn mich der Puppenkopf nicht gerade einschmeichelnd und mitfühlend anlächelte, und wenn mich die Katze nicht gerade mit allen Mitteln abzulenken versuchte, bekam ich sogar etwas Arbeit am Hörer getan. Ich hatte mit Doug Holloway gesprochen, mir Hintergrundinformationen über den Busunfall geben lassen und ihn gebeten weiterzubuddeln. Für Willie hatte ich im Bus, der im Moment gegenüber von Bobbies Haus am Golfplatz von Briarcliff stand, eine Nachricht hinterlassen. Willie gönnte sich zu Hause ein paar Tage dringend benötigte Erholung und spielte laut Doug ungefähr siebenhundert Runden Golf. Das war gut so, denn ich war im Augenblick nicht sehr erpicht darauf, die Joe-die-Hyäne-Angelegenheit mit ihm zu besprechen. Obwohl das irgendwann sein mußte. Es ist immer ratsam, seine Klienten auf potentiell bevorstehende, von Exfrauen eingefädelte Ermordungen vorzubereiten. Es demonstriert zudem Geschäftssinn.

Auch für Willies Manager Mark Rothbaum hinterließ ich eine Nachricht, und zwar in seinem Büro in Connecticut. Die Buschtrommeln der Honeysuckle Rose hatten angedeutet, Mark habe eine eigenwillige Hypothese zu Willies indianischen Beziehungen aufgestellt, und auf die war ich neugierig. Ich mochte eigenwillige Theorien und war gespannt, ob Marks Theorie Rambams in den Schatten stellte. Ich mußte allerdings ziemlich viel Geduld aufbringen. Mark Rothbaum war schließlich Manager und hatte schon als kleines Kind die Technik perfektioniert, Anrufe nie zu schnell zu erwidern. Vielleicht würde ich erst an einem kalten Tag in Jerusalem von ihm hören. Mir war allerdings unklar, ob ich so lange Zeit hatte.

Der andere eventuell wichtige Anruf des Nachmittags galt meinem Freund Robby Romero, einem amerikanischen Ureinwohner, der in einem Blockhaus bei Taos in New Mexico wohnte. Robby war von Apatschen geboren und großgezogen worden, mit etwas zusätzlicher Hilfe von Dennis Hopper, Dean Stockwell und mir, wie ich mir schmeichelte. Mit einem Fuß stand er in der Welt der Weißen, aber sein Herz war todsicher am Wounded Knee begraben worden. Wenn mir überhaupt jemand den Inhalt des Wildlederpäckchens deuten konnte, dann Robby.

Dummerweise war Robby nicht im Reservat, wie mir die junge Frau mitteilte, die meinen Anruf entgegengenommen und bei der ich mich nach seinem Aufenthaltsort erkundigt hatte. Als ich sagte, es sei wichtig, sagte sie nur: »Er wandert zur aufgehenden Sonne.« Nachdem ich erneut betont hatte, wie dringend die Angelegenheit sei, sagte sie: »Na gut, ich piep seinen Pager an.« Ich diktierte ihr meine Adresse und Telefonnummer, und sie versicherte mir, Robby werde so schnell wie möglich zurückrufen.

Für einen langen Tag am Hörer hatte ich verdammt wenig vorzuweisen, weshalb mir allmählich leise Zweifel kamen, ob es eine gute Idee gewesen war, den Auftrag überhaupt anzunehmen. Ich zog meinen blauen Oliver-Twist-Mantel an, setzte den Cowboyhut auf, steckte drei Zigarren für unterwegs ein und übergab der Katze die Verantwortung. Es war eine kalte Nacht in einer kalten Welt, so kam es mir vor, als ich durch die nebelgedämpften Straßen zielstrebig in Richtung egal wohin ging. Ich war bei dieser Angelegenheit auf mich allein gestellt, und wenn ich einen falschen Zug machte, konnte ich meinen König nicht gegen den Feind verteidigen.

Ich lief ungefähr in Richtung Little Italy, rauchte eine Zigarre, traf niemanden, hielt die Hände in den Manteltaschen warm und den Kopf im Wind kühl. Ich hatte kein FBI als Verstärkung, keine örtliche Polizei, nicht mal ein paar Rausschmeißer des Veranstalters. Der Täter würde todsicher ein zweitesmal zuschlagen. Wenn die Angelegenheit Muster, Motive oder Gründe hatte, mußte ich schnell dahinterkommen. Ich konnte es mir nicht leisten danebenzuliegen.

Der Hinweis in Sachen Exfrauen, den der abgebrühte Computer ausgebrütet hatte und dem Rambam jetzt hoffentlich nachging, gefiel mir nicht besonders. Die Vorstellung eines indianischen Fluchs schien mir allerdings noch weiter hergeholt. In Willies schwarzweiß karierter Karriere gab es haufenweise Grauzonen, für deren Erforschung ich weder Zeit noch Mittel hatte. Vielleicht spielte ein eifersüchtiger Freund oder Ehemann eine Rolle. Vielleicht ein Songschreiber von Anno Tobak, der unter die Räder gekommen war und Willie jetzt vorwarf, dieser habe ihm sein Material gestohlen. In den symbiotischen alten Songtauschtagen in Nashville war das gang und gäbe. Vielleicht hatte ein verstimmter Postangestellter seine Postleitzahlen durcheinanderbekommen. Vielleicht hatte sich ein Fan zu sehr mit seinem Studiengebiet identifiziert. Vielleicht saßen irgendwem zu viele Vögel auf der Fernsehantenne. Vielleicht ließ sich die ganze Situation am besten mit einem Song von Willie beschreiben. »Crazy«.

»It's Not Supposed to Be That Way«, zitierte ich in Gedanken einen anderen Song. Mit der Schrotflintenmethode kam man vom Hundertsten ins Millionste, und dann stand man vor dem Nichts und ertrank in »Yesterday's Wine«. Rambam hatte recht. Wenn man sich nur an Exfrauen und Indianer halten kann, sind das die Geisterherden, denen man nachreiten sollte. Rambam hatte ein gutes jüdisches Näschen für kriminelle Fährten. Ich war ihm schon oft gefolgt und sagte mir, ich könne ihm ebensogut auch diesmal folgen. Ich hoffte bloß, daß er auch jetzt wieder das richtige Näschen hatte. Wenn nicht, hätten wir ganz schön was zu popeln.

Als ich das Luna's in der Mulberry Street erreichte, war mir der Charme ausgegangen. Dem Türsteher sagte ich: »Sirhan Sirhan, Einmanngruppe.« Er zuckte mit keiner Wimper und führte mich zu einem Tisch, der es in Größe, Form und Stabilität mit einem Schachbrett in einem Tourbus aufnehmen konnte. Als ich mich umsah, fühlte ich mich gleich besser. Es gab hier viele Einmanngruppen, darunter garantiert Leute wie mich, die eifrig ihre Phantasie-Indianer jagten.

Zahllose Monde und Matzenklöße später und fast nur von Biogas angetrieben, gelang mir die Rückkehr in die Vandam Street. Cinderellazeit rückte bedrohlich näher, und mich durchflutete eine Woge der normalen New Yorker Paranoia. Schatten ohne dazugehörige Menschen drückten sich zwischen Gebäuden herum und lauerten hinter Laternenpfählen. Als ich das Loft erreichte, fühlte ich mich wie Ichabod Crane bei der Premiere.

»Wird Zeit, daß wir die Katze aus dem Sack lassen«, sagte ich zur Katze und öffnete das Küchenfenster weit genug, um den kalten Zigarrenrauch und die Dämonen hinauszulassen.

Die Katze sagte natürlich nichts.

Als ich zum Tresen ging, um der Jameson-Flasche die Hand zu schütteln, passierte etwas selbst nach New Yorker Maßstäben sehr Merkwürdiges. Aus der Dunkelheit sirrte ein Holzschaft durchs offene Fenster und bohrte sich zitternd in die Decke. Es war ein buntgefiederter Pfeil, und während mich sein plötzliches Eindringen ein kleines bißchen erschütterte, schien sich die Katze über sein Auftauchen im Loft zu freuen.

»Hatte ich's mir doch gedacht«, sagte ich. »Alle Hunde sind Cowboys, und alle Katzen sind Indianer.«

Dann gellte ein authentisch klingendes indianisches Kriegsgeheul durch die Vandam Street, möglicherweise zum erstenmal seit etlichen Jahrhunderten.

31

Kurz darauf – der Pfeil steckte immer noch in der Decke, und die Lesbentanzschule war dermaßen in Fahrt, daß die bunten Federn weiterzitterten – saßen am Küchentisch meines bescheidenen alten Lofts zwei stolze junge amerikanische Ureinwohner. Robby Romero und sein Freund Benito waren mit Robbys Band Red Thunder auf Wanderschaft, und der Windgott – oder in wessen Ressort derlei fallen mag – hatte es so gefügt, daß sie sich justament, als ich Robby in New Mexico zu erreichen versuchte, gerade in New York City mit führenden Vertretern von MTV trafen. Sie hatten von der Frau im Reservat meine Telefonnummer und Adresse bekommen, und so war es für sie ein leichtes gewesen, sich in der Vandam Street auf die Lauer zu legen und einem jüdischen Bleichgesicht in den besten Jahren einen Pfeil durchs offene Fenster zu schießen, um diesem damit eine Heidenangst einzujagen. Gleichwohl stets um Gastfreundschaft bemüht, bot ich ihnen eine Bleibe für die Nacht sowie eine Kollektion guter Zigarren und Espresso oder Feuerwasser nach Wahl an.

»Danke«, sagte Robby, »aber MTV sorgt für unsere Unterbringung, solange wir in der Stadt sind.«

»Wo?«

»Im Plaza.«

»Prima«, sagte ich. »Vielleicht kann ich mich mit der Katze bei euch einnisten.«

»Ihr seid beide willkommen«, sagte Benito.

»Und das Feuerwasser müssen wir ablehnen«, sagte Robby. »Nicht jeder Indianer ist ein Trinker, Kinky.«

»Das sollte man sich hinter die roten Ohren schreiben«, sagte ich. »Aber wie wär's mit Espresso und Zigarren?«

Die beiden jungen Männer nickten, also ging ich zur Espressomaschine und legte einen Kavaliersstart hin. Kurz darauf summte sie eifrig ihre unnachahmliche Version von »Running Bear«, was zwar politisch nicht korrekt war, aber wer legt sich schon gern mit einer Espressomaschine an? Ich ging zum Schreibtisch zurück, holte zwei gute kubanische Zigarren aus Sherlocks Porzellankopf und reichte sie meinen Überraschungsgästen.

»Das Anbieten von Tabak ist eine sehr aufmerksame Geste«, sagte Robby. »Es zeigt, daß du dich mit unseren Sitten und Gebräuchen beschäftigt hast.«

»Stimmt«, sagte ich. »Ein kleiner indianischer Anschlag mitten in der Nacht macht einen zum Blitzmerker.«

»Das war wirklich ein verdammt guter Schuß, Benito«, sagte Robby voller Bewunderung.

»Zumal ich über die Müllwagen schießen mußte«, sagte Benito.

»Apropos, Leute«, sagte ich, als ich mit dem Espresso zurückkam, »was habt ihr mit dem Bogen gemacht? In der Limo liegengelassen?«

Robby und Benito lachten. Benito stand auf, griff nach einer ledernen Satteltasche und holte einen röhrenförmigen Gegenstand heraus.

»Das ist ein Klappbogen«, sagte er und setzte den Apparat blitzschnell zusammen, von der Katze mit lebhaftem, von mir mit mäßigem Interesse verfolgt.

»Wenn dich einer überfallen will«, sagte ich, »läuft der bestimmt plötzlich mit einem Pfeil im Skrotum rum.«

»Wenn er Schwein hat«, sagte Benito. »Das ist übrigens nichts Neues. Die Türken hatten so was schon im 11. Jahrhundert.«

»Ach ja, die Türken und ihr wunderbarer Einfallsreichtum«, sagte ich, zündete mir eine frische Zigarre an und goß allen heißen Espresso nach. »Haben anderthalb Millionen Armenier massakriert, bei Gallipoli mit MGs Tausende von Australiern abgeknallt, denen die Munition ausgegangen war, und als krönenden Abschluß Lawrence of Arabia plattgemacht. Eine beeindruckende Gesamtleistung.«

»Fast so beeindruckend wie die des weißen Mannes«, sagte Robby und zog gemächlich an seiner Zigarre.

Das lockere Rumflachsen degenerierte zu einer erregten Debatte zwischen Robby und mir, die unlösbar blieb wie eh und je und wie immer mehr Hitze als Licht erzeugte. Benito war erst einmal Zeuge dieses Konversationsrituals geworden, im Del Norte Restaurant in Kerrville, Texas, und sah uns leicht belustigt zu, so wie ein Rasententniszuschauer einen Ballwechsel verfolgt, der immer spannender wird, gleichzeitig aber kein Ende findet. Der springende Punkt der Auseinandersetzungen war immer derselbe. Robby behauptete, der weiße Mann sei die Ursache sämtlichen Übels auf der Welt, und ich behauptete, dem weißen Mann gehe es wie Babe Ruth: Wenn man mehr Homeruns erzielte als jeder andere, mußte man auch mehr Ausbälle produzieren als jeder andere.

»Wenigstens rufst du mich nicht mehr morgens um sieben an wie damals, als wir in Hollywood gelebt haben«, sagte Robby, »bloß um zu sagen: ›Aufwachen! Ich hab hier einen Brocken Kokain, und der ist so groß wie dein Schwanz‹.«

»Du bist leider nie aufgewacht«, sagte ich.

»Hat mir wahrscheinlich das Leben gerettet.«

»Selbst mit den Schlichen des weißen Mannes hatte dich offenbar der Gott des Kokains nicht in Versuchung führen können. Aber jetzt hat dich der Gott der Privatermittlung immerhin an meine Pforten geführt. Du mußt mir helfen, Robby.«

Das war nicht übertrieben. Wenn Robby Romero mir nicht helfen konnte, Licht in das schwarze Loch dieser Ermittlung zu bringen, dann konnte das niemand. Robby und ich waren eng befreundet, er ließ sich von keinem Weißen an der Nase herumführen, und außerdem hatte er einen einzigartig privilegierten Zugang zu den Stammesältesten. Er war weder verbittert, noch hatte er seine Ideale verraten. Er war immer noch ein Krieger, der für die gerechte Sache seines Volkes focht, so wie er sie sah. Und was vielleicht am wichtigsten war: Er hatte sein privates Jammertal bereits durchwandert. Ich mußte ihn bloß überreden, noch eine zusätzliche Meile für den Kinkster zu laufen.

Ich gab den beiden eine gedrängte Fassung vom Stand der Willie-Dinge. Der Busunfall in Arizona, bei dem der Indianer ums Leben gekommen war. Der geheimnisumwobene indianische Bote, der in Florida das Wildlederpäckchen abgegeben hatte. Die Kugel in Buffalo, die Ben Dorsey getroffen hatte, aber mit großer Sicherheit für Willie gedacht gewesen war. Der Indianer, den Ben vor dem Hotelzimmerfenster gesehen haben wollte, bevor er angeschossen wurde.

»Du glaubst also, jemand will sich an Willie für den

Mann rächen, der in Arizona umgekommen ist?« fragte Robby.

»Na, ihr werdet mir doch zustimmen, daß es für amerikanische Ureinwohner hier eine Art Motiv gibt. Vielleicht ein bißchen weit hergeholt...«

»Nicht nur sehr weit hergeholt«, sagte Robby, »sondern auch für'n Arsch. Die amerikanischen Ureinwohner unterstützen Willie, und Willie unterstützt die amerikanischen Ureinwohner. Er ist überall als Freund der Indianer bekannt. Er hat uns unheimlich oft unterstützt, Benefizkonzerte gegeben, beim Schutz der Black Hills und unseres heiligen Bodens geholfen und ein Konzert für Leonard Peltier gegeben, der vom FBI als Copmörder angeklagt wurde, obwohl er nur sein Heim verteidigt hatte. Soweit ich weiß, hat Willie deswegen mit den Bundesbullen und anderen Ordnungshütern jede Menge Ärger bekommen.«

»Paß auf, Robby, bloß weil sich Willie mit den Indianern solidarisiert, muß das umgekehrt noch lange nicht für jeden Indianer gelten. So wie ich nicht für alle Juden sprechen kann – dem lieben Herrn Jesu sei Dank –, kannst du nicht für alle Indianer sprechen.«

»Ich kenne aber jemanden, der das kann«, sagte Robby.

»Der was kann?«

»Für alle Indianer sprechen.«

»Bringt mich zu euerm Anführer«, sagte ich.

»Wir müssen ihn allerdings vielleicht ausbuddeln und als Handpuppe benutzen«, sagte Robby.

»Vielleicht nimmt ihn das Völkerkundemuseum danach ja als Dauerleihgabe«, sagte ich.

32

Wie man sich denken kann, brachte mich Robby nicht zu seinem Anführer. Erstens war es halb drei Uhr früh, und ein Anführer, der Gefolgschaft verdiente, horchte um diese Zeit angestrengt an der Matratze. Zweitens hatte ich irgendwann im Lauf des Abends dem Espresso die Gefolgschaft verweigert, war mit fliegenden Fahnen zum Feuerwasser übergelaufen und hatte dermaßen einen sitzen, daß ich kaum noch stehen konnte. Nicht nur der Proktologenhäuptling der Prärie-Indianer konnte erkennen, daß ich eine Brücke zu weit gereist war und kurz davor stand oder besser schwankte, ein latentes Arschloch zu werden.

Die Katze hatte ein Gespür für winzigste Verhaltensänderungen und wirkte dementsprechend verärgert. Robby schien das aber nichts auszumachen; vielleicht merkte er es nicht mal. Genau wie ich war er schon vor langer Zeit zu der Einsicht gelangt, daß in diesem Leben nur Arschlöcher die Bekanntschaft lohnen. Sie sind in der Regel schlauer und konsequenter und lassen einen nie im Zweifel, ob sie sich womöglich bloß den Anschein geben, nett zu sein.

Robby rauchte eine frische Zigarre und schaukelte wie ein tief in Meditationen versunkener Mann im Schaukelstuhl hin und her. Ich hatte hinter dem Schreibtisch eine uralte halbgerauchte Zigarre wiedergefunden und angezündet und bewegte mich im vollen Aufundabschreitmodus über die Wohnzimmerdielen. Die Katze saß auf dem Küchentisch und beobachtete uns mißtrauisch. Benito hatte sich von unseren Tiraden abgemeldet und zu einem Nickerchen auf die Couch gelegt. Es war nicht das Plaza, aber mehr konnte ich nicht bieten.

»Du fragst mich, wer dahinterstecken könnte«, sagte Robby. »Nun, es hat in der Geschichte immer wieder Abtrünnige gegeben. Die gibt es in jeder Kultur. In unserem Fall sind sie in Gestalt von Verrätern, Überläufern und indianischen Scouts auf den Plan getreten, die das eigene Volk den Fluß hinab an die Weißen verkauft haben, weil sie sich erhofften, dadurch ihre Büffelchen ins Trockene bringen zu können. Das einzig Gute ist, daß sie letztlich oft als betrogene Betrüger dastanden. Einer von der Sorte könnte es auch in diesem Fall sein. Ein einzelner oder eine Gruppe von Gaunern, die nicht auf Befehl oder mit Wissen der Stammesautoritäten handeln.«

»Dann könnte es also ein harter Brocken werden rauszufinden, wer dahintersteckt.«

»Nicht unbedingt. Wir kennen diese Leute ziemlich gut. Wenn nicht, gibt es Mittel und Wege, sie zu finden.«

»Und dann habt ihr Mittel und Wege, sie zum Reden zu bringen.«

»Aber hallo«, sagte Robby. »Das macht mir auch gar keine Sorgen.«

Ich rauchte die Zigarre und lief weiter auf den verstaubten Dielen hin und her. Robby schaukelte weiter schweigend im Schaukelstuhl hin und her. Benito schnarchte weiter leise auf der Couch. Die Katze verfolgte weiter mein Hinundherschreiten und bedachte zwischendurch Robby, der sich nichtsahnend ihren Schaukelstuhl unter den Nagel gerissen hatte, mit bösen Blicken. Die Lesbentanzschule hämmerte weiter auf dem Boden oder an der Decke drauflos, je nachdem wie ihre Etage gezählt waren.

»Was zum Teufel ist denn da oben los?« fragte Robby.

»Lesbentanzschule.«

»Woher weißt du, daß es Lesben sind?«

»Woher weißt du, daß es keine sind?«

»Ich weiß doch auch, daß nicht jeder Indianer ein Trinker ist.«

»Darauf genehmige ich mir einen«, sagte ich, ging zum kümmerlichen Rest in der Flasche und goß mir einen anständigen Jameson erst ins Stierhorn und dann aufs Zäpfchen. Mit Feuer in den Augen blickte ich auf die alte Vandam Street hinaus. »Und, was macht dir denn Sorgen, Robby?« fragte ich.

»Da draußen könnte noch jemand sein.«

»Da draußen sind noch viele.«

»Ja, aber ich meine jemanden, der es vielleicht nicht gern hat, wenn Amerikas Cowboy Nr. 1 mit den Indianern reitet.«

»Das kannst du in der Pfeife rauchen, Robby. Dafür gibt es nicht das geringste Rauchzeichen. Der Bus überfährt einen Indianer. Ein indianischer Bote bringt Willie ein Päckchen. Ben sieht Willie von weitem ähnlich. Ben geht in Willies Suite im Hotel. Ben sieht einen Indianer. Ben wird angeschossen. Wenn wir der Sache nicht bald auf den Grund gehen, ist keiner mehr da, um in den Sonnenuntergang zu reiten.«

Robby schwieg, schaukelte hin und her und stierte vor sich hin wie ein Mann in einem Peyotetraum. Ich

178

ging zum Schreibtisch, zog die Schublade auf und holte das Päckchen heraus, das der Indianer Willie und das Willie mir gegeben hatte. Ich ging damit zu Robby zurück und packte es unterwegs aus.

»Wir haben natürlich noch diese Leihgabe aus der Willie-Nelson-Albtraum-Sammlung«, sagte ich. »Schau dir den kleinen Scheißer doch bitte mal an, ja?«

Ich wollte es Robby in den Schoß legen, aber der saß plötzlich nicht mehr im Schaukelstuhl. Da war mal buchstäblich ein Mann seitwärts gesprungen.

»*Leg das weg!*« schrie er. »*Wo zum Teufel hast du das her?*«

»Hab ich dir doch erzählt; in Florida ist der Indianer da zum Bus gekommen und hat Willie das hier gegeben. Und Willie hat ...«

»*Faß das nicht an!*«

»Wie soll ich das Scheißding denn weglegen, ohne es anzufassen?«

An diesem Punkt mischten sich Benito und die Katze wieder ein. Die Katze sprang vom Küchentisch und eroberte den Schaukelstuhl zurück, und Benito erhob sich von der Couch wie ein auferstehender Zombie.

»Was hast du mit dem geräucherten Leder zu schaffen?« schrie er. »Wo zum Teufel hast du das her?«

»Das versuch ich Robby ja die ganze Zeit zu erklären. Der Indianer hat es Willie gegeben, und Willie hat es ...«

»Das ist das Allerschlimmste, was du hättest mitnehmen können«, sagte Benito und entfernte sich vom Schaukelstuhl, als wäre dieser radioaktiv verseucht. »Das ist ganz schlimme Medizin. Das ist Medizin eines anderen Mannes.«

»Das ist Medizin eines anderen Stammes«, ergänzte Robby. »Das kommt nicht mal aus dem Südwesten.«

»Und was zum Teufel bedeutet das jetzt?« fragte ich. Mir war nicht nur grad ein Gastfreundschaf weggelaufen, mir krabbelten auch kleine Insekten das Rückgrat hoch.

»Es bedeutet, daß wir hier verschwinden«, sagte Robby. »Das ist mir zu gruselig.«

»Immer sachte mit den jungen Bräuten!« rief ich. »Ihr Jungs könnt doch nicht einfach abhauen und mich auf dem Ding sitzenlassen.«

Doch, das konnten sie, und das taten sie offensichtlich auch. Das Ganze war irgendwie unglaublich. Zwei intelligente, starke, junge Männer hatten sich vor meinen Augen in verängstigte Bübchen verwandelt. Und aus irgendeinem Grund, den ich mir noch nicht ganz erklären konnte, war ich auch nicht sonderlich erpicht darauf, die Nacht allein im Loft zu verbringen. Nur die Katze hatte die Lage voll im Griff, lag seelenruhig im Schaukelstuhl und verfolgte mit verhaltenem Optimismus, wie sich unsere Gäste zur Tür wandten.

»Geht nicht weg«, rief ich ihnen nach wie einer Geliebten.

Robby und Benito antworteten nicht. Sie berieten sich sichtlich nervös an der offenen Tür. Dadurch konnte ich den Gegenstand, den ich immer noch in der Hand hatte, wieder einpacken und kurz resümieren, was es damit auf sich hatte. Bisher hatten nur Weiße seinen Inhalt gesehen. Rambam, Willie, vielleicht auch Ben und Just Bill, und schließlich ich. Robby und Benito waren die ersten amerikanischen Ureinwohner, die einen Blick darauf riskierten, und das Gesehene hatte sie in Panik versetzt. Gut, dann war es eben Medizin eines anderen Mannes, aber mit der mußte ich doch noch lange keine Rollkur machen. Nur die Nacht mußte ich wohl oder übel über die Runden bringen. Plötzlich war es sehr ruhig geworden. Selbst die Lesbentanzschule hatte ihr unaufhörliches Rumoren eingestellt. Nur der Verkehr und die nächtlichen Straßengeräusche drangen durch die Wände des Lofts wie das grausige Grollen der Kriegstrommeln.

Bevor ich wußte, wie mir geschah, kam Robby noch einmal zurück. Er hielt eine Art Zeremoniendecke in den leicht zitternden Händen.

»Gib her«, sagte er. »Wir werden die ganze Scheißwohnung ausräuchern.«

Benito, der hinter ihm stand, hatte ein Stöckchen angezündet und schwenkte dieses hin und her, worauf sich ein fremdartiger süßlicher Duft im Loft verbreitete und den Zigarrengeruch verdrängte. Es roch jedenfalls nicht nach New York.

»Das ist ein Räucherstäbchen«, sagte Benito, als würde er einem Kind oder einem Weißen etwas erklären. »Wir verbrennen Zedernholz, Salbei und Süßgras. Atme einfach tief durch und bleib, wo du bist. Wir werden auch dich ausräuchern.«

»Rauch frei!« sagte ich.

Mit dem Räucherstab in der einen Hand und einer mit glänzenden Perlen besetzten Adlerfeder in der anderen fächelte Benito den süßlich duftenden Rauch über alles und jeden. Wie eine Engelsschwinge berührte die Adlerfeder leicht meine Schulter. Selbst als Weißer spürte ich ihre Macht. Wie spirituelle Seife. Benito murmelte mild und leise vor sich hin. Robby fiel ab und zu in den Singsang ein, und das Loft füllte sich allmählich mit der reinen, alles durchdringenden Präsenz brennenden Salbeis. Ich fühlte mich wie ein Zwei-Männer-Minjan, der das Kaddisch anstimmt.

»Paß auf«, sagte Robby, als Benito sich dem Schaukel-stuhl näherte und sichtbare und sicher auch unsichtbare Dinge ausräucherte, »die Katze wird da voll drauf ab-fahren.«

Das war stark untertrieben, denn als Benito sie ausräu-chern wollte, wurde die Katze schlagartig wieder ein aufgeregtes, unschuldiges Kätzchen. Sie flitzte durchs Zimmer und wälzte sich in spielerischer Raserei auf dem Boden, wie ich sie nicht mehr erlebt hatte, seit Christus ein Komantsche war.

»Sie hält es für Katzenminze«, sagte Benito.

»Ist es vielleicht auch«, sagte Robby.

Bald darauf hatte Benito den Zauberbeutel mit dem Räucherstab und der Adlerfeder in bunte Tücher ge-wickelt und eingesteckt. Robby hatte das Rauchleder-päckchen in der Satteltasche versenkt und versprochen, es zu »Tadodaho« zu bringen, dem Häuptling der sechs Nationen der Irokesen-Konföderation in Onondaga bei Syracuse, New York. Das liege direkt auf ihrem Weg, ver-sicherte er mir. Red Thunder wollten auf ihrer Tour, die zum Schutz des heiligen Bodens aufrief, als nächstes sowieso in Syracuse spielen.

»Wenigstens der Gott der Reisebüros ist mit uns«, sagte ich.

»Mal im Ernst«, sagte Robby. »Das alles hier ergibt irgendwie keinen Sinn. Sieht auf den ersten Blick iroke-sisch aus, obwohl der Typ, der in Arizona umgekommen ist, ein Hopi oder Navajo gewesen sein müßte. Das könnte ich aber für dich rausfinden. Trotzdem versteh ich nicht, warum die Medizin irokesisch ist.«

»Der Räucherservice geht aufs Haus«, sagte Benito.

»In verschiedener Hinsicht«, sagte ich, umarmte Robby und schüttelte Benito an der Tür die Hand.

»Ach, eins noch«, sagte Robby. »Sollte das Scheißding echt sein, mußt du deine Ermittlung abblasen.«

»Das kann ich nicht, Robby.«

»Früher oder später mußt du.«

»Warum?«

»Wenn die Medizin echt ist, wird der Mensch, für den sie bestimmt ist, langsam und qualvoll dahinsiechen, und es gibt absolut nichts, was einer von uns dagegen tun kann.«

33

Vielleicht bekommen wir alle unsere Viertelstunde Ruhm. Aber natürlich ist die Zeit die Währung des Ruhms. Und die Zeit ist, wie Albert Einstein mal bemerkte, als er gerade nicht in Princeton, New Jersey, nach seinem Fahrrad suchte, relativ. Ergo, geschätzte Clubkameraden im Rechenschieberverein, geschätzte Mitreisende auf diesem Narrenschiff, müssen wir folgenden Schluß ziehen: Wir bekommen vielleicht alle unsere Viertelstunde Ruhm ab, aber die von Edith Piaf ist länger als die von Vanilla Ice. Aber wenn eines Tages Zeit und Ruhm aller Menschen abgelaufen sind und Lovely Rita Meter Maid, Miss Texas des Jahres 1987, angewalzt kommt und uns am Ende unserer unruhigen Träume in die Arme schließt, werden wir allesamt mutterseelenallein in hoffnungslosem, tapferem Vergessen sterben wie Gauguin oder Tiny Tim. Aber wenn unser letztes Stündlein schlägt, werden wir beim Sturz durch die zeitlose Falltür wenigstens einen Trost haben: Albert Einstein ist wahrscheinlich immer noch irgendwo da draußen und sucht sein blödes Fahrrad.

Solcherlei Gedanken gingen mir durch den Kopf, als ich mir am nächsten Morgen im süßen, stechenden Salbeigeruch, der über meinem neuesten Kater hing, die erste Zigarre des Tages anzündete. Ruhm konnte flüchtig sein, sagte ich mir, besonders für Leute, die ein Leben lang danach getrachtet haben, bloß um mit ansehen zu müssen, wie er schneller als der nebligste Tau verdunstete – wie der Traum, der er in Wirklichkeit ist, und wie noch soviel Zigarrenrauch in einem staubigen Loft. Doch für die wenigen, die in ihrem Leben bleibenden Ruhm finden, können die Dinge manchmal noch frustrierender sein. Wenn man glaubt, es wäre hart, mit dem zu leben, der man ist, sollte man mal mit dem zu leben versuchen, der man geworden ist.

Die Tatsache, daß Willie Nelson zu den berühmtesten Menschen der Welt gehörte, machte es nicht leichter, eine Ermittlung für ihn oder wegen ihm durchzuführen. In vieler Hinsicht machte es das nur schwieriger. Zum einen glaubte jeder, und ich war da keine Ausnahme, er kenne ihn besser, als das tatsächlich der Fall war. Willies Leben war wie eine Geschichte in der Bibel, die man von klein auf kennt. Schon als Kind hat man jede Einzelheit gekannt. Nichts kann die eigene Version der Geschichte ins Wanken bringen. Nichts kann schiefgehen, und wenn doch, geht am Ende doch alles gut aus. In der Bibel sterben natürlich viele Menschen, andererseits starben aber auch verdammt viel mehr ihretwegen.

Das andere Problem war, daß Willies Ruhm mit solcher Helligkeit strahlte, daß die Menschen in seiner Umgebung oft das Licht nicht sahen. In dieser Abteilung hatte ich selbst momentan Schwierigkeiten. Die Ermittlung – wenn man das gegenwärtig überhaupt so bezeichnen konnte – brauste auf zwei parallelen Spuren dahin, aber jeder Schachzug schien auf einem toten Gleis zu enden. Wenn er nicht schon auf einer meiner Eselsbrücken aus den Schienen sprang und in den Lake Stupid stürzte. Die Indizien waren dermaßen dürftig und die beiden Erklärungsversuche so grotesk, daß es im Augenblick peinlich gewesen wäre, den Fall mit meinem Klienten zu diskutieren. Aber war es denn gerecht, wenn sich wilde Indianer und rachsüchtige Exfrauen in meinem Schädel tummelten, obwohl doch sein Leben in Gefahr war?

Ich schmeichelte der Maschine gerade die erste Tasse Espresso ab, als die Telefone klingelten. Vielleicht war es Rambam mit neuen Informationen, um seine unglaublichen Ergebnisse zu stützen oder aber sich ein Ei drauf zu pellen. Vielleicht Doug Holloway oder Just Bill, der die Sache derzeit auch unter die Lupe nahm, wie ich gehört hatte, und vielleicht neues Material zum Unfall in Arizona ausgebuddelt hatte. Vielleicht rief auch Mark Rothbaum an und reckte mir seinen Managerarsch entgegen, damit ich seine vielgerühmten Gedankengebäude über Rothäute und *Red Headed Strangers* durchwandern konnte. Vielleicht hatte mein Kumpel Robby Romero den Nachtflieger nach Syracuse genommen und rief jetzt an, um zu berichten, daß er den Fall unter Dach und Fach hatte.

Eigentlich gab es nur einen Menschen, mit dem ich im Moment definitiv nicht sprechen wollte, und das war mein Klient, Amerikas Cowboy Nr. 1, der Exfrauen hortete, mit den Indianern ritt und inzwischen sehr wahrscheinlich nach einigen Antworten Ausschau hielt. Mit der Zigarre im Mund und dem Espresso in der Linken nahm ich den rechten Hörer ab. Es ist immer ein spiritueller Fehler, den rechten Hörer abzunehmen, und dieses Mal war keine Ausnahme.

»Schieß los«, sagte ich.

»Large Dick«, sagte die vertraute, sagenumwobene, wohltönende Stimme. »Was hast du?«

TEIL 4

MENSCH

Es gibt nur zwei Geschichten in der Literatur –
ein Mann geht auf Reisen,
ein Fremder kommt in die Stadt.

TOLSTOI

34

»Was ich habe?« sagte ich. »Ich habe einen lästigen Kater, ein kaltes Loft, eine hungrige Katze und einen üblen Zieldünnpfiff.«

»Tut mir leid für dich«, sagte Willie, »aber hast du auch was rausgefunden?«

»Ja«, sagte ich. »Ich habe rausgefunden, daß ich gleich auf den Pott muß. Alles, einschließlich meiner Därme, scheint sich volle Pulle zu bewegen.«

»Ist ja toll«, sagte Willie. »Aber hast du auch heiße Spuren?«

»Heiße Spuren? Herrgott, Onkel Willie, ich bin grad mal ein paar Tage an der Sache dran. Es zeichnen sich zwar erste interessante Muster ab, aber heiße Spuren würde ich das noch nicht nennen.«

»Das hört man gern«, sagte Willie. »Du gräbst also weiterhin Knochen aus?«

»Wer den Knochen hat, braucht für den Spott nicht zu sorgen«, sagte ich.

Vielleicht war ich ja auf dem Holzweg, aber ich fand, daß Willie irgendwie erleichtert klang. Erleichtert, weil ich noch nicht auf heiße Spuren gestoßen war. Als er unvermittelt das Thema wechselte, war ich mir dessen dann ganz sicher.

»Ich hab hier unten übrigens 'ne Verschnaufpause eingelegt. 'n bißchen Golf gespielt. Heute morgen häng ich da im Clubhaus rum, da kommt 'ne Frau rein und jammert, sie wär von 'ner Biene gestochen worden. Der Trainer fragt, wo. Sie sagt, zwischen dem ersten und dem zweiten Loch. Da sagt er: ›Dann stehen Sie auf jeden Fall zu breitbeinig.‹«

Es war noch früh am Tag, ich hatte seit ungefähr hundertelf Jahren nicht mehr gelacht und nicht unbedingt vor, mich am Ende der Schote totzulachen. So witzig war sie auch gar nicht, wenn man nicht mehr darüber nachdachte. Aber wenn man nicht mehr über die Dinge nachdenkt, sind nur die wenigsten urkomisch. Sie war genaugenommen so lustig, daß ich mir die Oberlippe an der Espressotasse verbrannte und aufschrie – unter Ärzten nennt man das »bellen«, nach dem erschreckend seltsamen Verhalten eines Menschen, der am Tourette-Syndrom leidet. Willie dachte dummerweise, ich hätte »Was?« gerufen.

»›Dann stehen Sie auf jeden Fall zu breitbeinig‹«, wiederholte er.

Ich kicherte gutmütig und versuchte, mir ein paar Fragen aus den Fingern zu saugen, die ein Privatdetektiv ohne heiße Spuren einem Klienten stellen konnte, der auf die Lösung des Falls gar nicht so scharf war. Es hatte keinen Sinn, ihn aus der Fassung zu bringen, indem ich ein Komplott heimtückischer Exfrauen und wilder Indianer heraufbeschwor, die Galle und böse Medizin zielkotzten und in einem schrecklichen, immer enger werdenden Todeskarussell um uns herumrasten. Andererseits war auch ein Privatdetektiv keinen Schuß Pulver wert, wenn er einen übersinnlich veranlagten Klienten nicht mit ein paar kryptischen Fragen konfrontieren konnte.

»Willie«, sagte ich, trank einen Schluck Espresso und zog an meiner Zigarre, »da wären noch ein paar Sachen, die ich gern aufklären würde.«

»Rauch frei!« sagte er.

Ein frostiger Luftzug wehte durchs Loft, füllte meine Venen mit Eis und meine Sinne mit Salbei. Selbst ein übersinnlich veranlagter Klient wie Willie hatte kein Recht auf Telepathie. Aber vielleicht hatte Sammy All-red recht. Der Mann *konnte* hellsehen. Ich kam ins Schleudern, rauchte meine Zigarre und sagte einen Augenblick lang nichts.

»So machen das die Indianer«, sagte Willie.

Allerdings, dachte ich. Nur hatte ich genau dasselbe letzte Nacht zu Benito gesagt. Einige trostlose Sekunden lang überlegte ich, ob *Willie the Wandering Gypsy* aus dem Badezimmerspiegel heraus alles verfolgt hatte, verwarf den Gedanken aber gleich wieder. Es mußte Zufall sein. Im blassen Licht des 20. Jahrhunderts nennen wir viele Dinge Zufall. Trotzdem vermutete ich hier ein paar verborgene Songzeilen. Songs, die mir kein Willie vorsang. Wenn ich den Wurlitzer-Preis erringen wollte, mußte ich über die staubigen Bardielen seines Lebens schreiten und ein paar Münzen des Geistes in die hell leuchtende Jukebox seines Gedächtnisses werfen. Unsere alte Schachpartie wurde wieder aufgenommen, und keiner sagte dem anderen, woran er die ganze Zeit dachte.

»Hör mal, Willie«, sagte ich, »vergessen wir doch mal einen Augenblick die Indianer …«

»So wie das alle anderen tun«, sagte er.

»Leben deine Exen eigentlich immer noch in Texas?«

Ich wußte natürlich, daß Willies Exfrauen nicht mehr dort wohnten. Shirley lebte heute in Branson, Missouri, dem Dinosaurierfriedhof der Countrymusik – was immer noch besser ist als das, was man sonst im Radio zu hören bekommt –, und Connie lebte im Augenblick in San Diego, wo ich mal den Drogen und einem Teil meines Herzens abgeschworen habe. Im Grunde wollte ich bloß Willies Meinung zu Connie und Shirley hören, ohne ihm sagen zu müssen, daß die beiden ihn vielleicht fertigmachen wollten. Vielleicht führten sie auch im Schilde, Caesar umzubringen. An der ganzen häßlichen Angelegenheit konnte eigentlich nichts dran sein, aber ich mußte ihr trotzdem nachgehen.

»Nein, tun sie nicht«, sagte Willie, »und meinetwegen kann das gern so bleiben. Dann können sie künftigen Frauen nicht die Brunnen vergiften. Das ist das Schöne am Heiraten. Jedesmal stimmen meine ganzen alten Songs wieder.«

»Kennen Connie und Shirley sich?«

»Frag sie doch.«

»Keine Angst.«

Willie schien sich bewußt querzustellen. Ich würde schon noch mit Connie und Shirley reden. Sie taten mir sowieso leid. Ständig mußten sie in Aufzügen und Zahnarztwartezimmern Willies Musik über sich ergehen lassen. Leicht war das bestimmt nicht.

»Ach, Willie, falls wir erst mal nichts voneinander hören, hier ein kleiner Tip: Hüte dich vor Indianern und Exfrauen.«

»Ist immer ein guter Rat.«

»In der Ermittlung steht eine Wende bevor, und wenn es soweit ist, erfährst du es als erster. Es kann auch sein, daß sich die ganze Sache im Sand verläuft, dann brauchen wir uns keine Sorgen mehr zu machen.«

»In dem Fall«, sagte Willie, »verbringe ich den Rest meines Lebens als Ben-Crenshaw-Imitator.«

»Wie heißt es immer? Das Gute am Golf ist, daß sich Republikaner als Luden verkleiden dürfen, ohne daß man ihnen was anhaben kann.«

»Mit Republikanern kenn ich mich nicht aus«, sagte Willie, »aber wenn ich groß bin, möchte ich auch mal Lude werden.«

»Sie können dann einlochen, Mr. Nelson«, sagte im Hintergrund eine Stimme, die ich Doug Holloway zuordnete.

»Muß los, Big Dick«, sagte Willie. »Will das weiße Kügelchen noch ein paar Stunden durch die Gegend schlagen. He, hab ich dir schon erzählt, daß ich in ein paar Wochen in New York auftrete? Dann können wir uns ausgiebig über den Fall unterhalten – falls es dann noch ein Fall ist. Wir bestreiten zwei Abende in der Radio City. 'n Farm-Aid-Konzert. Farmer sind doch nett, oder?«

»Bis auf die kalten Bauern.«

»Kommen wahrscheinlich eh nicht viele Farmer. New York City ist 'n ziemlich komischer Ort für ein Farm-Aid-Konzert, was?«

»Wie man's nimmt. Ein paar Sachen züchten wir in New York schon.«

»Was denn zum Beispiel?« fragte Willie.

»Zyniker«, sagte ich.

35

»Muß das wirklich sein?« sagte ich zu Rambam.
»Natürlich muß das sein«, sagte Rambam, »jedenfalls dann, wenn du je ein erfolgreicher kleiner Privatdetektiv werden willst. Du mußt jeder Spur nachgehen – auch wenn sie in eine Sackgasse führt. Du kannst nicht einfach bei Connie und Shirley reinschneien und fragen, warum sie einem Mann wie Joe-die-Hyäne große Schecks ausschreiben. Manchmal muß man der Hyäne selbst ins Maul schauen.«

»Was wir da vor uns haben, ist wohl kaum sein Maul«, sagte ich.

Es war früh am Abend, und Rambam und ich tranken Cappuccino und aßen Cannoli in einer kleinen Pizzeria in der Mulberry Street, mitten im kugeldurchsiebten Romeo-und-Julia-Herzen von Little Italy. Unsere Aufmerksamkeit galt jedoch der anderen Straßenseite, wo ein bedrückendes, um nicht zu sagen bedrohlich aussehendes kleines Etablissement namens Napoli i Roma Social Club lag. Kein Club, in dem Groucho Marx oder sonstwer gern Mitglied gewesen wäre.

»Mal ehrlich«, sagte Rambam und würdigte mich eines kurzen Blickes, »du siehst besser aus als vor deiner Tour mit Willie. Du hast einen Teil deines charmanten, optimistischen und liebenswürdigen Wesens zurückgewonnen.«

»Ich hab am Wochenende schon was vor, wenn du darauf hinauswillst.«

»Einen *Teil* deines Wesens«, sagte Rambam. »Aber Schurz beiseite, du hast lange nicht so gut ausgesehen.«

Ich trank weiter Cappuccino und ließ meine Kauleisten um die Cannoli zuschnappen. Rambams seltener Versuch eines Kompliments mischte sich mit dem Smalltalk an den Nachbartischen und verwehte wie die blecherne Musik in den sternenlosen Himmel über Little Italy. Es ist immer ein schlechtes Zeichen, wenn jemand sagt: »Er hat nie besser ausgesehen«, »Ich habe ihn noch nie so glücklich gesehen« oder ähnliches. Meistens findet man den gutaussehenden, glücklichen Menschen drei Tage später an einer Duschstange baumeln, und dann kann der Betreffende den Spruch noch mal runterrappeln, diesmal in der Vergangenheitsform: »Er hatte nie besser ausgesehen. Ich hatte ihn noch nie so glücklich gesehen.« Das beweist, daß uns die gegenwärtige Konditionsschwäche der *condition humaine* gar nicht klar ist. Aber im Grunde will man sie sich auch gar nicht klarmachen. Kann einem ja glatt die leckeren Cannoli verleiden.

»Warum bist du so sicher, daß wir hier richtig sind?« fragte ich und brachte das Gespräch auf den Napoli i Roma Social Club zurück.

»Ich hab grad keine Zeit, dir einen Vortrag über *Verfall und Untergang des Römischen Reiches* zu halten«, sagte Rambam. »Sagen wir einfach, daß dieser Laden als Operationsbasis von Joe-die-Hyäne bekannt ist. Außerdem hab ich mir die Telefonprotokolle von Connie und Shirley besorgt, und beide haben im Lauf der letzten Monate mehrmals diese Nummer angerufen. Als ich auch das Telefonprotokoll vom Napoli i Roma Social Club haben wollte, hat der Typ bei Nynex Phone Security gelacht. ›Du meine Güte!‹ hat er gesagt. ›Sie auch?‹ Wir sind also nicht die einzigen, die dieser Operationsbasis auf den Zahn fühlen.«

»FBI?«

»Nein«, sagte Rambam sarkastisch, »Little Jimmy Dickens.«

»Wußte gar nicht, daß du dich zum Countrymusik-kenner gemausert hast«, sagte ich, zündete mir eine Zigarre an und betrachtete Rambam mit neuen und bewundernden Augen.

»Ich weiß ungefähr genausoviel über Countrymusik wie du über die Mafia«, sagte er.

Ich zog an der Zigarre und pfefferte noch einen Blick über die Straße. Die Vereinsfassade war bis in Augenhöhe gestrichen oder getönt worden, so daß man nicht hineinsehen konnte, aber wer drinnen saß, konnte bestimmt über die Straße schauen und einen Typ mit einem großen schwarzen Cowboyhut und einer Zigarre erkennen. Der Kellner trat an den Tisch. Rambam und ich stiegen auf härtere Sachen um und bestellten Espressi. Rambam schwieg, bis der Kellner die Espressi gebracht und er den ersten Schluck getrunken hatte.

»Der bei dir zu Hause ist besser«, sagte er dann und sah nachdenklich in seine Tasse.

»Bei uns ist der Kunde noch König.«

»Apropos Kunden«, sagte Rambam, »es gibt ein paar kleine Indizien, von denen ich dir noch nichts erzählt habe.«

»Nämlich?«

»Zwei gesperrte Schecks. Einer von Connie und einer von Shirley.«

»Ausgestellt auf Joe-die-Hyäne?«

»Natürlich nicht. Das wäre zu einfach. Ausgestellt auf die Little Italy Carting und die Window Cleaning Company.«

»Du nimmst mich doch auf die Schippe.«

»Hol ich mir bloß 'nen Bruch von. Das sind zwei der größten Tarnorganisationen der Mafia. Daß sie die Müllabfuhr kontrollieren, ist allgemein bekannt. Entweder du beauftragst sie, deinen Müll abzuholen, oder du bekommst die doppelte Müllmenge vor die Tür gestellt. Genauso beim Fensterputzen: Entweder du beauftragst sie, deine Fenster zu putzen, oder du hast plötzlich keine Fenster mehr.«

»Wenigstens putzen sie die Fenster«, sagte ich.

»Die machen aber auch noch andere Sachen, als Fenster putzen. Und Connie und Shirley haben sie garantiert nicht dafür angeheuert.«

Wir tranken unsere Espressi aus und machten, was Menschen in Bistros auf der ganzen Welt machen, wenn sie nicht gerade mit der Rettung der Welt beschäftigt sind. Wir betrachteten die fleißigen Touristen, die fröhlichen jungen Pärchen, die selbstvergessen vorbeiflanierten, und einen hartnäckigen jungen Mann, der unter homosexuellen Absencen zu leiden schien. Wußten sie, daß in der Nähe Märchenungeheuer wie Joe-die-Hyäne auf der Lauer lagen? Wahrscheinlich. Kümmerte es sie? Wahrscheinlich nicht. Es hätte sie auch nicht gekümmert, wenn der betrunkene und aus allen Löchern eiternde Oscar Wilde vor einem Café der Rive Gauche im Regen gesessen und sich in historischer Zeitlupe in seine Bestandteile aufgelöst hätte, zu abgebrannt, um zu bezahlen, und zu erloschen, um sie zu beachten. Passanten wissen bloß, daß Milch aus dem Supermarkt kommt, der Storch die Babies bringt, der Müll abgeholt wird, die

Fenster geputzt werden und jemand für ihre Sünden gestorben ist. Sie halten nie inne, um darüber nachzudenken. Deshalb sind sie ja Passanten.

»Wollen wir dann mal rein?« sagte Rambam und stand auf.

»Wo rein?«

»Na, in den Napoli i Roma Social Club.«

»Bist du nicht ganz dicht?«

»Stell dir einfach vor, du würdest Tschernobyl besuchen. Es kann gefährlich werden, aber wahrscheinlich kommen wir schneller wieder raus als rein.«

Ich erhob mich mit weichen Knien und verließ hinter Rambam die kleine Pizzeria. An der Straßenecke musterten wir noch einmal das Manhattaner Nervenzentrum eines Verbrecherclans, das sich ungeniert als Napoli i Roma Social Club ausgab. Mit dem Einbruch der Nacht hatte das Gebäude eine tödlich wirkende Schwärze angenommen. Es hätte eine Geschäftsfassade sein können, eine Bar, ein Café wie jedes andere oder ein harmloser Verein. War es aber nicht. Wollte es auch nicht sein.

»Eins noch«, sagte Rambam. »Sollten wir Joe-der-Hyäne über den Weg laufen, sag bloß nicht: ›Ich bin Jude. Kann ich dich Hy nennen?‹«

36

Wir schritten beileibe nicht blindlings durch die Höllenpforten. Wir durchquerten sie auch nicht sofort. Rambam legte einen Boxenstopp im Souvenirladen an der Ecke ein und tauchte in einem hochmodernen Mussolini-T-Shirt wieder auf. Dann blieb er bei einem Straßenhändler in der Nähe stehen und rundete sein Outfit mit einem billigen Cowboystrohhut ab, der zu meinem paßte.

»Nicht schlecht für zwei Dollar«, sagte er.

»Nur siehst du damit aus wie ein schwuler Volkstänzer«, sagte ich.

»Lieber ein lebender schwuler Volkstänzer«, sagte Rambam, »als ein toter Joey Gallo.«

»Da wär ich mir nicht so sicher«, sagte ich. »Ich weiß noch, was Sandy Wolfmueller gesagt hat, als du im Pampell's Drug Store in Kerrville, Texas, einen Cowboyhut aufprobiert hast. Es war beängstigend antisemitisch, gleichwohl haben sich ihre unsterblichen Worte meinem Skrotum bis ans Ende meiner Tage eingeprägt.«

»Ich erinnere mich«, sagte Rambam mit einem schiefen Grinsen. »Von dem Cowboyhut kriegst du 'ne Hakennase.«

»Das Texanisch war schon nicht schlecht. Bis auf das Falsett natürlich. Könnte klappen.«

»Natürlich klappt es. Wir sind einfach zwei gute alte Jungs aus Texas zu Besuch in der großen Stadt. In diesem Outfit müßte ich als ausgewachsenes texanisches Touristenekel durchgehen. Du spielst die Rolle ja leider schon dein ganzes Leben.«

»Was *machen* wir eigentlich, wenn wir reinkommen? Und wollen wir wirklich da rein?«

»Natürlich wollen wir da rein«, sagte Rambam ungestüm. »Das haben wir doch alles haarklein besprochen. Wir können nur zwei Möglichkeiten nachgehen. Zwei ernstzunehmenden Spuren folgen. Den Scheißindianern und den Scheißexfrauen. Wenn wir beide zu fassen kriegen, haben wir nämlich eine reelle Chance, dieses Mistding zu knacken. Aber wenn es dir gegen den Strich geht, die beiden Scheißspuren zu verfolgen, dann geh doch nach Hause und spiel mit dem Puppenkopf.«

»Wenn's dunkel wird, darf er nicht mehr spielen, sagt seine Mutter.«

»Was die Burschen im Verein angeht, orientierst du dich am besten an mir. Laß einfach das texanische Landei raushängen. Das schlucken die hundertpro. Glaub mir, die Burschen sind keine Koryphäen in vergleichender Kulturwissenschaft.«

»Scheiße, Mann«, sagte ich, »die wissen doch nicht mal, was Kultur ist, wenn sie ihnen einen Tritt in den Arsch verpaßt.«

»Was unser Los werden dürfte, sobald ich diese Tür geöffnet habe«, sagte Rambam.

Er öffnete sie trotzdem.

Als erstes sah ich eine große italienische Fahne und eine große amerikanische Fahne an der Wand hinter mehreren Tischchen, ein paar Flipperautomaten und eine große, prunkvolle Espressomaschine, die wie die bei mir im Loft aussah. Da sehnte ich mich ins Loft zurück, wollte mit dem Puppenkopf spielen oder mich mit dem Badezimmerspiegel unterhalten. Der Laden war wie leergefegt.

»Nicht gerade ein wimmelnder Killerbienenstock«, murmelte ich Rambam zu.

»Der Oberkellner muß seinen freien Abend haben«, sagte er, und wir betraten wachsam den Saal.

Außer Rambam und mir waren nur zwei Gesichter zu sehen, der Papst und Fiorello La Guardia, und beide sahen aus, als hätten sie schon an der Wand gehangen, als Marconi seine ersten Macaroni aß. Fiorello lächelte. Der Papst nicht. Rambam und ich auch nicht.

»Die sind irgendwo im Hinterzimmer«, sagte Rambam. »Wir müssen sie aus der Reserve locken.«

»Wir können auch abhauen und frohlocken.«

Aber dafür war es zu spät. Rambam war als texanischer Tourist nicht zu bremsen.

»Ui, guck mal, Billy Ray! Die haben uns einen Tisch reserviert!«

»Ich hab grad den Appetit verloren«, sagte ich und starrte eine Reihe von spitzen, glänzenden Fleischerhaken an, die an der Wand einen makabren Garderobenständer abgaben.

»Mach gefälligst auf Texaner«, zischte Rambam. »Sonst hängen *wir* gleich an den Haken.«

»Yee-haw«, sagte ich.

»Die gute Connie schwört, daß das hier der beste Italiener von ganz Neeeeewww York ist!« sagte Rambam, ging zum Tisch, zog mit lautem Scharren einen Stuhl zurück und setzte sich. Ich folgte seinem Beispiel und setzte mich ihm gegenüber.

Wir gaben an dem Tischchen ein lächerliches Bild ab, und ich dachte – nicht zum erstenmal –, daß Rambam diesmal eine Brooklyn Bridge zu weit gegangen war und daß die Mafia uns mit Fackeln verfolgen und die Brükken hinter uns niederbrennen würde, bevor wir in den weltlichen Wahnsinn unseres bisherigen Lebens zurückhuschen konnten. Ich hatte Rambam schon öfter an gefährliche Orte begleitet – ein todbringendes Lagerhaus in New Jersey, den Brownstone-Bau eines alten Nazis, ein vom FBI überwachtes Gebäude, sogar zur nächtlichen Verwanzung der Praxis eines Psychiaters, wo wir meiner Meinung nach im Moment auch am ehesten hingehörten. Aber irgendwie hatte Rambam es immer geschafft, das Kaninchen aus dem Hut zu zaubern. Allerdings saß der Hut nie auf dem Kopf des kleinen alten Mannes, der wie ein Carlo-Gambino-Imitator aussah, aus dem Hinterzimmer kam und mit ergrauter Italienischfärbung herumschrie.

»Luigi!« gellte er in dickem Stakkato und mit den Kadenzen eines faschistischen Maschinengewehrs. »Warum keine Attenzione an Scheißtür?«

»Die gute alte Connie Nelson«, fuhr Rambam unbeirrt fort. »Die hat doch in zig Jahren nicht falsch gelegen. Connie und Shirley lassen alles von dem kleinen italienischen Restaurant hier erledigen. Haben gesagt, Joe würde sich um uns kümmern. Ich krieg ’n Chili-Dog, klar, Kumpel?«

»Luigi! Sal! Vinnie! Larry!« rief der alte Mann und kehrte voller Ekel und Entrüstung ins Hinterzimmer zurück.

»Larry?« sagte Rambam.

»Komm, wir hauen ab«, sagte ich, »bevor sie uns auf Tragen die Mulberry Street langschieben müssen.«

»Mensch, was ist denn mit dir los, Billy Ray? Wie oft kommst du wohl nach Neeewww York? Bist du Willie

Nelsons Neffe oder nicht? Das möchte ich mal wissen, du autistischer Hurensohn!«

Beim letzten Satz starrte Rambam mich vielsagend an. Er wirkte keine Spur nervös. Der Mistkerl mußte verrückt geworden sein. Ich konnte nur zweierlei tun. Sitzenbleiben, durchhalten und hoffen, daß Rambam wenigstens ungefähr wußte, was er tat, oder ich verpißte mich samt Kiste, und zwar ein bißchen plötzlich. Ich war noch dabei, mir meine Chancen auszurechnen, da flog hinter uns ein großer Vorhang auf und enthüllte das Hinterzimmer. Dort stand ein mit grünem Filz bespannter Spieltisch, wo ein paar junge Männer in Muscle-Shirts Karten gespielt hatten. Jetzt erhoben sie sich langsam. Sie wirkten nicht besonders glücklich über die Spielunterbrechung.

»Scheiße, Mann, und ob ich Willie Nelsons Neffe bin!« schrie ich. »Und außerdem bin ich Pavarottis Vetter!«

Mein Hintern war an den kleinen Holzstuhl festgeschweißt, aber aus den Augenwinkeln sah ich, daß drei, vier Typen aus dem Hinterzimmer drohend auf uns zukamen.

»Kellner!« rief Rambam fröhlich. »Einmal Itaker rot!«

Jetzt strömten vier tote Augenpaare auf unser Tischchen zu. Ein paar der Männer glaubte ich vor Jahren im Loft gesehen zu haben. Hätten sie eine Espressomaschine zur Tür hereingeschleppt, hätte ich es mit absoluter Sicherheit sagen können. Das taten sie aber nicht. Heute trugen sie Muscle-Shirts und schwarze Seidenwesten, protzten mit Tätowierungen zuhauf und schwiegen aus voller Kehle. In ihren Augen leuchtete kaum ein Erkennen auf, geschweige denn so etwas wie Menschlichkeit. Nur der alte Mann mit dem Hut und Rambam redeten noch.

»Ihr-verdammte-Cowboy-Touriste-ihr-mache-dasse-wegkomme!« brüllte der alte Mann.

»Ich hoffe bloß, das Essen ist besser als der Service«, sagte Rambam im unbeirrten Tonfall des Dorfdeppen. »Connie hat gesagt, Joe würde sich um uns kümmern …«

»Ich werde mich um euch kümmern«, sagte einer der jungen Burschen leise, aber mit Nachdruck.

Er packte Rambam mit beiden Händen am Mussolini-T-Shirt. Als er ihn so vom Tisch hochzerrte, packte Rambam ihn mit beiden Händen an der schwarzen Seidenweste.

»Luigi!« rief der alte Mann. »Warum keine Attenzione an Scheißtür?«

»Ich paar Sekunde weg«, sagte Luigi mit ausdrucksvollem Schulterzucken.

Rambam und der Mann walzten wie Tanzbären herum und stießen die wenigen Möbel um, die im Raum herumstanden. Der Saal sah wie eine freundliche, traditionelle, italienische Küche aus, nur war sie nicht freundlich, und das einzige, was hier kochte, war ein Hexenkessel voller Probleme mit extradicker ekliger Soße.

Als mich ein Muscle-Shirt am Arm packte und durch die Tür hubschrauberte, sah ich, wie die Tanzbären heftig mit dem Papst zusammenkrachten. Als ich mich aus der Gosse aufgelesen hatte, zielkotzte die Tür Rambam aus. Sie ging zu, ging wieder auf, und Luigi warf Rambams Cowboystrohhut wie eine Frisbeescheibe auf den Fußweg.

»Scheiß-texanische-Touriste-mache-dasse-wegbleibe!« hörten wir den alten Mann schreien.

Dann schloß er endgültig die Tür, und wir hörten, wie der Riegel vorgeschoben wurde. Rambam grinste, während er erst sich und dann den Strohhut vom Fußweg auflas. Er stülpte ihn sich auf, wir gingen die Mulberry lang und durch die Canal Street nach Chinatown. Vor einem Schaufenster mit Grillenten blieben wir stehen und musterten unsere Spiegelbilder. Zwei texanische Touristen glotzten uns dämlich an.

»Egal«, sagte Rambam, »bei der Spur sind wir vielleicht nicht weitergekommen, aber ich habe wenigstens in einem recht behalten.«

»Worin?« fragte ich.

»Von dem Cowboyhut krieg ich 'ne Hakennase«, sagte er.

37

Einige Tage später saß ich eines düsteren Nachmittags am Schreibtisch und beobachtete eine Spinne – zum Glück keine australische Schwarze Witwe –, die bedächtig über mein gerahmtes Porträt von Pater Damien krabbelte, dem kleinen belgischen Priester, der 1889 auf der Insel Molokai an Lepra starb. Die Spinne machte mir nichts aus. Pater Damien auch nicht. Spinnen sind schließlich genauso unsere Freunde wie Polizisten. Für bestimmte abgedrehte Buddhisten sind Spinnenmörder genauso böse wie Copmörder. Sie glauben, wenn man eine Spinne tötet, tötet man seine Träume.

»Kannst du dir etwas Lächerlicheres vorstellen?« fragte ich die Katze.

Die Katze sagte natürlich nichts, beobachtete aber ebenfalls die Spinne, und ich glaubte, in ihren Augen einen grünen, hungrigen Ausdruck zu entdecken. Die Katze war keine Buddhistin.

Mein Klient dummerweise schon. Also nicht vergessen, sollten Sie sich je entscheiden, Privatdetektiv zu werden, und Sie schnüffeln plötzlich im Auftrag eines *Red Headed Stranger* aus Blue Balls, Montana, herum, dann wird er ihnen bei den nackten Tatsachen keine große Hilfe sein. Willie hatte mir mal erzählt, seit seiner Kindheit habe sein größtes Talent nicht etwa im Singen und Songschreiben bestanden, sondern darin, »in Schwierigkeiten zu geraten und sich wieder aus der Affäre zu ziehen«. Ich fürchtete aber, je mehr die Konzerte in der Radio City Music Hall von New York näherrückten und je weniger meine Untersuchung Erfolg hatte, desto mehr könnte das versagen, was Willie für sein größtes Talent hielt.

»*Willie Nelson will never get out of this world alive*«, sagte ich zur Katze.

Die Katze reagierte natürlich nicht. Sie hätte eine Zeile aus einem Song von Hank Williams nicht mal erkannt, wenn man sie ihr auf dem Stadtplan gezeigt hätte. Die traurige Wahrheit war, daß die Katze Countrymusik noch nie gemocht hatte. Und hätte sie sie gemocht, dann hätte sie wahrscheinlich Garth Brooks gehört, den ich manchmal als Anti-Hank bezeichne. Einer dieser Leute, die für die neue Generation dessen stehen, was heute Countrymusik genannt wird. Ihre einzige Gemeinsamkeit war, daß sie alle mit Songs von Dan Fogelberg aufgewachsen waren. Die meisten von ihnen hatten als Jugendliche die Musik von Hank Williams und Willie Nelson gehaßt und erst Hüte getragen, als ihre Plattenproduzenten, die gerade aus L. A. nach Nashville gezogen waren, ihnen welche auf die Köpfe drückten, die bestimmt Gehirne von den Ausmaßen kleiner walisischer Bergarbeiterstädte beinhalteten. Zu den wenigen mir sympathischen »neuen« Countrysängern gehörte Lee Roy Parnell, der als Teenager ein Jewboy gewesen sein sollte und tatsächlich ein paar Jahre in meiner Band, den Texas Jewboys, mitgespielt hatte, damals, als Willie sich gerade von seiner siebenundachtzigsten Frau scheiden ließ. Lee Roy hatte wirklich Talent, das mußte der Neid ihm lassen, er war fast so oft verheiratet gewesen wie Willie, und was in diesen »Ich liege mehr im Trend als du«-Zeiten am meisten für ihn sprach: Er trug nie einen Hut.

Ich musterte wieder Pater Damiens Porträt. Er hatte seinen Hut sehr lange getragen, eine verwitterte liturgische Kreation, die durch zwei ausgefranste Bindfäden an den Seiten an Ort und Stelle gehalten wurde. Damien selbst war ebenfalls eine verwitterte liturgische Kreation gewesen, nur von Jesus aufrecht gehalten, der ihn zur See und zur Seele begleitet hatte. Weder der Jesus der Kreuzzüge noch der Jesus der Inquisition. Damien liebte Jesus den Zimmermann. Jesus, der sich der Leprakranken annahm. Jesus, der elend sterben mußte.

Damien war einer der jesusähnlichsten Menschen gewesen, die seit langer Zeit die alte vergessene Landstraße entlanggereist waren. Auch er war Zimmermann gewesen und hatte auf Molokai die Kirche der St. Philomena erbaut. St. Philomena ist die Schutzpatronin der hoffnungslosen Fälle, die bekanntlich die einzigen sind, für die sich zu kämpfen lohnt. Damien hatte sich wie Jesus der Leprakranken angenommen und sich zu ihnen gezählt, was nach und nach in Körper und Geist zutraf. Als Damien 1873 erstmals auf Molokai an Land ging, war er – wie Jesus zur Zeit seiner Kreuzigung – dreiunddreißig und hatte flüchtige Ähnlichkeit mit einem belgischen James Dean. Als er sechzehn Jahre später starb, sah er aus wie der Glöckner von New York. Er war in einer menschlichen Hölle an Land gegangen, wo die Ärzte ihre Rezepte auf die Zäune spießten, um ihren Patienten nicht zu nahe zu kommen, wo Priesterkollegen, Funktionäre und Würdenträger bei ihren seltenen Besuchen unweigerlich in Tränen ausbrachen und kaum je ein zweitesmal kamen, wo man zwei Organisten brauchte, um die Kirchenorgel mit zehn Fingern zu bedienen, wo man nur über die Knochenplantage ankam und ging, in der Tausende seiner Brüder und Schwestern begraben lagen, wo Damien aufs Meer hinausruderte, um bei dem Geistlichen eines vorbeifahrenden Schiffs seine letzte Beichte abzulegen, und ihm, als er nicht an Bord gelassen wurde, seine Seelenqualen aus der Nußschale heraus zuschrie, was später als Damiens Beichte auf See bekannt wurde, und wo er, am Ende mit Hilfe des unerschütterlich loyalen Frater Joseph Dutton und der guten Seele Mater Marianne, alles in seiner Macht Stehende tat, um die Qualen zu lindern, seine Schutzbefohlenen im Geiste zu stärken, Särge zu zimmern, Gräber auszuheben und jenen den letzten Segen zu spenden, die Jesus gefunden hatten, wie Jesus sie gefunden hatte. Wie Jesus überwarf sich Damien mit der Kirche seiner Zeit und ihren Ansichten, und heute, über ein Jahrhundert später, wartet seine Heiligkeit immer noch in den Kulissen, weil der unfehlbare Papst 1994 in die Badewanne fiel und sich das Bein brach, was Damiens Seligsprechung weiter verzögerte. Die Kirche tut sich außerdem schwer damit, daß Damien keine Wunder gewirkt hat, außer für seine Freunde Kopf und Kragen zu riskieren, was so selten vorkommt, daß es als Wunder gelten kann.

Noch eine Woche vor seinem Tode sah man Damien, obwohl er von entsetzlichen Schmerzen geplagt und seine Zeit knapp wurde, im Dienst seiner verlorenen Schafe auf dem Dach der St.-Philomena-Kirche, wo er den Zimmerleuten Anweisungen zurief, mit seinem Pferdegespann wie der Teufel umherkariolte und Abkürzungen über den protestantischen Friedhof nahm.

Auf dem Totenbett vertraute er Frater Dutton an, er könne zwei Gestalten sehen, eine am Kopfende und eine am Fußende des Betts. Damien wußte anscheinend, wer die beiden waren, behielt es aber für sich. Nach seinem Martyrium erhielt Frater Dutton Tausende von Briefen aus aller Herren Länder, und ihre Verfasser fragten, ob sie nach Molokai kommen und in der Kolonie mitarbeiten dürften. Frater Dutton antwortete gewissenhaft jedem einzelnen und lehnte höflich alle Bitten ab. »Sie können Ihr Molokai überall finden«, schrieb er ihnen.

»Aber hallo«, sagte ich zur Katze, und wir sahen zu, wie die Spinne über Damiens schwer gezeichnetes Gesicht und den Koaholzrahmen krabbelte. Damien zuckte mit keiner Wimper. Stand in seiner zerlumpten Kutte und dem von Bindfäden festgehaltenen Hut da, hielt ein Kreuz in der Hand, starrte durch seine kleine runde John-Lennon-Brille auf See hinaus, und die Nebel von Molokai senkten sich auf ihn und sein auserwähltes Volk.

»Zum Teil bin ich Damien«, sagte ich zur Katze, »und zum Teil die Spinne.«

38

Die Tage schleppten sich dahin, bis ich mich eines faulen Morgens, kaum eine Woche vor Willies erstem Abend in der Radio City, an meinem Schreibtisch fand und zusah, wie eine graue Ringellocke Rauch langsam zur Decke emporrankte. Ich mußte wieder an Spinnen denken. Ariadne hatte mir gleich zwei Garnknäuel in die Hand gedrückt, aber ich hatte mich trotzdem im Labyrinth verirrt. Wer Ariadne war? Wenn Sie kein Kenner der griechischen Mythologie sind, könnten Sie meinen, das sei eine Exfreundin von mir. Vielleicht war sie das auch, und ich war damals nur zu verstrickt, um es zu merken. Aber die Ariadne, die ich meine, war eine junge Frau, die vor Tausenden von Jahren lebte oder auch nicht, je nachdem, ob man an griechische Mythologie, Knochenzeigen, Peter Pan und das Ausräuchern von fremder Leute Katzen morgens um vier glaubt. Ich kam erstmals mit Ariadne in Kontakt (nicht im sexuellen Sinn), als ich vor vielen Jahren an der University of Texas an einem Studiengang namens Plan II teilnahm. Plan II ist ein hochmoderner geisteswissenschaftlicher Studiengang, den hauptsächlich auszeichnet, daß seine Teilnehmer spinnert sein müssen.

Nun sind spinnerte Menschen keine Spinnen, die zur Gattung der Arachniden gehören, die nach Arachne so heißen, die wiederum einmal die Göttin Athene zu einem Webwettstreit herausforderte. Die Gattung der Arachniden hätte aber ebensogut nach Ariadne benannt werden können, die Theseus aus dem Labyrinth herausführte. Ariadne war die Tochter des Minos, des Königs von Kreta, von dem die Kretins ihren Namen haben, weil dieser – selbst ziemlich spinnert – König Ägeus befahl, einem Ungeheuer namens Minotaurus, das halb Stier und halb Mensch war und in einem Labyrinth lebte, alljährlich eine bestimmte Anzahl junger Männer aus Athen zu opfern. Wenn man sich in das Labyrinth begab, kam man nie mehr zurück, selbst wenn man nicht vom Minotaurus umgebracht wurde. Man mußte für den Rest seines Lebens einem Typen zuhören, der Jimmy-Buffett-Songs coverte.

Als der König von Kreta dem König von Athen immer mehr auf die von Roben oder Togen oder sonstwas gerade Modischem umhüllten Eier ging, erklärte sich Ägeus' Sohn Theseus bereit, ins Labyrinth einzudringen und den Minotaurus zu erschlagen, was allerdings auf einen Knick in seiner potentiell sehr lukrativen Karriere als Urologe hinauslief.

Um den Mythos auf Aufkleberlänge zu bringen: Ariadne steckte Theseus einen Degen und eine Rolle Goldfaden zu, den er am Eingang des Labyrinths an einen Felsen knotete und abwickelte, bis er mit dem monströsen, halb menschlichen und halb tierischen Minotaurus in Kontakt kam – übrigens nicht sexuell – und dabei selber fast abgewickelt wurde. Aber er warf dem Minotaurus Sand in die Augen, stach ihn dreimal ins Herz, schlug ihm den Kopf ab und folgte Ariadnes goldenem Faden aus dem Labyrinth zurück in die Freiheit.

Mit Ariadne im Schlepptau setzte er Segel nach Athen, um einer der größten Helden der griechischen Mythologie zu werden. Durch einen Fehler des kretischen Kapitäns, der definitiv ein Kretin war, erreichte das Schiff Athen mit schwarzen Segeln statt mit weißen, was König Ägeus fälschlich signalisierte, Theseus habe sich auf den Weg über den Regenbogen gemacht und sei zu Zeus gegangen. Der gute König vollführte daraufhin einen schmerzerfüllten Hechtsprung ins Meer, das heute seinen Namen trägt.

Bei all dem stellt sich die Frage, ob es immer ratsam ist, die Minotauren unserer Leben aufzustöbern und zu zerstören. Wenn man Glück hat, bekommt man das Mädchen, aber man kann auch einen liebenden Vater verlieren und einen nervenden Schwiegervater gewinnen, ganz zu schweigen vom Knick in einer potentiell sehr lukrativen Karriere als Urologe. Das ist eines der Hauptprobleme im Umgang mit der Mythologie. Sie verführt einen, verschmilzt mit dem Leben und verwischt die Grenzen zur Realität. Irgendwann weiß man nicht mehr, ob man nur ein gewöhnlicher Sterblicher ist oder ein Held, der einen abgeschlagenen Stierkopf aus einem Labyrinth schleppt, und fragt sich zunehmend, welchen Stier man eigentlich bei den Hörnern packen wollte.

Was die Zwillingsfäden der Willie-Nelson-Ermittlung anging, war ich dem einen der beiden so weit gefolgt, wie ich vorhatte, aber der andere war noch kaum mehr als eine dunkle Rauchfahne an einem blutroten Horizont. Das Wort »Rauch« habe ich hier bewußt gesetzt. Jedenfalls dachte ich das alles, als ich mir die erste Zigarre des Tages anzündete und darauf wartete, daß die Espressomaschine ihre endlose Version der Titelmelodie von *Die Stunde des Siegers* beendete. Wenn ich mich recht erinnere, »brach in diesem Augenblick die Klinke ab«, wie Rapid Robert gesagt hätte. Ich war als Schlafwandler durch die bisherige Ermittlung gestolpert, jetzt stand ich am Abgrund und drohte, in die Ägäis zu stürzen, dem Gewässer, dem alle Albträume entsteigen.

Diesmal war der linke Hörer die Ursache des Problems. Ich hob beim zweiten Klingeln ab und blies eine coole Rauchwolke in Richtung der Insel Lesbos.

»Schieß los«, sagte ich.

Die Stimme am anderen Ende klang verhalten, vertraut, besorgt und tourmüde. Sie gehörte Robby Romero.

»Kinky«, sagte er. »Du fällst gleich tot um.«

39

Ich hatte keine Angst vor dem Tod. Ich wollte bloß nicht vor Willie Nelsons Konzert in New York sterben. Die Dinge waren in letzter Zeit nur im Spinnentempo vorangekommen, aber ein drückendes Gefühl Todgeweihtheit durchschwebte das Loft und mischte sich hier und da mit Zigarrenrauchwölkchen. Willie war seit fast zwei Wochen nicht auf Tour gewesen, und ich war quasi kontrapunktisch noch nicht mal auf der Straße draußen gewesen. Tief in den Knochen spürte ich, daß etwas bevorstand, und so wie die Dinge gelaufen waren, wollte ich mir dieses Etwas schnappen und damit davonlaufen.

»Es gibt Schlimmeres als den Tod, Robby«, sagte ich, »und das erwartet Leute, die einem sagen wollen, weswegen man gleich tot umfällt.«

»Wegen dem Zauberbeutel, Kinky.«

»Dem Teil, das wir neulich ausgeräuchert haben?«

»Genau. Das Teil nennt sich Zauberbeutel. Oder besser, es *ist* ein Zauberbeutel. Oder noch besser, es ist ein ganz besonderer alter Zauberbeutel.«

»Was zum Teufel ist es denn, Robby? Der gottverdammte heilige Gral?«

»Der heilige Gral bedeutet nur Christen etwas. Ich bin kein Christ, und als ich's das letztemal geprüft habe, warst du auch keiner.«

»Ich gehöre zu Jehovas Schaulustigen«, sagte ich. »Wir glauben an ein Höheres Wesen, aber wir wollen uns nicht einmischen.«

»Ich glaube, da bleibt dir keine Wahl mehr«, sagte Robby. »Ich hab dir doch vom ›Tadodaho‹ erzählt, dem Hüter des Feuers – er bewahrt die Geschichte unseres Volkes. Wenn irgend jemand die Echtheit des Zauberbeutels einschätzen kann, dann Tadodaho und seine Stammesältesten. Erst wollten sie Benito und mir nicht viel verraten, aber als sie das Päckchen in der Hand hatten und den Inhalt gesehen haben, hat das wie Dynamit gewirkt. Benito und ich sind auf Herz und Nieren geprüft worden. Sie wollten wissen, wo wir das herhatten.«

»Das hast du mich auch als erstes gefragt, nachdem du seitwärts aus dem Schaukelstuhl gesprungen bist.«

»Aber ich habe dich nicht drei volle Tage lang verhört. Wir haben eine richtige Inquisition durch praktisch jeden Stammesältesten über uns ergehen lassen, und da sind ein paar echte Schwergewichte drunter. Kannst du's dir in etwa ausmalen, Kimosabe?«

»Okay, sie sind also höchst aufgeregt wegen dem Zauberbeutel, aber warum kommst du damit erst jetzt an?«

»Weil diese Typen nach indianischer Standardzeit ticken und uns nicht weggelassen haben. Ich sag dir, Kinky, wenn wir nicht aufpassen, beißt Willie diesmal ins Gras, statt es zu rauchen.«

Ich lehnte mich zurück und schaute durchs Küchenfenster in den kalten, grauen Morgen über Manhattan, der mit jeder Minute kälter und grauer wurde. Einst hatten wir die Halbinsel den Indianern für sechsundzwanzig Perlen abgekauft, und als ich dem Rumpeln der

216

Müllwagen lauschte, die Feuerleitern rosten, die Tauben scheißen und Leute mit toten Augen umherhuschen sah wie aufgescheuchte Ratten, die in Mülltonnen ihr Frühstück suchten, da dachte ich – und das nicht zum erstenmal –, daß wir bei dem Deal übers Ohr gehauen worden waren. Ich wußte noch nicht genau, wer hinter den neuen Machenschaften steckte, aber ich war alles andere als scharf darauf, daß mir die Indianer schon wieder blauen Dunst vormachten.

»Bist du noch da, Kinky?«

»Wo soll ich denn sonst sein?«

»Benito hat auch noch was für dich. Solltest du dir mal anhören. Er wird nämlich eines Tages ebenfalls ein weiser Stammesältester sein.«

»Fragt sich, ob ich so lange warten kann.«

Ich hörte, wie Robby die Telefonzelle verließ und Benito sie betrat, außerdem das übliche Hintergrundrauschen der Highways.

»Von wo ruft ihr eigentlich an, Benito?«

»Upstate. Stehen vor einem Touristen-Nepplokal plus Souvenirladen mit indianischem Namen.«

»Zwei-Hunde-beim-Ficken?« sagte ich. »Ich glaub, den Laden kenn ich.«

Falls Benito lachte, ging es im Highwayrauschen unter. Als er weitersprach, klang er fast melancholisch.

»Ich habe mir da was zurechtgelegt, warum der Hüter des Feuers und die Stammesältesten …«

»Dieses Bündel so am Wickel haben?«

»… ja. Könnte man sagen. Ich nicht, aber du schon. Weißt du, es gibt eine alte Legende – die Legende von Bluejacket – über Häuptling Tecumseh von den Shawnees, der alle Stämme zu einem Bündnis zusammengeschlossen hat, um zum letzten großen Gefecht gegen den weißen Mann anzutreten. Das war Anfang des 19. Jahrhunderts im Ohio-Territorium. Es hat da einen Kavalleristen gegeben, der Bluejacket genannt wurde. Er war mit Tecumseh befreundet und hat auf seiten der Indianer gekämpft. Der Häuptling hat geglaubt, Bluejacket könnte die anderen Weißen davon überzeugen, daß den Indianern Unrecht widerfahren war, und einen Weg zum Frieden finden, bevor alles zu spät war. Er soll Bluejacket einen Zauberbeutel gegeben haben, als Zeichen des Friedens, der Brüderlichkeit und des guten Willens. Bekanntlich ist es nie zu Frieden, Brüderlichkeit und gutem Willen gekommen. Dem Zauberbeutel folgten nur Tod und Zerstörung. Der langen Rede kurzer Sinn: Die Irokesen glauben, daß du uns neulich Bluejackets Zauberbeutel gegeben hast.«

»Heiliges Kanonenrohr«, sagte ich.

»Du siehst also, wie alt, heilig und stark diese Medizin ist, die uns gestohlen wurde, viele Jahre verschwunden war und durch die Geschehnisse in Arizona endlich zum Hüter des Feuers zurückgekehrt ist. Die Irokesen und die Shawnees haben oft Medizinen ausgetauscht. Der Mann, der auf dem Highway in Arizona überfahren wurde, war übrigens ein Hopi, Kinky. Rache- oder Vergeltungsaktionen sind nicht deren Art, und sie würden diese Medizin niemals einsetzen, obwohl sie wie alle Stämme uneingeschränkt an deren Macht glauben. Wenn es eine Möglichkeit gäbe, die Wirkung aufzuhalten, würden wir sie nutzen. Aber Robby hatte neulich recht, Kinky. Wir können nichts mehr tun.«

Benito sprach mit solcher Aufrichtigkeit und Würde, daß ich ihm fast glaubte. Fast. In der Welt der Weißen gibt es schließlich keinen »uneingeschränkten Glauben«. Ich zog einen Augenblick an der Zigarre und ließ Benitos kleine Geschichtslektion schweigend sacken. Der verloren geglaubte Zauberbeutel war also auf kuriose Weise wieder aufgetaucht. Vor langer Zeit hatte ein Indianer ihn einem weißen Mann gegeben. Vom Unfall in Arizona losgetreten, war er seinem Volk zurückgegeben worden. Allerdings nicht von den Hopis, die nie vom Friedenspfad abgekommen waren. Und alle Stämme glaubten uneingeschränkt an die Macht des Beutels. Ich merkte, daß mein Verstand langsam dem Faden durchs Labyrinth folgte. Langsam zeichneten sich Zusammenhänge ab. Willie Nelsons Verfolger *mußte weiß sein*. Und ich war mir verdammt sicher, wo ich ihn zu suchen hatte.

»Nebenbei gefragt, Benito«, sagte ich, »was ist aus Bluejacket geworden?«

»Ist gestorben«, sagte Benito. »Genau wie alle anderen damals.«

40

Am Nachmittag liefen im Loft die Telefondrähte heiß. Doug Holloway hatte in der letzten Woche zwei getippte, weitschweifige, aber vage Drohbriefe an Willies Adresse abgefangen, die er mir jetzt vorlas. Sie bestätigten einige meiner Vermutungen.

»Gibt's Poststempel?« fragte ich, als Doug fertig war.

»*Nada*«, sagte Doug. »Aber der Knabe hat einen gewissen Humor.«

»Yeah«, sagte ich. »Der Satz mit ›Schade, daß ich dich in Buffalo nicht getroffen habe‹ ist echt ein Brüller.«

»Witzig find ich auch: ›Paß in New York bloß auf – da oben soll's ja echt kriminell zugehen.‹«

»Und beide sind mit ›Der grüne Pfeil‹ unterzeichnet?«

»Stimmt genau, Kinky«, sagte Doug wie ein Moderator, der im Kinderfernsehen eine Marionette anspricht.

»Und Willie geht vor New York nicht mehr auf Tour?«

»Stimmt genau, Kinky.«

»Ob Willie die Gigs in New York eventuell absagen würde, bis wir über den Typ ein bißchen besser Bescheid wissen?«

»Was glaubst du denn? Die gesamte Sioux-Nation könnte das Kriegsbeil ausgraben und den Broadway runtergaloppieren, aber er würde sich trotzdem ans Mikro stellen und ›Whiskey River‹ singen. Drohungen und Einschüchterungsversuche funktionieren bei Willie nicht.«

»Gesunder Menschenverstand auch nicht.«

»Stimmt genau, Kinky«, sagte Doug, der mir mit seinem unerschöpflichen Vorrat an Stimmt-genau-Kinkys langsam auf die Eier ging.

Willie war die Sturheit in Person. Doug hatte ihm die beiden Briefe gezeigt, und er hatte bloß gelacht. »Reservier ihm lieber keine Freikarten«, war sein einziger Kommentar gewesen.

»Ich bin mir ziemlich sicher, daß ich den Kerl schnappen könnte, wenn ich nur mehr Zeit hätte«, sagte ich. »Er muß bei dem Busunfall in Arizona gewesen sein. Und es muß allem Anschein zum Trotz ein Weißer gewesen sein.«

»Warum soll er nicht einfach von dem Unfall gelesen oder gehört haben?«

»Unwahrscheinlich. Der Vorfall war lange Zeit nur an Bord der Honeysuckle Rose bekannt. Du wußtest doch auch nichts davon, dabei stehst du Willie so nahe, daß du die Kerne ausspuckst, wenn er Wassermelone ißt. Meistens in meine Richtung, könnte ich hinzufügen.«

»Solche schmeichelhaften Tätigkeitsbeschreibungen bringen dich auch nicht weiter, Kinky. Aber warum bist du dir da so sicher, daß der Schein trügt? Der Bus macht einen Indianer platt, und ein Freund oder Verwandter oder eine Gruppe von Stammestunichtguten dreht den Feuerwasserhahn auf und begibt sich auf den Kriegspfad gegen Willie. Was soll an dem Ablauf nicht hinhauen?«

»Ganz einfach, er ist faktisch nicht korrekt. Politisch übrigens auch nicht.«

»Und da ich weiß, wie wichtig politische Korrektheit dir schon immer gewesen ist, vergehe ich sofort vor Scham über mein mangelndes Feingefühl.«

»Nicht jeder Indianer ist ein Trinker«, fuhr ich beharrlich fort.

»Das ist sicher richtig«, sagte Doug. »Ich wüßte bloß gern, wann du deine Zehn-Gallonen-Jarmulke abgeliefert, bei den koscheren Cowboys gekündigt und dich der amerikanischen Indianerbewegung angeschlossen hast.«

Ich versetzte mich zurück in jene Nacht vor einer Woche. Der Salbeiduft durchzog das Loft. Adlerfedern strichen mir über die Schultern wie die versöhnlichen Schwingen von Schutzengeln, von deren Existenz ich bislang nichts geahnt hatte. Im Hintergrund hörte ich Robbys und Benitos gedämpften Singsang in einer Sprache, die ich nie verwendet hatte und die am College nicht gelehrt worden war. Ich dachte daran, wie Benito mir aus einer Telefonzelle an der Straße nach Poughkeepsie die Legende von Bluejacket erzählt hatte, dem Weißen, der mit seinem Freund Tecumseh gegen das eigene Volk gekämpft hatte. Die erste unerfüllt bleibende große weiße Hoffnung. Ich sah der Katze in die Augen, wo seltsame Feuer flackerten. Vielleicht spiegelte sich die glühendrote Spitze meiner Zigarre, an der ich zog und wie hypnotisiert die kleinen roten Feuer anstarrte, rote Feuer in runden Feldern, erst grünen, dann gelben, dann grünen wie bei einer Ampel. Vielleicht verbrannten kleine Indianer da drinnen Salbei, oder kleine Juden steckten Kerzen an. Vielleicht steckten kleine Deutsche Bücher in Brand oder kleine Rednecks schwarze Kir-

chen oder kleine Schwarze koreanische Lebensmittellä-
den. Sie entfachten einen richtigen Waldbrand, und
doch saß die Katze stoisch da und betrachtete mich mit
dem leicht fragenden Blick eines New-Age-Business-
man. Ein Satz von C. G. Jung fiel mir ein, den er mal
gesagt hatte, als er gerade nicht beim Schädel-TÜV war.
Er hatte gesagt: »Wir begegnen uns auf unserem Lebens-
wege in tausenderlei Verkleidungen immer wieder.«

Dougs letzte Frage hatte ich ganz vergessen, zog an
meiner Zigarre und suchte jetzt nach einer leicht meta-
physischen, spirituellen Allzweckantwort.

»Vor vielen Monden«, sagte ich.

Doug schien das hinzunehmen, aber ich wußte, daß er
trotzdem mehr wollte. Wie Kawliga, der Indianer im
Tabakladen, saß ich am Schreibtisch und wartete.

»Okay«, sagte Doug, »aber warum bestehst du darauf,
daß ein Weißer hinter der ganzen Sache stecken muß?
Schon vergessen, daß Ben einen Indianer gesehen haben
will, bevor er angeschossen wurde?«

»Könnte eine seiner tausenderlei Verkleidungen gewesen sein«, sagte ich. »Dreh- und Angelpunkt ist doch,
daß wir viel klarer gesehen hätten, wenn uns nicht die
Bedeutung des Zauberbeutels entgangen wäre, den Willie in Florida von dem Indianer bekommen hat...«

»Na bitte. Schon wieder ein Indianer.«

»Den halte ich für einen Mietindianer, der eigens
angestellt worden ist, um Willie den Zauberbeutel zu
geben. Das oder die nächste Verkleidung...«

»Oder hinter der ganzen Sache steckt ein Indianer...«

»Nein. Das ist die einzige Gewißheit, für die ich mein
jämmerliches Leben verwetten würde. Das Päckchen,
das Willie bekommen hat, ist für sämtliche Indianer eine
sehr mächtige Medizin. Sie glauben, daß sein Empfänger

langsam und qualvoll dahinsiechen wird und daß es absolut nichts gibt, was man dagegen tun kann. Für sie ist der Empfang dieses Beutels dasselbe, wie wenn dein Arzt dir sagt, du hättest Aids oder Krebs im Endstadium.«

»Und?«

»Verstehst du denn nicht? Wenn ein Indianer dahinterstecken würde, wüßte der das. Er hätte es also nicht nötig, in Buffalo zusätzlich und aufs Geratewohl einen Schuß auf jemanden abzugeben, der wie Willie aussieht. Er hätte keine Drohbriefe nötig. Irgendein Weißer hat den Beutel in die Finger bekommen, glaubt aber nicht ernsthaft an dessen Macht. Was aber jeder Indianer tun würde.«

»Dann sag ich L. G. also, sein aufgemotztes Sicherheitsteam soll verstärkt Ausschau nach einem Weißen halten, der sich vielleicht als Indianer verkleidet.«

»Ich weiß nicht, ob das noch viel bringt. Ich glaube, den Trick hat er ausgereizt; damit probiert er's nicht noch mal. Sie sollen einfach nach einem Weißen Ausschau halten. Natürlich nur, falls ich ihn nicht vorher finde.«

»Und falls Just Bill ihn nicht findet. Das hab ich dir noch gar nicht erzählt: Der ist gestern nach Arizona los, um auf eigene Faust rumzuschnüffeln.«

»Just Bill ist in Arizona?«

»Stimmt genau, Kinky.«

»Das könnte gefährlich werden.«

»Für Just Bill oder für Arizona?«

»Mensch, Doug, ich mein's ernst. Kannst du ihn irgendwie erreichen?«

»Nein, Häuptling Donnerwolke, aber wenn er anruft, sag ich ihm, er soll sich sofort bei dir melden. Oh, wie ich gerade sehe, kommt Mr. Nelson höchstpersönlich des Wegs. Tut mir leid, aber wir müssen jetzt etwas in Angriff nehmen, was wichtiger ist als Leben und Tod.«

»Golf spielen?«

»Stimmt genau, Kinky.«

41

In Nordamerika gibt es sehr viele Weiße, und da ich ihre verschiedenen sexuellen Neigungen nicht kannte (und auch nicht kennenlernen wollte), konnte ich nicht ohne weiteres sagen, wem von ihnen einer abging, wenn er an Willie Nelson dachte, und wem nicht. Je weniger Zeit wir bis zu Willies Gigs in New York hatten und je mehr ich zum Nachdenken kam, desto mehr blätterte der Lack der Zuversicht ab, den ich bei Doug Holloway eben erst aufgetragen hatte. Wußte ich wirklich so genau, daß wir hinter einem Weißen her waren? Wenn er nun ein Indianer war, der sich als Weißer verkleidete, der sich als Indianer verkleidete? Das war zwar verdammt unwahrscheinlich, aber immerhin möglich. Und solange das Mögliche nicht wirklich und wahrhaftig das Unmögliche geworden war, hätte auch der größte Detektiv aller Zeiten es kaum aus seinen Krallen in die gaserleuchteten Gossen von London fallen lassen. Ich sah Sherlock tief in die delphischen Tiefen seiner Porzellanaugen.

»Oh, Mr. Holmes«, sagte ich, »es ist fast aussichtslos. Das Gewebe der Wirklichkeit ist zu fadenscheinig, um in diesem einzigartigen Fall deduktives Räsonieren zu erlauben. Früher gab es stets noch ein Fitzelchen, ein Fünkchen, eine Spur, die vom Erwartbaren fortführte, mein mattes Auge auf sich zog und zum Licht der Wahrheit führte. Diesmal habe ich nichts. Nichts als einen Weißen in einer Welt von Weißen. Ich flehe Euch an, allmächtiger Holmes, helft mir, ihn rechtzeitig aufzuspüren.«

Ich trug natürlich ziemlich dick auf. Aber ich pflegte immer an Holmes zu appellieren, wenn alle Stricke rissen, und mein kleines Problem war ihm nicht neu. Verzweiflung und Verzagen zog es schon immer unaufhaltsam zur Freiheitsstatue – wie zum Licht seiner Augen. Er zwinkerte so wenig wie eh und je. Kaltes, blasses Porzellan, das die moderne, aus den Fugen geratene Welt in Schweigen, Erkenntnis und Stärke tauchte.

Ich mußte dem Ariadnefaden folgen, an den ich mich im Moment klammerte. Mitten im Labyrinth wechselt man nicht die Fäden. Wenn ich ihn zurückverfolgte, begann der Faden höchstwahrscheinlich beim Unfall der Honeysuckle Rose. Bei jemandem, der schon kurz danach davon erfahren hatte. Einem Weißen. In Arizona. Aber ich war nicht der einzige Theseus der Interstate Highways, dachte ich beklommen. Ich war nicht der einzige Amateur, der sich für einen Detektiv hielt. Ich war auch nicht der einzige Sterbliche, der ein Held sein wollte. Ariadne hatte Just Bill anscheinend früher nach Arizona geführt als mich.

Ich wuchtete mich spirituell über den toten Punkt hinweg, hob den linken Hörer ab und rief in Mark Rothbaums Büro in Connecticut an. Diesmal kam ich auf wundersame Weise durch.

»Tut mir leid, Kinkster«, sagte er, »aber ich war mit einem anderen Künstler in Europa.«

»Sag bloß, Modigliani geht wieder auf Tour.«

»Ein anderer Künstler« hieß natürlich, jemand anders als Willie, den Mark nun schon seit vielen Jahren managte. Fairerweise sei gesagt, daß er zeitweilig auch Leute wie Miles Davis, Emmylou Harris, Roger Miller und Don Imus' zweitliebsten Sänger, nämlich Delbert McClinton, gemanagt hatte. Als wahrer Künstler mußte man tot sein, sagte ich mir, oder zumindest ein solcher, der sich das ziemlich oft wünscht. Deswegen waren sie so schwer zu managen.

»Ich nehme an, du rufst wegen Willie an«, sagte Rothbaum. »Wegen dieser Indianerkiste.«

»Correctimundo.«

»Mir geht das auch nicht aus dem Kopf, Kinkster. Was kann ich dabei tun?«

»Willie macht dir doch oft vertrauliche Mitteilungen. In einige davon solltest du mich vielleicht einweihen. Den Unfall der Honeysuckle Rose zum Beispiel. Wo genau ist der passiert?«

»Die Band war auf dem Interstate 40 zu einem Gig in Laughlin, Nevada, unterwegs. Ich kann's nicht genau lokalisieren, aber es muß ungefähr hundert Meilen hinter der Grenze nach New Mexico passiert sein. Willie meinte, etwa anderthalb Stunden vorher wären sie nach Arizona reingefahren. Willie macht das übrigens schwer zu schaffen, Kinkster, auch wenn er nicht gern darüber redet. Für ihn ist es unbegreiflich, daß die Indianer ihm dermaßen zusetzen können.«

»Für mich auch. Aber gehen wir mal noch weiter zurück als bis zum Busunfall. Du sollst da eine abgedrehte Theorie zu Willies Problemen mit der Regierung haben.«

»Ich bin kein Verschwörungsfreak, aber manchmal wäscht nun mal eine Hand der Regierung die andere. Ich kann zwar nicht beweisen, daß Willies Probleme mit dem Fiskus und das Tamtam mit dem FBI ursächlich zusammenhängen…«

»Mark, wovon redest du eigentlich?«

»Na, vom Konzert für Leonard Peltier natürlich. Im Herbst '85.«

Auch Robby hatte Peltier erwähnt, aber da hatte ich nicht geschaltet. Im Mai '85 hatte sich meine Mutter auf den Weg über den Regenbogen gemacht, und im Oktober zogen »Die Vier Reiter« durch Australien: mein Vater, Earl Buckelew und Mike McGovern, mich selbst nur halb mitgezählt, weil ich die meiste Zeit nicht ganz da war. Ich kann mich dunkel erinnern, daß wir am Great Barrier Reef als Gäste an Bord der Jacht von Piers und Suzanne Akermann waren, zwei meisterhaften Seeleuten, die sich permanent kabbelten, wer nun der Kapitän sei. An meinem zweiundvierzigsten Geburtstag wachte ich an Bord des Boots auf, die Rieseneisvögel lachten in den Bäumen, und ich konnte es noch immer nicht fassen, daß meine Mutter zu Jesus gegangen war oder zum Kreuz des Südens oder wohin all unsere Mütter gehen, aber ich tröstete mich mit dem Gedanken, daß ich wenigstens noch meiner Mutter Sohn war. Von einem Mann namens Leonard Peltier hatte ich nie gehört.

»Was hat's mit dem Konzert denn auf sich?« fragte ich.

»Das war ein Benefizkonzert für Peltier, den die Indianer für unschuldig gehalten, was das FBI und andere Gesetzeshüter aber etwas anders gesehen haben. Die wollten ihm den Tod von zwei FBI-Agenten anhängen. Cowboys lieben Indianer, kennst das ja. Countrymusiker sind nun mal schon immer der Meinung gewesen, daß die Indianer übers Ohr gehauen worden sind, und Willie ist da keine Ausnahme. Das Konzert fing schon gut an: Die Bundesbullen sind übers ganze Gelände ausgeschwärmt, und Robin Williams ist auf die Bühne rauf und hat geschrien: ›Scheiß aufs FBI!‹«

»Womit er die Menge auf seiner Seite gehabt haben dürfte.«

»Und wie. Die meisten Leute aus Willies Troß sind natürlich zu den Bussen gewetzt, um das Dope zu verstecken. Kristofferson hat auch auf dem Programm gestanden. Das Komische ist, alle Welt wußte, daß Robin Williams Komiker und Kris 'ne linke Bazille war, aber die Rednecks hatten halt immer gedacht, daß Willie einer der ihren war. Als er dann da oben erschienen ist, sind sie sich also irgendwie betrogen vorgekommen. Es hat sich dann herumgesprochen, daß er mal ein Benefizkonzert für einen Copmörder gegeben hatte, und noch im Sommer '86 sind bei einem Gig in Providence, Rhode Island, vierhundert Cops aufmarschiert.«

»Wer keinen Spaß verträgt, kann mich mal.«

»Das hat Willie auch gesagt. Aber das hat nichts daran geändert, daß sich vom FBI über den *Fraternal Order of Police* bis hin zu den Schupos vor Ort tiefsitzende und haßerfüllte Ressentiments gegen Willie breitgemacht haben. Schließlich mußte er William Sessions anrufen, den damaligen Direktor vom FBI, und der hat dann endlich dafür gesorgt, daß seine Jungs Willie in Ruhe lassen. Seitdem hat's keine Probleme mehr gegeben. Inzwischen ist das alles Schnee von gestern. Sonst noch was? Ich muß los.«

»Alles klar. Du hast mir sehr geholfen, Mark. Ich weiß, daß du viel um die Ohren hast...«

»Oh, nicht das, was du denkst. Ich muß bloß los zum Laufen. Ich mag vielleicht kein Verschwörungsfreak sein, aber ein Fitneßfreak bin ich garantiert. Ich hab mir sogar ein Gerät angeschafft, das morgens beim Aufwachen meinen Ruhepuls mißt.«

»Mark, so weit wollte ich in deine Intimsphäre gar nicht eindringen ...«

»Mein Ruhepuls beim Aufwachen beträgt zweiundvierzig. Wenn ich mich morgens mit Willie unterhalte, schießt er natürlich sofort auf hundertvierzig hoch.«

»Das muß dich ja ganz schön auf Trab bringen. Eins noch, Mark.«

»Sprich dich aus.«

»Wo ist Leonard Peltier abgeblieben?«

»Ist immer noch in Leavenworth«, sagte er.

42

Ich ließ den Hörer ungefähr so lange auf der Gabel, wie das Herz eines Countrysängers braucht, um zu brechen. Dann hob ich wieder ab und rief die streng geheime Nummer von Willies Bus an. Im Lauf der Zeit habe ich gelernt, egal, ob Willie auf Tour ist oder sich auf dem heimischen Golfplatz in Texas herumtreibt, die Honeysuckle Rose ist das Zuhause, das er nie lange verläßt. Es hatte was von hinterhältiger Ironie, daß ausgerechnet dieses Gefährt zu seinem Ruin beitragen sollte.

Willies Leidenschaft für Golf wurde allenfalls von O. J. Simpsons Leidenschaft für Golf übertroffen. Da sie diese Leidenschaft verband, fragte ich Willie mal, ob er O. J. Simpson die Hand geben würde, wenn der auf ihn zukäme. »Ich würde ihm die Hand geben«, sagte Willie, »aber er dürfte nicht im Bus mitfahren.«

Meiner Meinung nach war es für O. J. Simpson Strafe genug, daß ihm die Mitgliedschaft im Hooters aberkannt wurde. Von einem derart brutalen Schlag erholt man sich nur selten. Ich kenne einen der wenigen Menschen, die tatsächlich mit O. J. befreundet sind, Bud Shrake, den langjährigen Sportjournalisten, der mal in den Duschräumen mit eigenen Augen feststellen konnte, daß O. J. den zweitgrößten Penis der Sportwelt hat. Laut Shrake, der wie wir alle den Schwanz eher einzieht, hat nur der

Baseballspieler Cesar Cedeno, der nebenbei bemerkt seine Frau erstochen hat, einen noch größeren Penis. Das soll nicht heißen, daß jeder Mann mit einem Penis im Kingsize-Format seine Frau ersticht. Es heißt bloß, daß manche unter uns etwas vorsichtiger sein sollten. Natürlich müssen hier noch weitere Daten gesammelt und zusätzliche Forschungen angestellt werden. Ich hatte Shrake gefragt, ob er Lust habe, dieses Projekt mit mir zusammen in Angriff zu nehmen, aber er hatte da so seine Bedenken. Ich hatte daraufhin Willie gefragt, ob er sich eine solche Zusammenarbeit vorstellen könne, aber auch er hatte abgewinkt. Er ergänzte das Vorhaben jedoch um eine These, die einiges an Einsicht verriet: »Ist er zu kurz«, sagte Willie, »ist man *selbst* derjenige, der erstochen wird.«

Da weder Willie noch O. J. im Bus waren und da die Chance gering war, daß O. J. je im Bus sein würde, mußte ich mit L. G. und Gator vorliebnehmen. Ihre Penisgrößen waren für die Ermittlung zwar unerheblich, aber ihre Anwesenheit kam mir sehr gelegen. Von dem ganzen Herumschwänzeln mal abgesehen, schien die Ermittlung plötzlich einem doch überraschenden Höhepunkt entgegenzukeuchen. Ich hätte viel früher darauf kommen müssen, aber inzwischen war mir klar, daß der genaue Ort des Busunfalls für die gesuchte Lösung ausschlaggebend war. Ordnungshüter haben bekanntlich große Ehrfurcht vor Reviergrenzen. L. G. und Gator hatten wahrscheinlich die ganze Zeit unwissentlich den Schlüssel zu dem Fall in der Hand gehabt. Im Gespräch merkte ich jetzt, wie er unwiderruflich den Besitzer wechselte.

»Kinky will wissen, *wo genau* du den besoffenen Indianer übergemangelt und zehn Punkte eingeheimst hast«, rief L. G.

233

»Das wird durch Wiederholung auch nicht witziger«, konnte ich Gator zurückrufen hören.

»Nicht jeder Indianer ist ein Trinker, L. G.«, sagte ich.

»Ich weiß«, sagte L. G. »Deswegen heimst er auch zehn Punkte ein. Soweit ich mich erinnere, ist es rund zwanzig Meilen westlich von Winslow auf dem Interstate 40 passiert …«

»Genau dreizehn Meilen westlich von Winslow«, rief Gator von hinten. »So was vergißt man nicht so schnell.«

»Eine letzte Frage, L. G.«, sagte ich. »Was für Polizisten haben den Unfall aufgenommen? Wo kamen die her?«

»Das waren große alte Bullen von der State Police mit großen alten Knarren. Sahen aus wie frisch aus dem Wilden Westen importiert.«

»Just Bill sagt, da wären auch Hilfssheriffs gewesen.«

»Just Bill hat einen IQ in Höhe der Zimmertemperatur, außerdem war er nicht dabei. Da war kein einziger Hilfssheriff, nur die andern Bullen. Und zwar sechs, alle vom Revier Winslow, das die ganze Navajo County, Arizona, kontrolliert. Das weiß ich, weil ich mich mit einem von denen unterhalten hab.«

»Weißt du zufällig noch, wie er hieß?«

»Nee, Mann. Wenn man für Willie arbeitet, lernt man viele von der State Police kennen.«

»Glaub ich gern. Paß auf, L. G., wenn sich Just Bill bei euch meldet, sag ihm, er soll mich sofort anrufen. Der schnüffelt in Arizona rum, und das könnte durchaus gefährlich für ihn werden.«

»Das Schnüffeln kann auch hier gefährlich werden«, sagte L. G. »Man kann von einem Golfball getroffen werden.«

»Tja, danke, L. G. Du hast mir sehr weitergeholfen. Der Dank geht auch an Gator.«

»Den richte ich lieber nicht aus. Das Gespräch belastet ihn sowieso bis zur letzten T-Zelle. Egal, was man ihm sagt, er hält sich für mitschuldig.«

»Er trägt keine Schuld. Wenn irgendwer schuld war, dann Ariadne.«

»Der Name kommt mir bekannt vor. War das die große Blonde mit den Megaäpfelchen?«

»Nein«, sagte ich, »das war die schöne Helena.«

43

Der einzige Mann, der je Kriminalfälle gelöst hat, ohne seinen umfangreichen Montenegrinerhintern aus dem Sessel zu wuchten, war Nero Wolfe, und ich wußte zwar, daß ich nicht Wolfe hieß, aber ich wußte auch, daß es von der Vandam Street bis nach Arizona ganz schön weit war. Außerdem hatten wir schon einen Mann zuviel im Feld, und da war just Just Bill. Ich würde glatt darauf wetten, daß der Kerl, der Willie den Zauberbeutel zugestellt, sich als Indianer verkleidet, Ben Dorsey angeschossen und Willie verstörend komische Drohbriefe geschickt hatte, ein ziemlich gefährliches Tier war. Jeder Gefängniswärter kann einem bestätigen, daß sich Mörder beim Erzählen ihrer Missetaten oft gar nicht wieder einkriegen, daß sie oft einen ausgeprägten, wenn auch perversen Humor besitzen und vor sich hin lachen und glucksen, sobald sie zu den unappetitlichen Passagen kommen. Der Typ, nach dem wir suchten, war ganz versessen darauf, daß sich jemand totlachte, und ich wollte verhindern, daß dieser Jemand Willie Nelson wurde. Ich hängte mich schneller wieder an den Hörer, als eine Küchenschabe zur Umrundung eines Puppenkopfes braucht.

»Selbst der abgebrühte Computer braucht ab und zu was zum Frühstück«, sagte Rambam. »Und dafür mußt du mir die Namen der sechs Bullen aus Arizona besorgen.«

»Und wie zum Teufel soll ich die rauskriegen?« sagte ich. »L. G. ist der einzige, der mit ihnen gesprochen hat, und selbst der kann sich an keinen Namen erinnern.«

»Versuch's doch mal mit der alten Nummer: ›Ich hab meinen Strafzettel verbummelt.‹«

»Die alte Nummer ›Ich hab meinen Strafzettel verbummelt‹! Warum bin ich da nicht gleich drauf gekommen? Und wie geht die alte Nummer ›Ich hab meinen Strafzettel verbummelt‹?«

»Du rufst das blöde Revier bei Winslow an und sagst, du bist da vor einiger Zeit durchgefahren und hast einen Strafzettel wegen Geschwindigkeitsüberschreitung bekommen, den du aber dummerweise verlegt hast. Die Namen der Beamten würden deinem Gedächtnis vielleicht auf die Sprünge helfen. Du willst ein guter Bürger sein. Hauptsache, du klingst ehrlich, dann kann nichts schiefgehen.«

»Wie zum Teufel soll ich denn ehrlich klingen?«

»Um Kinky Friedman zu zitieren: ›Ehrlichkeit ist in diesem Gewerbe das allerwichtigste. Wenn man die heucheln kann, dann kann man auch fast alles andere.‹«

Ich legte auf und machte mich daran, die Nummer des Reviers in der Winslow-Gegend rauszukriegen. Die Gebrauchsanweisung, die ich erhalten hatte, war vertrackter als die auf einem Samentütchen, und ich war mir sicher, daß sich das Ergebnis auch nicht so hübsch machen würde. Ich mußte schließlich herausfinden, ob es einen ausheimischen Oststaatler gab, der sich in Arizona in meinem ordentlich aufgereihten Häuflein von Bullen der State Police versteckte. Die nackten Fakten, daß der Zauberbeutel aus dieser Gegend stammte, daß es in Buffalo,

New York, zum Mordversuch gekommen war und daß sich die nächste Möglichkeit, Willie plattzumachen, in New York City bot, türmten sich übereinander und machten mich etwas nervös im Gekrös. Aber ich hielt durch. Nach drei Espressi und zweieinhalb Zigarren wurden meine Anstrengungen von Gott, Buddha, Allah oder L. Ron Hubbard belohnt – suchen Sie sich einen aus.

»State Police Navajo County«, sagte eine Stimme, die mich an einen narkoleptischen Wyatt-Earp-Imitator erinnerte.

»Hi«, sagte ich. »Ich bin Charlie Starkweather aus dem fernen Nebraska. Vor ein paar Monaten bin ich bei Ihnen da unten durchgefahren und hab 'nen Strafzettel bekommen.«

»Mhm.«

»Jedenfalls wollte ich den bezahlen, sobald ich nach Haus komme, aber Sie wissen ja, wie das ist. Ich will den grad bezahlen, da stelle ich fest, daß ich das Mistding verloren hab.«

»Mhm.«

»Ich weiß nicht mehr genau, wieviel es war, aber es liegt mir schon eine Weile schwer auf dem Magen, und ich will das endlich abhaken. Ich weiß leider nicht mehr, wie der Beamte hieß, der ihn mir gegeben hat. Netter, gepflegter junger Mann.«

»Mhm.«

»Ich hab gedacht, Sie können mir vielleicht die Namen von ein paar Beamten nennen, die von Ihrem Revier aus Streife fahren. Vielleicht hilft ja einer der Namen meinem Gedächtnis auf die Sprünge.«

»Mhm. Moment bitte.«

Die alte Nummer ›Ich hab meinen Strafzettel verbummelt‹ schien mit einem Affenzahn voranzukommen. Ich paffte meine Zigarre und zwinkerte der Katze zu. Die Katze schlief auf dem Schreibtisch und reagierte nicht.

»War es Don Helms?«

»Klingt nicht nach dem Richtigen.«

»War es Bob McNett?«

»Nein. Der war's nicht.«

»Jerry Rivers?«

»Ich glaube nicht.«

»Ähm, Hiram Williams vielleicht?«

»Nein. Den hätte ich nicht vergessen. 'n Onkel von mir heißt Hiram.«

»Hillous Buttrum vielleicht?«

Wenn, dann wahrscheinlich doch eher Hillous Butze-mann. Aber ich konnte mich nicht beklagen. Es lief wie geschmiert. Nur noch ein Name, und Charlie Starkwea-ther konnte wieder in die Hölle abzischen.

»Das wäre möglich«, sagte ich.

»Sonst bleibt auch nur noch ein Beamter übrig, der die Sache bearbeitet haben könnte. Und Sie sind sich sicher, daß jemand von der State Police Sie angehalten hat?«

»Das ist das einzige, wo ich mir völlig sicher bin.«

»Arthur W. Upfield vielleicht? Kommt Ihnen der be-kannt vor?«

»Könnte sein. Wissen Sie, ich koche mir erst mal eine Kanne starken Koffeinfreien, geh die Namen durch und ruf Sie zurück, wenn der Groschen fällt.«

»Mhm.«

Ich kochte mir natürlich keinen Koffeinfreien, und ich rief auch nicht zurück. L. G. hatte sechs Leute von der State Police am Unfallort gesehen, und deren Namen hatte ich jetzt. Wenn Rambam seinem Ruf gerecht wurde, konnten wir unseren Mann vielleicht bald aus dem Verkehr ziehen. Wenn unser Mann jemand von der State Police aus Arizona war. Und wenn diese ganze Scharade nicht bloß modernder Minotaurusmist war.

»Das funktioniert folgendermaßen«, sagte Rambam, als ich ihn wieder an der Strippe hatte. »Das läuft alles über Sozialversicherungsnummern. Also, wie lauten die ersten drei Ziffern deiner Nummer?«

»Wir suchen hier nicht nach mir.«

»Ich weiß. Los, pack schon aus.«

»Nee, bei mir kannst du einpacken.«

»Moment mal, soll ich dir nun beibiegen, wie echte Detektive arbeiten, oder nicht?«

»Okay«, sagte ich widerwillig. »Vier-fünf-sechs.«

»Gut. Diese Ziffern beziehen sich auf den Ort. So, jetzt die nächsten beiden Ziffern.«

»Herrgott. Da kann ich dir auch gleich die ganze Nummer geben. Dann weißt du absolut alles über mich.«

»Ich *weiß* schon alles über dich, und glaub mir, auf das meiste kann ich gut und gern verzichten. Ich brauche nur die nächsten beiden Ziffern. Du sollst nachvollziehen können, wie wir ihm auf die Schliche kommen.«

»Sieben-sechs«, sagte ich schroff.

»Die beziehen sich auf das Ausgabedatum. Immer mit der Ruhe.«

Bei Rambam fiel es immer schwer, die Ruhe zu bewahren. Aber wir befanden uns hier schließlich am Knackpunkt, wo ich seine Hilfe brauchte. Ich hing meinen Gedanken nach, paffte meine Zigarre und wartete. Ich mußte nicht lange warten. Nach ungefähr zwanzig Sekunden sprach er wieder.

»Deine Sozialversicherungskarte wurde 1962 in Texas ausgestellt«, sagte er.

»Wow«, sagte ich bewundernd und setzte alles daran, meine Gereiztheit zu unterdrücken. Bei unserer Ermittlung gegen einen frei herumlaufenden Verrückten, der die ganze Gegend unsicher machte, war es fünf vor zwölf, aber ich war doch glatt gezwungen, Rambam wegen seiner Computertechnik Honig ums Maul zu schmieren. »Wie hast du denn das angestellt?«

»Zauberei«, sagte er. »Jetzt gib mir mal die blöden Namen der sechs Typen.«

Ich diktierte sie ihm. Er sagte, er werde sich so schnell wie möglich wieder melden. Ich wartete und paffte meine Zigarre. Die Katze schlief. Über mir war die Lesbentanzschule schwungvoll am Abhotten. Der Puppenkopf lächelte. Die Tauben flatterten draußen vor dem Fenstersims. Die Müllwagen rumpelten. Irgendwo in Brooklyn gab Rambam sechs Namen in seinen abgebrühten Computer ein. Irgendwo in Texas spielte Willie Nelson im Sonnenschein Golf. Irgendwo in Arizona versuchte sich Just Bill – ebenfalls im Sonnenschein – als Privatdetektiv. Dachte ich jedenfalls, bis die Telefone wieder klingelten.

Nachdem ich aufgelegt hatte, ging ich zum Tresen und schüttelte der Jameson-Flasche die Hand. Gegen schlechte Nachrichten hilft manchmal nur ein Drink. Ich goß einen anständigen Jameson ins Stierhorn und schippte einen Toast auf gefallene Kameraden in Richtung des sich verdüsternden Himmels. Ich machte Schluß mit dem Jameson und der Vorstellung, wir würden ungeschoren davonkommen. Trockenen Auges und mit einer Mir-doch-egal-Miene musterte ich das vogellose, drachenlose, gottlose Fleckchen New-York-Himmel über der Vandam Street, als zum Glück wieder die Telefone klingelten.

241

»Wir haben unseren Mann«, sagte Rambam aufgeregt. »Arthur W. Upfield. Geboren '54 oder '55. Sozialversicherungskarte aus New York.«

»Klasse.«

»Du klingst nicht gerade begeistert.«

»Für Just Bill kommt das alles ein bißchen zu spät«, sagte ich. »Der ist heute morgen in Arizona von einem unfallflüchtigen Fahrer umgebracht worden. Und bei dem handelt es sich garantiert um unseren Mann. Wir suchen jetzt einen Mörder.«

»Was hatte dieser Just Bill denn da unten zu suchen?«

»Hat den Ermittler gespielt.«

»Da fällt mir noch jemand ein. Und, gab's Augenzeugen?«

»Nein. Doug Holloway sagt, ein paar Passanten hätten ihn am frühen Vormittag gesehen.«

»Was hat er da gemacht?«

»Stand an einer Straßenecke in Winslow, Arizona.«

TEIL 5

AFFE

»Man weiß nie, was ein Affe frißt,
bis der Affe scheißt.«

LEON »SLIM« DODSON

44

In der Radio City Music Hall wurde immer etwas Spannendes geboten. Besonders wenn Willie Nelson auftrat und Arthur W. Upfield, der Just Bill umgebracht und Ben Dorsey angeschossen hatte, in den Kulissen lauerte. Er trug die Uniform eines Polizisten der New Yorker State Police und eine Kanone im Halfter, die größer als Vermont war. Rambam und ich mit den mürrischen Detective Sergeants Cooperman und Fox vom NYPD im Schlepptau hatten Upfield entdeckt, bevor noch das Licht gedimmt wurde. Wir konnten ihn eindeutig identifizieren, weil er ein Namensschild an der Uniform hatte.

»Der Arsch hat Nerven«, sagte Rambam. »Kreuzt hier mit seinem Scheißnamensschild auf.«

»Warum sollte er befürchten, daß ihm jemand auf den Fersen ist?« sagte ich.

»Hoffen wir bloß, daß er unser Mann ist.«

»Muß er einfach sein. Was hätte er sonst hier verloren?«

»Er könnte ein Willie-Nelson-Fan sein«, warf Cooperman ein, »wie ungefähr fünftausend andere Leute hier auch.«

»Oder er gehört zu den ordentlichen Sicherheitskräften«, sagte Fox, »wie ungefähr fünftausend andere Leute hier auch.«

»Daß er zu den ordentlichen Sicherheitskräften gehört, ist ausgeschlossen«, sagte Rambam. »Er gehört nicht mal mehr zur New Yorker State Police. Ich hab ihn überprüft. Er ist vor zehn Jahren suspendiert worden, weil er Dreck am Stecken hatte. Hat sich nach Arizona verzogen und ist dort wieder zur State Police gegangen. Wie der Priester, der die Chorknaben genagelt hat: Als dem der Boden zu heiß wurde, hat er den Lokus gewechselt.«

»Wir überprüfen ihn auch gerade«, sagte Cooperman. »Keiner rührt ihn an, solange er nichts anstellt und solange wir kein Ergebnis haben.«

»Hoffentlich bekommt ihr's nicht zu spät«, sagte ich.

Ich betrachtete Upfield aus den Augenwinkeln. Der coolste Konzertbesucher aller Zeiten; wippte bei »Whiskey River« mit dem Fuß und grinste verkniffen. Rambam hatte die Patronenhülse dabei, die dummerweise unser einziger handfester Anhaltspunkt war. Wenn sie allerdings zu Upfields Patronen paßte, konnte das reichen. Alles andere waren, gelinde gesagt, Mutmaßungen. Seine Wurzeln im Irokesenland. Seine Urlaubstrips nach Florida (eventuell) und Buffalo (definitiv). Daß er Just Bill überfahren hatte, paßte bestens zu seinem Leitmotiv – Rache für den Busunfall. Seine Briefe ließen sich vielleicht zu einer Schreibmaschine in Arizona zurückverfolgen. Und jetzt steckte er in seiner alten Uniform der New Yorker State Police Tausende von Kilometern fern der neuen Heimat, um sich ein Konzert von Willie Nelson anzuhören. Mir reichte das allemal, fraglich war bloß, ob es Cooperman reichte.

»Hör mal«, sagte ich, »wir wissen, daß er nicht mehr

zur New Yorker State Police gehört. Könnt ihr nicht auf Nummer Sicher gehen und ihn festnehmen, weil er sich unbefugt als jemand von der State Police ausgibt? Mir gefällt seine Visage nicht.«

»Vielleicht nehmen wir einfach dich fest«, sagte Fox, »weil du dich unbefugt als Privatdetektiv ausgibst. Deine Visage hat mir auch noch nie gefallen.«

»Du hängst dich ganz schön weit aus dem Fenster, Tex«, sagte Cooperman. »Deine Anschuldigungen gegen diesen Vogel sind lächerlich fadenscheinig. Überlaß die Überwachung lieber uns, fahr nach Hause und besprich die Angelegenheit mit deiner Katze.«

»Die Katze hat Vorurteile«, sagte ich. »Sie haßt Uniformen.«

»Ein Glück, daß wir in Zivil unterwegs sind«, sagte Fox.

Willie spielte sein Programm so locker, als wäre es ihm egal, ob er fünftausend Zuhörer hatte, ein Grüppchen alter Freunde in einem Dominoverein oder überhaupt niemanden und mit seiner alten Gitarre nur für den bestirnten Himmel über uns und den Mann im Mond spielte. Irgendwie war das Teil seines Geheimnisses, dachte ich. Er wirkte, als ob ihm alles egal wäre, obwohl ihm in Wirklichkeit gar nichts egal war. Mir war er jedenfalls nicht egal. Ich wußte bloß nicht, was zum Teufel ich tun könnte. Solange Upfield nichts anstellte, war es schwer, das Arschloch festzunageln.

Cooperman und Fox, Rambam und ich sowie L. G.s gesamtes Sicherheitsteam waren auf Upfield angesetzt. Trotzdem hatten wir schlechte Karten; höhere Einsätze konnten in dieser Welt nicht auf dem Spiel stehen. Sie waren so hoch, daß Upfield auf keinen Fall seine

Trümpfe ausspielen durfte. Aber Cooperman hatte recht. Wenn wir ihn uns jetzt schnappten, lag nichts gegen ihn vor außer der Hoffnung, daß die Patronenhülsen zusammenpaßten. Er konnte sich ohne weiteres rauswinden, um uns dann bei nächster Gelegenheit zu übertrumpfen. Das ärgerte mich maßlos. Ich durfte nicht zulassen, daß dieses neumodische Damoklesschwert bis in alle Ewigkeit über Willie Nelsons staubigem, verträumtem Cowboykopf baumelte. Heute abend mußte etwas geschehen.

Willie sang. Upfield grinste. Cooperman und Fox klönten. Schließlich packte mich Rambam am Arm und lotste mich in eine dunkle Ecke im Backstage-Bereich. Cooperman und Fox merkten nichts. Upfield auch nicht.

»Kinky«, sagte Rambam drängend, »glaubst du wirklich, daß das unser Mann ist?«

»Ich *weiß,* daß er es ist.«

»Dann haben wir keine andere Wahl. Wir müssen schneller sein als das Sackgesicht.«

»Du hast gesehen, daß er größer als Gott ist«, sagte ich.

»Kein Problem«, sagte Rambam. »Wir müssen ihn nur richtig provozieren.«

»Leute zu provozieren ist uns noch nie schwergefallen.«

»Ich hab auch schon eine Idee.«

»Klingt gefährlich ...«

»Dir dürfte doch bekannt sein, daß die meisten bei der State Police absolute Machos sind, oder? Sie können Schwuchteln auf den Tod nicht ab, wie ihr Texaner sagen würdet.«

»Sie sind auch beängstigend homophob, wie ihr New Yorker sagen würdet.«

»Jedenfalls, wenn wir es hinkriegen, ihn aus Fox' und Coopermans Argusaugen fort und in das Männerklo unten im Gang zu locken, kann ich vielleicht die Wahrheit aus ihm rausprügeln.«

»Klingt prima. Und wie kriegen wir ihn da rein?«

»Du hast doch immer gesagt, deine selbstgesteckten Ziele wären es, mit einundfünfzig fett, fabelhaft, finanziell versorgt und ein falscher Fuffziger zu sein. Das ist jetzt *die* Gelegenheit.«

»Soll das heißen, ich soll eine Schwulette spielen, und er soll mir auf den Lokus folgen?«

»Wahrscheinlich wird er dich auf den Lokus hetzen. Besinn dich einfach auf deine weiblichen Seiten und improvisier was. Du bist unsere letzte Chance.«

»Leck mich am Arsch, Mann. Was soll ich denn sagen?«

»›Leck mich am Arsch‹ ist doch kein schlechter Anfang. Ratsamer wäre vielleicht der Klassiker ›Na, Großer‹. Sorg einfach dafür, daß er dir ohne Cooperman und Fox auf den Lokus folgt, aber bück dich dort nicht nach der Seife. Du hast ein großes Talent, Leute auf die Palme zu bringen. Jetzt sollst du lediglich jemanden aufs Klo bringen. Ich kümmere mich um den Rest.«

»Okay, aber der Typ sieht aus wie ein fieses Arschloch.«

»Hoffentlich hat er's nicht auf deins abgesehen«, sagte Rambam und verschwand mit Winkewinke und süßlichem Lächeln Richtung Herrentoilette.

Manche Dinge im Leben will man tun, und manche Dinge im Leben muß man tun, und das hier gehörte eindeutig in die zweite Kategorie. Ich folgte also Rambams Anweisungen, und sein genaues Urteil über den Typen sollte mich noch schwer beeindrucken, vielleicht auch seine mehr als nur flüchtige Kenntnis der menschlichen Natur. Natürlich war es ganz nützlich, daß Cooperman und Fox, die Willies Magie in den Bann gezogen haben mochte, weitergegangen waren und ihre vielgerühmten Argusaugen auf anderes richteten. Nützlich war auch, daß dieser Upfield ein Gehirn von den Ausmaßen einer kleinen walisischen Bergarbeiterstadt hatte. Diese Minderbemittelung konnte seine Verschlagenheit oder seine Mordlust jedoch nicht mindern. Eher machte sie ihn noch gefährlicher.

Mein »Na, Großer« überrumpelte ihn sichtlich, und nach schüchternen Augenaufschlägen, gefolgt von eindeutig zweideutigen Bemerkungen zu seiner großen Kanone und seinem großen Prügel, sah er sich verstohlen um und folgte mir prompt in die Herrentoilette.

Kaum ein echter Macho kann der Versuchung widerstehen, einem Schwulen eine Lektion zu erteilen, weil ein echter Macho nämlich Angst vor allen Schwuletten hat, Angst vor Menschen mit Löchern in der Mitte, Angst davor, womöglich zu ihnen zu gehören, Angst vor seinem Vater, Angst vor seiner Mutter, Angst vor seinem Gott und davor, in der Jugend versehentlich zuviel Oscar Wilde gelesen zu haben. In Texas halten wir natürlich jeden für andersrum, der Mädchen lieber mag als Football.

»So, du gottverfluchte Scheißschwuchtel«, stellte er sich nach allen Regeln der Psychoanalyse vor, kaum daß er die Toilette betreten hatte. Ich stand verführerisch am anderen Ende und hoffte, daß Rambam, der sich noch nicht bemerkbar gemacht hatte, in einer der Kabinen lauerte.

»Dir werd ich das Maul stopfen«, sagte Upfield und

fand offensichtlich zunehmend Geschmack an der Situation.

»Mein Traum wird wahr«, sagte ich honigsüß.

Mit dem Zartgefühl eines verspäteten Pendlerzugs stürzte sich der Polizist auf mich. Ich behauptete das Feld und schickte ein Stoßgebet zum Geist von Rock Hudson.

»So, du dreckige, undichte kleine Tunte, dir werd ich…«

Weiter kam er nicht.

Wie ein sehniger Schatten schoß Rambam aus der zweiten Kabine, riß Upfield die Kanone aus dem Halfter und warf sie praktischerweise in einen Spiegel knapp neben meinem Kopf. Der Spiegel zersprang sofort in tausend Splitter. Upfields Fassung auch.

»Scherben bringen Unglück«, sagte Rambam.

»Wer sind Sie?« fragte Upfield und sah aus, als hätte ihm jemand eins mit dem Hammer über den Schädel gezogen.

»Ich bin der jüdische Superman, du kleiner Scheißer!« brüllte Rambam. »Und dir reiß ich jetzt das Herz raus!«

Bevor ich noch die Kanone einstecken konnte, hatte Rambam den Goliath in die Kabine geschoben und war hinterher. Ich brauchte fast einen Gabelstapler, um Upfields Waffe hochzuheben, aber als ich sie endlich in der Hand hielt, stand ich vor dem nächsten Dilemma. Sollte Upfield aus der Kabine kommen, konnte es nötig werden, den Affen mit ein paar Kugeln zu füttern. Sollte er allein aus der Toilettenkabine treten, mußten Pater Damien, Jesus Christus, John Lennon und Nelson Mandela vielleicht alle hinten im blauen Bus Platz nehmen. Ich reihte mich vielleicht in die Legionen von Fanatikern, Idioten, Helden und Arschlöchern ein, die im Lauf

251

der Geschichte nach einer Waffe gegriffen und einen Menschen umgebracht haben. Ich muß zugeben, mir ging die Düse.

Das Rumsen, Dröhnen und Fluchen in der Kabine ließ nicht nach, und ich hätte nicht sagen können, wer gewissermaßen oben war. Wo zum Teufel steckten bei all diesem Rabatz Cooperman und Fox? fragte ich mich. Wo war Crazy Horse, wenn man ihn brauchte? Endlich hörte ich eine sonderbare Stimme, durchdrungen von jenem tonlosen, schauerlichen Fehlen alles Menschlichen, das man manchmal hört, wenn jemand in Zungen spricht. Es war Upfield.

»Okay, okay! Ich hab die Sau umgebracht … hab mir seine Platten reingezogen, bin mit ihm weggerannt, hab versucht zurückzukommen. Aber ich war noch nicht *fertig*. Ich wollte auch noch *ihn*.«

»Und ihn wäre wer?« brüllte Rambam unter Verwendung reichlich fragwürdiger Grammatik.

»Na«, sagte Upfield, »Donny Fuckin' Osmond war's bestimmt nicht. *Er* war's, er da oben auf der Megabühne … der Indianerfreund, der unbedingt dem Copmörder helfen mußte.«

Mit zitternden Händen ließ ich die Waffe genau in dem Moment sinken, als Cooperman und Fox hereinstürmten. Cooperman ging zur Kabine, und Fox stellte sich neben mich.

»Wären früher gekommen, Tex«, sagte er. »Haben jede Menge Keuchen gehört, aber gedacht, das wäre nur der übliche Stoßverkehr.«

»Spar dir den Latrinenhumor«, sagte ich.

»Die Waffe gibst du lieber mir«, sagte Fox. »Und dich zieh ich auch aus dem Verkehr, Tex. Du bist festgenommen.«

»Immer sachte mit den jungen Bräuten«, sagte ich und gab ihm Upfields Waffe. »Welches Gesetz soll ich denn gebrochen haben?«

»Die Brady Bill«, sagte er.

45

Der Trick, mit dem ich Upfield in die Toilette
gelockt hatte, machte mich nicht sehr stolz darauf,
Amerikaner zu sein. Wahrscheinlich konnte man es
unter Ermittlungstechnik verbuchen. Wie ich immer
sage, Hauptsache, es treibt die Ermittlung voran. Wahrscheinlich ist der Unterschied zwischen Homosexuellen
und Heterosexuellen viel kleiner, als wir glauben, genauso wie der nur mit der Lupe sichtbare Unterschied zwischen »krimineller« und »normaler« Geisteshaltung. Wir
sind alle Teil einer großen Seele, ob uns das nun gefällt
oder nicht. Oder wie der bedeutende amerikanische
Folksänger Dave Van Ronk mal meinte: »Ballett ist Basketball für Schwule.« Nun mag ich weder Ballett noch
Basketball, und den Blick, mit dem Upfield mich bedachte, als wir links und rechts von Rambam hinten in
der Zivilstreife saßen, mochte ich schon gar nicht.

Unten im Bullenbüro klärte sich die Sachlage. Im
Schneckentempo und gelegentlich unangenehm, aber
sie klärte sich. Das »Geständnis«, das Rambam aus
Upfield herausgeholt hatte, indem er ihn kreuz und quer
über die Klosettfliesen geschleift und dann seinen Kopf
wiederholt gegen den Porzellanthron geknallt hatte,
wurde als Nötigung abgetan. Cooperman und Fox wollten Upfields Äußerungen nicht mitbekommen haben.

Sie machten sich wohl nicht klar, daß fast alles, was auf diesem Thron geschieht, als Nötigung abgetan werden kann. Elvis, Judy Garland und Lenny Bruce waren buchstäblich auf diesem Thron gestorben, eine schmachvolle Todes-Coda, die der HErr nur für SEine hellsten Sterne spielt. Jim Morrison durfte das ewige Seelenheil notabene nur in der Badewanne finden.

Im Bullenbüro kam natürlich nichts davon zur Sprache. Dort stand Prosaischeres auf der Tages- beziehungsweise Nachtordnung. Manchmal ist das schwer zu sagen, wenn man viel Zeit unten im Bullenbüro verbringt. Eines wurde klar. Jetzt redete Upfield nicht. Alles, was ihm vorher rausgerutscht war, mußte jetzt mit den legalen, konventionellen und zivilisierten Methoden des NYPD erbeten, erbettelt und erschwatzt werden.

Es hatte aber nicht den Anschein, als würde sich Upfield in nächster wie auch in ferner Zukunft weitere Konzerte von Willie Nelson anhören. Fragen wurden gestellt, Vorgeschichten recherchiert, Faxe summten zwischen New York und Arizona hin und her, man verglich Patronenhülsen und forderte aus der Asservatenkammer die Kugel an, die Ben Dorsey getroffen hatte. Upfield würde in nächster Zeit nirgends hingehen. Rambam und ich dummerweise auch nicht.

Als ich schon überlegte, ob ich dem Ennui ein Ende machen und mich auf der Spitze von Fox' scharfer Zunge aufspießen oder von Coopermans Hakennase in den Tod stürzen sollte, ließ man uns laufen. In den frühen Morgenstunden gingen Rambam und ich die paar Blocks vom Revier zum Monkey's Paw, um uns die Gurgel zu vergolden. Wir erreichten es genau zur Sperrstunde, aber Tommy, der Barkeeper, sorgte freundlicherweise dafür, daß wir ein- und nicht ausgesperrt wurden.

»Keine Sorge«, meinte Rambam. »Sie werden Upfield drankriegen. Wenn die Mühlen der Justiz erst zu mahlen anfangen, tragen sie jede Menge Belastungsmaterial gegen einen zusammen. Vielleicht können sie ihm sogar die Fahrerflucht anhängen.«

»Ich hätte nichts dagegen«, sagte ich. »Hauptsache, er hat sich nicht als Sitting Bull verkleidet und erwartet mich im Loft.«

Wir waren beide reif für die Insel, brachten aber noch ein paar Toasts auf Upfields baldige Einlochung und den erfolgreichen Abschluß des Falls aus. Wir stießen auf gute Cops an. Wir stießen auf böse Cops an. Wir stießen auf lebende Cops an. Wir stießen auf tote Cops an. Wir stießen auf Zivilcops an. Wir stießen auf Mietcops an. Wir stießen sogar auf Cooperman und Fox an. Die einzigen Cops, auf die wir nicht anstießen, waren Bundesbullen, weil sich Rambam weigerte, und die Bullen von der State Police aus Arizona, weil ich mich weigerte. Zu guter Letzt stießen wir auf Willie Nelson an, der jetzt bestimmt wieder im Bus saß und einen Joint rauchte, der so groß wie Pier 17 war.

Nach der letzten Runde hatten wir uns in mittelprächtige Amphibien verwandelt. Wir schwankten aus dem Monkey's Paw, ich schüttelte Rambam die Pfote und ging über die Seventh Avenue in die ungefähre Richtung der Katze. Ich verspürte eine gewisse, in diesem Metier seltene Befriedigung, daß der Fall unter Dach und Fach war. Außerdem war ich in Hochstimmung, weil ich fand, daß ich mich krumm und lahm schuftete, um meine Träume auszuleben. Zum Teil war das wohl auch darauf zurückzuführen, daß ich mit der Willie Nelson Family gereist war und rumgehangen hatte.

Ich mußte an eine Geschichte denken, die mir mal der fabelhafte Geigenspieler Johnny Gimble erzählt hatte, als wir im Bus zu einem Gig von Willie unterwegs waren. Er erzählte, als kleiner Junge habe er zu seiner Mutter gesagt: »Wenn ich groß bin, werd ich Musiker.« Seine Mutter habe daraufhin gesagt: »Du mußt dich entscheiden, Söhnchen. Beides geht nicht.«

Die Geschichte traf nicht nur auf Johnny Gimble zu. Sie traf auch auf Willie Nelson zu, und wenn ich nicht ganz daneben lag, auch auf mich.

Das Loft kam mir beim Betreten dunkler vor als sonst. Als sich meine Augen daran gewöhnt hatten, sah ich voller Entsetzen im Schummer einer fernen Straßenlaterne den Schatten eines Mannes mitten im Wohnzimmer. Er rauchte eine Zigarre, und wenn die Spitze aufglühte, erglänzten seine Augen wie kalter Obsidian.

Es war nicht Arthur Upfield.

Es war nicht der Zigeuner aus dem Badezimmerspiegel.

»Wer *sind* Sie?« fragte ich nach einigem Schweigen.

»Manche Leute«, sagte er, »nennen mich Joe-die-Hyäne.«

46

Ariadne ist ein drolliges altes Mädchen. Manchmal gibt sie einem das Garn und manchmal nur was auf die Mütze. Joe-die-Hyäne, fand ich bald heraus, wollte mich nicht am Gängelband halten. Er gab sich als Willie-Fan zu erkennen, der es als seine heilige Pflicht vor Gott und der Countrymusik angesehen habe, alte Spielschulden zu begleichen, die Willies Exfrauen in Atlantic City hätten auflaufen lassen. Er bot dem Kinkster dieselbe Hilfe an, sollte ich je in ähnliche Umstände geraten und irgendwelche Jungs mich durch die Mangel drehen wollen. Wir saßen eine Weile am Küchentisch, plauschten gemütlich, rauchten Zigarren und becherten ein paar Espressi.

»Das alte Baby bringt's also immer noch«, sagte er, während er neben der Espressomaschine stand, und tätschelte sie vorsichtig, denn sie war in mehr als einer Hinsicht ein heißes Gerät.

»Absolute Killerbiene«, sagte ich. »Kann Ihnen gar nicht genug danken.«

»Keine Ursache. Wissen Sie, wem die mal gehört hat?«

»Wem denn?«

»Das wollen Sie wahrscheinlich gar nicht wissen. Hören Sie, ich muß los. Muß heut' nacht noch arbeiten.«

»In Little Italy?«

»Das wollen Sie wahrscheinlich gar nicht wissen. Aber Sie wissen ja, wo Sie mich finden, wenn Sie mich brauchen.«

»Im Social Club?«

»Genau. Apropos, ich werd den Jungs sagen, sie sollen sich nächstesmal ein bißchen sozialer aufführen.«

Wir tauschten ein paar *Ciaos* aus, und danach machte er sich auf den Weg zur Arbeit. Ich fragte ihn nicht, wie er ins Loft gekommen war. Wahscheinlich wollte ich das gar nicht wissen.

Wie ich bald erfahren sollte, gab es viele Dinge, die ich nicht wußte. Als ich am nächsten Abend gerade aus dem Haus wollte, um Willies letztes Konzert in der Radio City nicht zu verpassen, klingelten die Telefone. Detective Sergeant Mort Cooperman war am Apparat.

»Upfield ist der Richtige, Tex. Der zieht den Kopf bestimmt nicht mehr aus der Schlinge. Wir machen ihn nach allen Regeln der kunstwissenschaftlichen Bibliothek der New York University fertig. Ich sag's nur ungern, aber das hast du gut gemacht.«

»Danke. Ich sag Willie Bescheid. Ich bin grad auf dem Weg zum Konzert.«

»Das könnte schwierig werden«, sagte Cooperman. »Wir wollten ihn auch sprechen, aber seine Leute können ihn nicht finden.«

»Rechtzeitig zum Konzert ist er wieder da.«

»Wohl kaum, Tex. Das Konzert ist abgesagt worden.«

»Abgesagt?«

»Du kennst doch diese Countrysänger, Tex.«

»Ach ja?«

Ich legte auf, marschierte im Stechschritt zur Jameson-Flasche, goß mir einen anständigen Whiskey ins alte

Stierhorn und brachte einen kurzen Toast auf die tapferen, um nicht zu sagen tollkühnen Menschen aus, die Musiker werden wollten, wenn sie groß waren, und versucht hatten, beides auf die Reihe zu kriegen. Ich goß mir den Jameson aufs Zäpfchen, ging zum Schreibtisch zurück und rief Willies Leute an. Nach einiger Zeit gab ich auf. Niemand zu Hause. Wahrscheinlich suchten alle nach Willie. Oder aber sie hatten sich alle an Duschstangen aufgehängt.

Am nächsten Morgen bekam ich per FedEx ein Päckchen mit einer handschriftlichen Mitteilung. Sie lautete:

Lieber Kinky,
mal sehen, wieviel Du als Privatschnüffler wirklich taugst. Ich gehe in ein Krankenhaus, wo es nur zwei Richtungen gibt. Ich werde auf einem ewigen Golfplatz antreten, wo der Caddie nie müde wird oder sich beklagt. Ich reise an einen Ort, wo ich das Licht sehen kann. Hat Spaß gemacht.

Liebe Grüße,
Willie

P. S.: Danke, daß Du Dir trotz Deines randvollen Terminkalenders Zeit genommen hast, meinen Bus mit Deiner geschätzten Gegenwart zu beehren. Möge der Odem Allahs Dir aus dem Arsch wehen.

Ich öffnete das Päckchen und fand darin eine lange dicke rote Haarlocke. Ich erkannte auch ohne Neutronenmikroskop, daß sie einst an dem Kopf gehangen hatte, dem »Turn Out the Lights, the Party's Over« entsprossen war. Anscheinend war die Party wirklich vorbei.

»Und wir dachten, wir hätten des Pudels Kern«, sagte ich zur Katze, »aber das ist ja jetzt ein dicker Hund. Wir haben Upfield gefunden, aber Willie verloren.«

Die Katze sagte natürlich nichts. Ehrlich gesagt, war sie nie ein Willie-Nelson-Fan gewesen. Countrymusik trieb sie eigentlich immer nur die Wände hoch. Sie hatte auch noch nie Neigung zu Autoritätspersonen gezeigt, schon gar nicht etwa zu verlogenen Bullen von der State Police aus Arizona. Man kommt um die Feststellung nicht herum, daß die Katze Menschen weder mochte noch ihnen vertraute. Sie war keine Menschenkatze. Wahrscheinlich kamen wir deswegen so gut miteinander klar.

Ich grübelte über der Mitteilung, kübelte Jameson in mich hinein und fuhr mit den Fingern durch Willie Nelsons Haar, als ein vertrautes Kriegsgeheul, das auf der Straße veranstaltet wurde, zu mir hochschallte. Ich navigierte ans Fenster und sah, wie Robby und Benito auf dem Bürgersteig einen Indianertanz aufführten und sich einen Dreck darum scherten, ob sie die Passanten damit amüsierten oder irritierten. Nur die Katze folgte ihrem Treiben mit einem gewissen Maß kultureller Aufgeklärtheit in den Augen.

»Katzen sind Indianer, Hunde sind Cowboys«, erinnerte ich sie und warf Robby und Benito den Puppenkopf aus dem Fenster. Die Katze reagierte natürlich nicht.

Kurz darauf lag der Puppenkopf wieder auf dem Kühlschrank, und Robby hielt mir stolz den Zauberbeutel hin.

»Die Stammesältesten möchten, daß du Willie diesen Beutel bringst«, sagte er. »Sie wollen ihn mit seinem ursprünglichen Inhalt – Frieden, Hoffnung und brüderlicher Liebe – dem Mann überreichen, den sie für den Bluejacket der heutigen Zeit halten. Es ist übrigens auch eine hohe Ehre für den auserkorenen Boten, diesen besonderen Beutel ans Ziel zu bringen. Für unser Volk ist der Bote ein heiliger Mann.«

»Ich weiß es zu schätzen, Jungs«, sagte ich. »Aber das dürfte momentan schwer zu bewerkstelligen sein. Willie ist verschwunden.«

Ich zeigte ihnen die Mitteilung und die Haarlocke. Sie untersuchten beides, und ich dachte an Willies letztes Abtauchen zurück. Meines Wissens wußte bis heute niemand, wohin er damals verschwunden war. Allerdings hatte er mir da auch keine Tips zukommen lassen, um herauszufinden, wieviel ich als Privatschnüffler wirklich taugte.

»Das mit der Locke ist ein alter Indianergag«, sagte Benito. »Wenn am Lagerfeuer einer einschläft, geht jemand hin und schneidet ihm aus Spaß eine Locke ab. Vielleicht kennt Willie diesen Brauch ja.«

»Vielleicht«, sagte ich.

»Die Mitteilung ist allerdings weniger komisch«, sagte Robby. »Ich sag's nicht gern, aber sie hört sich verdammt nach einem Abschiedsbrief an.«

Ich widersprach ihm nicht. Je mehr Feuerwasser ich mir aufs Zäpfchen kippte, desto weniger wollte ich irgendwem widersprechen. Schließlich hatte ich das Geheimnis gelöst, den Übeltäter Upfield gefunden und den Cops übergeben: Klappe zu – Affe tot. Jetzt mußte ich bloß noch meinen Scheißklienten wiederfinden.

Nachmittag und Abend verstrichen, und Robby und Benito, die diesmal offenbar nicht im Plaza abgestiegen waren, machten es sich im Loft gemütlich. Der Katze machte das nichts aus; vielleicht freute sie sich auf eine

Neuauflage der stimulierenden Räuchererfahrung. Mir machte es auch nichts aus. Entweder war ich dabei, Willies Leute anzurufen, oder ich trank Feuerwasser und sinnierte über Willies Mitteilung. Irgendwie brachte mich beides nicht viel weiter. Was meine Gäste anging, so ratzte Robby auf der Couch, und Benito hatte sich mit Kopfhörern auf dem Kopf und Katze im Schoß in den Schaukelstuhl verzogen. Ich versuchte weiterhin herauszubekommen, wieviel ich als Privatschnüffler wirklich taugte.

Ungefähr zur Cinderellazeit schlichen sich Robby und Benito unbemerkt davon, was nicht schwer war, denn ich legte gerade die passable Vorstellung eines Manns im Koma hin, der, den Kopf auf dem Schreibtisch, eine lange rote Haarlocke umklammert. Als ich irgendwann zu mir kam, schlief die Katze allein im Schaukelstuhl, und die Jungs waren verschwunden. Ich nahm mir eine kubanische Simon Bolivar aus Sherlocks Kopf und leitete das Präzündungsritual ein. Simon Bolivar, dachte ich, der größte Leader und Freiheitsheld, den Südamerika je gesehen hatte, war aus dem Land, das später nach ihm benannt wurde, ins Exil gegangen. Die menschliche Rasse war krank, mehr fiel mir dazu nicht ein. Wir alle gehörten in ein Krankenhaus, in dem es nur zwei Richtungen gab. Mir fiel ein, was Bolivar mal gesagt hatte, als er die Hoffnung auf eine glorreiche Revolution schon aufgegeben hatte. Als ihm klar wurde, daß sein Werk und sein Leben vergebens gewesen waren. »Wir haben den Ozean gepflügt«, hatte er gesagt.

»Wir haben den Ozean gepflügt«, sagte ich später, als Robby und Benito wieder ins Loft platzten, Robby mit einer attraktiven Blondine im Arm, die von seinem reichlich vorhandenen ethnischen Charme offenbar sehr

angetan war. »Wir haben den *Ozean* gepflügt«, wiederholte ich, aber niemand beachtete mich. Benito saß wieder im Schaukelstuhl unter den Kopfhörern, und die
Katze schlief wieder auf seinem Schoß. Robby und die
Frau hatten fast alle Lampen ausgemacht und lernten
sich auf der Couch näher kennen.

Kurz darauf wehten die unverkennbaren Geräusche,
Bilder und Gerüche leidenschaftlichen Geschlechtsver-
kehrs durchs Loft. Benito, der immer noch Kopfhörer
trug, die Katze, die jetzt hellwach auf seinem Schoß saß,
und ich, der jetzt hellwach am Schreibtisch saß, wir alle
waren zunächst peinlich berührt, genossen dann aber
zunehmend unsere Voyeursrollen. Die Intensität der Veranstaltung, inklusive des akustischen Teils, steigerte sich
immer mehr, bis wir Zuschauer jeden Augenblick den
Höhepunkt erwarteten.

Dann war er da. Und als er da war, wandte die Frau uns
das Gesicht zu und schien erstmals zu merken, daß sie
Publikum hatte. Als sie kam, überzog strahlende Glück-
seligkeit ihr Gesicht.

»O Gott!« sagte sie. »Das ist ja wie in *Der mit dem Wolf
tanzt.*«

Benito mußte lachen. Dann mußte ich lachen. Dann
mußte Robby lachen, und Sie können sich denken, wie
schwer das ist, wenn man gerade einen Orgasmus hat.

Ich konnte nicht aufhören zu lachen, faltete Willies
Mitteilung zusammen und steckte sie in die Tasche. Ich
brauchte sie nicht mehr. Ich hatte sie verstanden.

47

Keine zwölf Stunden später hatte ich den Eindruck eines »Bloody Mary Morning«, also mischte ich mir einen Cocktail an Bord der Gulfstream V, in der wir fast unhörbar über den glitzernden Pazifik dahinschwebten. Der Privatjet faßte eigentlich dreizehn Passagiere, aber wir waren nur zu zweit – ich und mein Freund John McCall, der Shampookönig aus Dripping Springs. Dem in Texas. Es gab zwei Piloten, aber keine Stewardessen, also mußte ich mir auch die folgenden Bloody Marys selber holen.

John McCall war der einzige Mensch meines Bekanntenkreises, der genug Zeit und Geld hatte, um tun und lassen zu können, was er wollte, und der schrullig und vertrauensvoll genug war, um mit mir auf die verrückte Suche nach einem absichtlich verschwundenen Willie Nelson zu gehen, der sich meiner Meinung nach auf einer von sieben Inseln Hawaiis versteckt hatte. Jedenfalls wenn ich als Privatschnüffler wirklich etwas taugte.

McCall war der Boß eines Kosmetikimperiums namens Armstrong-McCall, das sich über Texas und acht weitere Bundesstaaten sowie Mexiko erstreckte. Niemand von Johns Tausenden von Angestellten und niemand, den ich kannte, hatte Armstrong je gesehen oder gar persönlich kennengelernt. John selbst äußerte sich über seinen Partner, falls es ihn überhaupt gab, nur sehr zurückhaltend. Vielleicht war dessen Verfallsdatum abgelaufen, oder aber er hing mit Willie Nelson rum. Falls ich mich geirrt haben sollte und Willies Mitteilung doch ein Abschiedsbrief war, konnte sich Armstrong natürlich auch auf den Weg über den Regenbogen gemacht haben und trotzdem mit Willie Nelson rumhängen. Mit den Worten von Tom T. Hall: »Vielleicht steht auch der liebe Gott auf ein bißchen Klampfenmusik.« Ich liebte alle Songs von Tom T. Hall und seine beiden Melodien auch.

Ich ließ mich John gegenüber gern über die Upfield-Ermittlung und die anschließende Suche nach meinem Klienten aus. Er war selbst ein paarmal durch die Hölle gegangen, hatte dem Teufel aber immer feixend den Rücken gekehrt. 1986 hatte seine Firma einen Bauchklatscher gemacht, aber danach hatte John weiter expandiert als je zuvor. 1990 hatte er selbst einen Bauchklatscher gemacht. Man hatte unheilbaren Lymphkrebs diagnostiziert, die medizinischen Experten hatten ihm den Knochen gezeigt und nur noch wenige Wochen zu leben gegeben. Der Krebs hatte sich jedoch auf unerklärliche Weise in Wasser verwandelt und war in einem Traum verschwunden, den John beim Fliegen gehabt hatte. Die Ärzte hatten so etwas noch nie erlebt, aber das sagen sie natürlich immer. Entweder das, oder man fährt in die Grube.

»Warum bist du dir so sicher, daß er auf Hawaii ist?« fragte John, während das silberne Flugzeug weiter nach Westen flog.

»Bin ich mir doch gar nicht«, sagte ich, »aber Willie liebt Hawaii. Für ihn ist es ein Ort der Heilung. Ein Krankenhaus, könnte man sagen. Er hat auch ein Haus auf Maui, aber da fangen wir mit der Suche nicht an. Maui paßt nicht zu seiner Mitteilung. Wenn ich die richtig verstehe.«

»Ich gehe in ein Krankenhaus, wo es nur zwei Richtungen gibt«, las John aus besagtem Dokument vor.

»Das war der erste Wink. Die *kama'aina,* die Ureinwohner von Hawaii, kennen nur zwei Richtungen: *mauka,* auf die Berge zu, und *makai,* aufs Meer zu.«

»Wenn es allerdings doch ein Abschiedsbrief ist«, sagte McCall, »gibt es auch nur zwei Richtungen: Himmel und Hölle.«

»Das ist die zweite Lesart«, sagte ich.

Schweigend flogen wir eine Weile weiter. Ich mußte an das letzte Mal denken, wo John und ich zusammen so weite Strecken in einem Privatjet zurückgelegt hatten. Wir hatten so ein Ding vor drei Jahren in Australien gechartert, als wir in Gesellschaft meiner damaligen Freundin, der Miss Texas 1987, kreuz und quer durch diesen großartigen Kontinent getourt waren. Gewiß, mein Kumpel Don Imus gibt gern zu verstehen, daß ich selbst die Miss Texas 1967 war. Rita Jo war jedoch nicht nur eine Schönheit der Weltklasse, ihr gelang auch die beste Nachahmung eines Rieseneisvogels, die ich je gehört habe. Ich hatte momentan das Gefühl, als würde mich dieser Rieseneisvogel gerade auslachen. Oder war das Willie Nelson? War er überhaupt auf Hawaii? Wurde ich als Privatschnüffler zu Recht über den grünen Klee gelobt? War mein Riechkolben nicht zu groß, um mit Gottvater zu boxen?

Es würde kein leichtes Spiel werden, wenn wir erst da waren, sagte ich mir und sah auf den Ozean unter dem wolkenlosen Himmel hinab. Hier konnten mir keine Village Irregulars helfen, Willie zu finden, und mal im

Vertrauen: Meine Gewißheit, daß er da war, schwand zusehends. Ich hatte nur drei alte Freunde auf Hawaii, auf die ich mich verlassen konnte, und zwei von ihnen waren im Augenblick genauso unauffindbar wie Willie Nelson. Der eine war John Mapes, mein alter Kumpel im Friedenskorps auf Borneo und der erste Weiße, den ich je in einem Sarong gesehen hatte. Heute war er hochrangiger Volkswirtschaftler beim Staat Hawaii und verbrachte seine Freizeit größtenteils im Kajak; der andere war Raven alias Jeff Bloom, den ich vor Jahren kennengelernt hatte, als er noch zu Bob Dylans Team gehörte. Heute war er Computerexperte und verbrachte seine Freizeit größtenteils mit dem Züchten sämtlicher Tropenpflanzen und Orchideen des Universums. Der dritte Mann – der einzige, den ich bisher hatte aufstöbern können – war Willis Hoover, ehemaliger Kolumnist beim *Des Moines Register,* ehemaliger Songschreiber in Nashville, ehemaliger Imker, ehemaliger Fastalles bis auf Miss Texas. Heute war er ein hochangesehener Journalist beim *Honolulu Advertiser.* Anscheinend kannte ich niemanden mehr, der nicht inzwischen hochrangig, höchst erfolgreich oder hochangesehen war. Das war einer der Hauptgründe, warum ich lieber allein arbeitete. Natürlich hatte ich auf Hawaii Pater Damien in meinen Reihen, aber der war schon zu seiner Zeit weder hochrangig noch höchst erfolgreich oder hochangesehen gewesen, außerdem hatte er schon getan, was er konnte. Der Kinkster war jetzt also auf sich gestellt. Jeder Heilige hat eine Vergangenheit, heißt es, und jeder Sünder eine Zukunft.

»Ich hab meinen Freund Hoover in Honolulu angerufen«, sagte ich, »und ihm auf Band gesprochen, was ich brauche. Ich sollte ihn gleich anrufen, sobald wir da sind.«

»Ruf ihn doch von hier aus an«, sagte John beiläufig. »Das kostet läppische fünfundneunzig Dollar die Minute, wer zählt da schon mit?«

Wenige Sekunden später hatte ich Hoover am Apparat. Auf Hawaii tagte es erst, und er war nicht gerade entzückt, einen Anruf zu bekommen. Ich mochte Morgenmuffel, also kratzte es den Kinkster nicht weiter. Immerhin hatte Hoover seine Hausaufgaben gemacht.

»Herrgott noch mal«, sagte er. »Wie spät ist es denn?«

»Genau die richtige Zeit, um über Leuchttürme zu sprechen«, sagte ich.

»Kinky, du machst aber Sachen.«

»Das will ich auch hoffen.«

Allerdings. Willies bedeutungsschwangerer Satz »Ich reise an einen Ort, wo ich das Licht sehen kann« konnte sich schließlich auch auf Hank Williams' alten Song »I Saw the Light« beziehen. Hank hatte seine Konzerte oft mit diesem Song beendet, und auch Willie, der in dessen Fußstapfen getreten war, hatte seine Konzerte oft mit diesem Song beendet. Besser, er beendete mit diesem Song ein Konzert als sein Leben, sagte ich mir. Aber ich konnte mir Willie beim besten Willen nicht als Selbstmörder vorstellen. Er war zwar gerissen genug, sich das Leben nehmen zu können, fand ich, aber andererseits auch ein bißchen zu verrückt dafür.

»Auf den Inseln von Hawaii gibt es zwanzig Leuchttürme«, hob Hoover mit einer Litanei an, die er aus seinen Notizen vorlas. »Und ich habe das Gefühl, alle zwanzig scheinen mir im Moment direkt ins Auge. Es gibt acht auf der Hauptinsel, zwei auf Maui, einen auf Molokai, vier auf Kauai und fünf auf Oahu, wo es außerdem vierunddreißig Golfplätze gibt. Die meisten sind in japanischer Hand, und die Mitgliedschaft kostet jährlich über eine Million Dollar. Bei achtundzwanzig davon hab ich, glaube ich, erst neulich meine Mitgliedschaft erneuert.«

»Hoover«, sagte ich, »du bist ein Engel.«

»Ich weiß«, sagte er, »ein ›Angel Flying Too Close to the Ground‹.«

»Da bist du in guter Gesellschaft«, sagte ich. »Aber bleib auf dem Boden. Vielleicht brauch ich deine Hilfe noch mal.«

»Was soll ich machen?« fragte Hoover. »Jim Nabors einen blasen?«

Als nächstes rief ich John Mapes an, meinen Kumpel aus dem Friedenskorps, der allerdings weniger gutmütig war als Hoover. Ich mußte mich mit seinen Schimpftiraden jedoch wohl oder übel abfinden, weil er so gut wie jeden Kilometer Küstenlinie der Inseln wie seine Westentasche kannte. Mapes war für die angesetzte kleine Suchaktion einfach unentbehrlich. Ich mußte ihn nur noch von seiner Wichtigkeit überzeugen.

»Was soll der Scheiß, Friedman?« sagte er wütend. »Weißt du eigentlich, wie *spät* es ist?«

»Genau die richtige Zeit, über Kajaktouren zu sprechen«, sagte ich.

Ich warf ein hübsches Sümmchen von John McCalls Geld aus dem Fenster, um Mapes zu beruhigen, und schließlich reagierte er sich etwas ab. Er kam ziemlich schnell dahinter, wie ernst die Situation war, aber trotzdem glaube ich, wäre es nicht um Kajaks gegangen, hätte das Gespräch ein vorzeitiges Ende gefunden.

»Ja, Friedman, ich weiß, wo die Inseln merkwürdige und unsichere Strömungsverhältnisse aufweisen. Zum Beispiel in meinem Haus. Die Sanitäranlagen funktionieren schon seit Tagen nicht richtig. Ich hatte gehofft, du wärst der Klempner.«

»John, die Sache ist nicht zum Lachen. Wir müssen diese unberechenbaren Strömungen finden. Dahinter muß ein einsamer Strand liegen, und in der Nähe muß außerdem ein Leuchtturm stehen. Ich möchte, daß du dich wegen dem Leuchtturm mit Hoover kurzschließt, sobald wir fertig sind.«

»Und das sind wir genau jetzt«, sagte er und stand zu seinem Wort.

Ich wußte nicht, ob Mapes den guten Hoover anrufen würde, den Klempner oder etwa die Psychiatrie, damit man mich am Flughafen in Empfang nahm. Ich konnte nur hoffen, Hoover und er würden sich zusammensetzen und den gegenwärtigen Aufenthaltsort des berühmtesten und gegenwärtig unauffindbarsten Zigeunersängers der Welt für mich herausbekommen. Dann mußte ich nur noch ihn selbst finden, ein paar kluge Sprüche klopfen und ihn in dieselbe Scheißwelt zurückholen, in der wir anderen alle hausten.

Aber wollte Willie Nelson überhaupt gefunden werden? Davon mußte ich ausgehen, sonst hätte er mir weder die Mitteilung noch die Haarlocke geschickt. Oder aber er hatte meine Ermittlungsfähigkeiten unterschätzt und sich gesagt, ich würde ihn sowieso nie finden. Aber was konnten die Locke und die Mitteilung denn sonst zu bedeuten haben? Daß er die Verantwortung einer lebenden Legende zu tragen satt hatte? Daß er bis ans Ende seiner Tage Forschungsurlaub nehmen wollte? Daß er einen scheußlichen Zielkotzkrampf bekommen würde, bei dem es womöglich an beiden Enden aus ihm heraussprizte, wenn er noch ein einziges Mal den Refrain von »Mammas Don't Let Your Babies Grow Up to Be Assholes« hören mußte? Manchmal läßt einen das Tourleben austicken. In Regionen wegtreten, wo

271

kein Nachtbus mehr fährt. Nicht mal die Honeysuckle Rose.

Aber wie hatte Bob Dylan damals gesagt? »Wenn man stirbt, zappelt man nicht mehr am Haken.«

Den restlichen Flug verbrachte ich über Landkarten mit Leuchttürmen, Stränden, Gezeiten- und Strömungshinweisen, plauderte mit John McCall über seinen Schab-und-schnüffel-Sattel, der einst Jackie O. gehört hatte, über den Rolls-Royce, der einst im Beatles-Film *Help!* zu sehen gewesen war, und über die Hotels auf Hawaii und in New York, die er in nächster Zeit kaufen wollte. Small talk für einen Mann, der Schnitter Tod von der Schippe gehüpft war. Irdische Güter bedeuteten mir wenig. Aus anderen Gründen bedeuteten sie auch John wenig, wie ich wußte. Die einzigen beiden Menschen, denen an den Schätzen dieser Welt noch weniger gelegen war als John und mir, waren der verschollene Willie Nelson und Pater Damien, der seit über hundert Jahren tot war, in dieser Zeit aber kein einziges Mal sein Portefeuille geprüft hatte. Leider riß mich die in McCalls 1919er Rolex nachträglich eingebaute Weckerfunktion aus meinen Gedanken und setzte uns darüber in Kenntnis, daß die Gulfstream V gleich in Honolulu landen würde. Dem Teufel war McCall vielleicht doch noch nicht ganz davongehüpft, aber auf jeden Fall hatte er ihn niedermissioniert.

Als wir landeten, war es früher Morgen, und ich war erstaunt darüber, daß nicht nur Hoover am Flughafen auf uns wartete, sondern auch Mapes und Raven. Alle trugen bunte Blütenkränze, deren Blumen Raven persönlich gezüchtet hatte, wie ich später erfuhr. In einer Zeremonie, die mir leicht homosexuell gefärbt vorkam, legten sie McCall und mir die Blütenkränze um die Hälse.

»Aloha«, sagten sie im Chor.

»Übrigens, so wurde Captain Cook begrüßt«, sagte Hoover, »der erste weiße Mann, der diese Inseln betrat. Das war 1778. Er wurde als Gott gefeiert.«

»Ich war der erste weiße Mann, der in Belize eine Fabrik gekauft hat«, sagte McCall. »Ich wurde als reiches Arschloch aus Texas gefeiert.«

»Captain Cook ist am Valentinstag des darauffolgenden Jahres wieder hierher gekommen«, sagte Hoover. »Da hat aber niemand mehr ›Aloha‹ gesagt.«

»Sondern?« fragte McCall.

»Gar nichts. Haben ihn umgebracht und aufgefressen.«

»Gott ist gütig«, sagte Mapes.

TEIL 6

AUS

»Nicht jeder, der wandert, ist verloren.«

J. R. R. Tolkien

48

Das Leben ist kurz, der Strand ist lang, sagen die Leute, und wer weiß, vielleicht haben die ja mal recht. Sie haben zwar noch nie recht gehabt, aber man hofft ja, solange man lebt. Jedenfalls fand ich ihn da.

Das passierte zwei Abende später auf einer abgelegenen Landzunge an der Nordküste von Kauai. Die liegt ein bißchen westlich vom Leuchtturm von Kilauea, was *kill-a-way'-a* ausgesprochen wird, und das Hinkommen hätte fast einen Kinkstah gekillt. Willie stand allein im Mondlicht am Strand. Nur sein treuer Golfschläger leistete ihm Gesellschaft. Als ich näher kam, sah ich, daß er Golfbälle weit in die See hinausschlug und ein Mantra vor sich hin murmelte. Vielleicht sprach er wie Moses oder Henry David Thoreau mit seinem Gott, oder er hielt Zwiesprache mit den ewigen Naturgewalten. Als ich etwas näher kam, merkte ich, daß ich mich geirrt hatte, denn ich verstand ihn jetzt klar und deutlich.

»Scheiße«, sagte er. »Das Mistding war wieder zu doll angeschnitten.«

Mit Bürstenschnitt und nackt bis auf ein Paar biblischer Boxershorts mußte ihn alle Welt für eine Ampelkreuzung aus Mahatma Gandhi und dem vermißten Kind auf einem Suchplakat halten. Als er mich sah, überzog ein Lächeln sein Gesicht, seine Augen leuchteten, und all die Jährchen und Zährchen fielen von ihm ab. Er schien sich zu freuen, wirkte aber nicht weiter überrascht.

»Du bist ein verdammt guter Privatdetektiv, Big Dick«, sagte er.

»Du bist eine verdammt gute lebende Legende, Willie«, sagte ich. »Und so soll es auch bleiben.«

Ich berichtete ihm vom Ende der Upfield-Ermittlung. Er nickte so nebenbei, umfaßte den Schläger mit beiden Händen und schlug dann einen Golfball fast nach Maui hinüber. Beide verfolgten wir, wie der Ball einen Halbkreis über die Wellen zog und sanft und unhörbar ins Wasser platschte wie ein Schaumkrönchen am mondhellen Horizont. Ich reichte ihm den Zauberbeutel, erzählte ihm die Legende von Bluejacket und erklärte ihm, wieviel Hochachtung die Indianer ihm entgegenbrachten.

»Für sie bist du der Bluejacket von heute«, sagte ich, »der Harmonie und Versöhnung bringen könnte.«

Sanft legte er den Zauberbeutel in den Sand und mit derselben Bewegung den nächsten Golfball aufs Tee. Dann schlug er den Ball in Richtung Waikiki Beach.

»Scheiße«, sagte er und schickte noch hinterher: »Sag ihnen, es tut mir leid, daß in all den John-Wayne-Filmen so viele von ihnen sterben mußten. Er hatte aber auch *immer* ein dämliches Pferd.«

»Kommst du irgendwann zurück, Willie?« fragte ich.

»Dazu möchte ich folgendes sagen«, sagte er, zog einen surfbrettgroßen Joint hinter dem Ohr hervor und klemmte ihn sich zwischen die Lippen: »Hast du mal Feuer?«

Ich gab ihm Feuer, und zwar mit einem roten Bic, auf dem eine Hula-Tänzerin abgebildet war. Sie gehörte seit rund achtundvierzig Stunden zur Familie, und wir wurden gerade warm miteinander. Willie zog ausgiebig am Joint, das Lächeln wurde breiter, und die Augen leuchteten noch strahlender. Er reichte mir den Joint, ich nahm pflichtschuldig ein paar Züge und gab ihn zurück. Er inhalierte tief und stieß den Rauch dann so langsam wieder aus, daß er sich wie Mondstrahlen im Blumenduft der Inselluft zu verlieren schien.

»Also, Willie«, sagte ich schließlich. »Ja oder nein?«

»Wie war die Frage?«

»Kommst du irgendwann zurück?«

»Paß auf«, sagte er und zwinkerte mir zu wie ein Kind, das mit einem Zaubertrick angibt.

Es war auch einer.

Wir standen da, und um uns herum wateten rund zweihundert Golfbälle den Sand hoch, von der Tide wie Entenküken weitergeschoben. Als sie zur Ruhe kamen, lagen sie uns in einer langen Reihe zu Füßen. Willie stützte sich auf seinen Schläger und betrachtete sie mit dem ganzen Stolz einer Entenmutter.

»Da draußen gibt es eine irre Rückströmung«, sagte er und schaute auf das mondüberglänzte Meer hinaus. »Hab ich rein zufällig entdeckt, nur gibt es keine Zufälle. Pünktlich alle zwei Stunden bringt sie die Bälle zurück.«

»Jesus Christus!«

»Den hat sie noch nicht zurückgebracht. Und um deine Frage zu beantworten: Wenn diese Golfbälle zurückkommen können, kann ich das wahrscheinlich auch.«

»Das hört man gern.«

»Aber nicht in den nächsten zwei Stunden«, sagte er. »Vielleicht in zwei Jahren. Möchtest du auch mal schlagen?«

»Nein danke«, sagte ich. »Ich loche lieber woanders ein.«

»Da steht man auch nie zu breitbeinig«, sagte er.

Wir machten dann noch einen kurzen Spaziergang. Es war nämlich ein kleiner Strand. So sollte Willie mir im

Gedächtnis bleiben: ein Lebkuchenmännlein unter einem Märchenhimmel. Als armer Schlucker geboren, aber reich an der Münze des Geistes. Schwach und stark, kurzlebig und unvergänglich, schöner, als sich in Worten und Musik ausdrücken läßt. Seine Gitarre war – anders als die des großen Woody Guthrie – keine »Maschine, die Faschisten tötete«. Sie war eine Maschine, die die gebrochenen Herzen der Menschen zu heilen half und manchmal wohl auch sein eigenes.

Während wir so über den Sand gingen, sah ich in Willies Augen, wie sich die Palmen wiegten und wie der warme pazifische Ozean die nächtliche Küste der Welt in die Arme schloß. Beinahe gottesfürchtig wartete ich unter der Kathedrale des Himmels, daß mir Amerikas letzter lebender Volksheld eine Botschaft an seine Fans, Freunde und Familienangehörigen auf dem Festland übermittelte. Aber er sagte kein Wort, bis ich die Stille mit einer umfangreichen Blähung brach. Da sprach er endlich.

»Ein Glück, daß wir nicht im Bus sind«, sagte er.

»Willie«, sagte ich, »was hält Gott wohl von dir, wenn du hier draußen bloß kiffst und Golfbälle ins Meer schlägst?«

»O, IHr ist das egal«, sagte er. »SIe hat mich bei all meinem Tun an die Hand genommen. Manchmal spüre ich IHre große schwarze Hand auf der Schulter, wenn SIe mir etwas ins Ohr raunt.«

»Was raunt SIe denn?«

»›Wer keinen Spaß verträgt, kann mich mal.‹«

Dann griff er nach seinem Schläger, legte einen Ball aufs Tee und holte weit aus, den Joint immer noch in die Schraubzwinge seiner Kiefer gespannt. Der Ball segelte zuverlässig geradeaus über den makellosen, silberglänzenden Ozean dahin und schien ewig weiterzuschweben.

DANKSAGUNG

Ich schreibe dies auf gelbem Kanzleipapier, wie Richard Nixon es liebte, in Langschrift, stehend und splitternackt, wie Ernest Hemingway es liebte. Wir wissen nicht, wie Hemingway es trieb, aber wir wissen, wie er schrieb. Sollten Sie es mal ausprobieren, werden Sie nicht nur schnell verstehen, warum Nixon die Präsidentschaft niederlegte, sondern auch, warum sich nach Bukowskis Worten »der olle Hem eines Morgens das Gehirn in den Orangensaft pustete«.

Sollten Sie in dieser Manier schreiben, werden Sie naturgemäß nach einer Ökonomie des Stils wie der Stille suchen. Deswegen habe ich mich für ein kleines, abgeschiedenes Hotel an Australiens Südostküste entschieden, das nur auf dem Wasserweg zu erreichen ist. Kein Ratso weit und breit, der einen mit seinem »He, Kinkstah! Komm, wir gehen zu Big Wong's, Baby!« verführen kann. Kein Captain Midnite, der im Brustton der Überzeugung durch einen gerammelt vollen Saal schreit: »Warum soll ein Mann keinen Mann lieben?« Keine Kinder. Kein Swimmingpool. Keine Haustiere. Nur Roger Millers unsterbliche Seele hat sich nebenan in einem Rieseneisvogel reinkarniert und ermuntert einen, sein letztes Buch, seinen letzten Song oder diese Inkarnation zu beschließen.

Als ich mir vorhin am frühen Nachmittag eine Pause von der öden Plackerei gönnte, anderen Menschen auf liebenswürdige Weise zu danken, unterhielt ich sexuelle Beziehungen mit einem jungen australischen Käfer, der nicht zur hiesigen Insektenwelt gehört. Man ist immer so jung wie die Frau, die man fühlt, heißt es, und ich fühlte mich wie daheim in der Gebärmutter, bis ich in meinem Hotelzimmer plötzlich eine ruhige leise Stimme vernahm und merkte, daß es nicht die Stimme meines Gewissens war.

»Hi«, sagte die Stimme. »Ich soll die Minibar auffüllen.«

»Ich steck mitten in der Arbeit«, sagte ich.

»Wenn ich Ihnen ungelegen komme, Mr. Friedman ...«

»Wie kommst du denn darauf, daß du ungelegen kommst?« sagte ich. Die Frau unter mir und den Laken zitterte in Spasmen des Entsetzens. »GOtt hätte keine Minibars erschaffen«, fuhr ich fort, »wenn ER nicht gewollt hätte, daß sie aufgefüllt werden.«

»Ich bin froh, daß Sie das so sehen, Mr. Friedman. Kümmern Sie sich nicht weiter um mich, und ich gehe so schnell, wie ich gekommen bin.«

»Ich gehe auch bald wie einer, der gekommen ist«, sagte ich.

»Wow«, sagte der Mann, jetzt ganz in seine Arbeit vertieft. »Das muß gestern abend ja eine tolle Party gewesen sein.«

»Ich war allein«, sagte ich, »was ich jetzt übrigens nicht bin.«

»Ich habe in diesem Hotel schon die merkwürdigsten Dinge gesehen«, fuhr er unbeirrt fort. »Oscar Wilde hat hier mal auf einem Pikkolo Flöte gespielt. Ein alter Mann mit langem weißem Haar hat hier mal Geige gespielt, während Marilyn Monroe ihm einen geblasen hat. Der hatte sein altes Fahrrad auf dem Korridor abgestellt, hat man da Töne? Seymour Glass hatte hier mal ein Loch im Kopf. Der hat die Minibar kaum angerührt. Schwer zu sagen, ob Glass halb voll oder halb leer war. Wie finden Sie den?«

»Der gefällt mir«, sagte ich, kicherte gutmütig und wartete darauf, daß er mit der Minibar fertig wurde. So wie die Dinge lagen, wollte ich mich nicht mit ihm anlegen.

»Was ist denn das für ein Zettel hier auf dem Fußboden, Mr. Friedman? Scheint wichtig zu sein.«

»Lies vor«, sagte ich. »Mal sehen, ob ich noch Versfüße abhacken muß.« Die Frau gab inzwischen hysterische Gluckser von sich, die ein bißchen nach Rieseneisvogel klangen.

»Ich danke all meinen Lehrern, Rabbinern und Dealern für die Hilfe, ohne die ich heute nicht hier wäre‹«, las er.

»Mach weiter«, sagte ich.

»Ich danke meiner Agentin Esther Newberg, die seit zwölf Jahren zu mir hält, meinem Lektor Chuck Adams, der seit sechs Jahren zu mir hält, meinem Freund Don Imus, der seit vierundzwanzig Jahren zu mir hält, und dem Präsidenten der Vereinigten Staaten, der mich anspornt und nichts unversucht läßt, damit meine Bücher verfilmt werden.‹ Kann ich Sie mal was fragen?«

»Spuck's aus«, sagte ich, weil mir langsam der Charme ausging.

»Sie kennen wirklich und wahrhaftig Don Imus?«

»Mach weiter«, sagte ich.

»Der Autor möchte außerdem Tom Friedman, Piers Akerman, Marcie Friedman, Steve Rambam, Max Swafford und Dr. Jay Wise für ihre Anregungen danken, Carolyn Reidy bei Simon & Schuster; Joann Di Gennaro und Erin Marut in der Presseabteilung von Simon & Schuster, Jack Horner in Esther Newbergs Büro, Cheryl Weinstein in Chuck Adams' Büro und Ted Landry in der Herstellung. Ohne die Kooperation und Inspiration von Willie Nelson und seinem Zigeunerclan wäre dieses Buch kein so bedeutendes Dokument der Sozialgeschichte geworden. Zum Clan gehört auch David Anderson, Willies engster Mitarbeiter, der auf der Reise des Autors seine politische, spirituelle und sexuelle Beratung übernahm.‹«

»Mach weiter«, sagte ich.

»Schließlich geht mein Dank an Judith D. Allison, die wußte, daß ich an einem Krimi über Willie Nelson schrieb, auf den Titel *Roadkill* kam und aus dem Pariser Ritz in meinem krippenähnlichen, schleimfarbenen Wohnwagen irgendwo im Texas Hill Country anrief, um ihn durchzugeben.«

»Bist du mit der Minibar fertig?« fragte ich. Die Frau unter mir atmete inzwischen unregelmäßig. Vielleicht hatte sie einen Asthmaanfall.

»Sofort, Mr. Friedman, aber der Schluß dieser Danksagungen hört sich irgendwie steif an.«

»Schön, daß hier irgendwas steif ist«, sagte ich.

Er entfernte sich mit einer solchen Aura der Unerfülltheit von der Minibar, daß ich mir etwas Knackigeres einfallen lassen mußte, um ihn loszuwerden. Meine Beziehung zu ihm hatte die Proportionen von Captain Ahabs spirituellem Verhältnis zu Moby Dick angenommen, von anderen Beziehungen ganz zu schweigen.

»Na schön«, sagte ich. »Treffen sich zwei Planeten. Sagt der eine: ›Und, wie geht's?‹ Sagte der andere: ›Nicht so gut. Ich glaube, ich hab mir was eingefangen, wahrscheinlich Homo sapiens.‹ – ›Mach dir nichts draus‹, sagt der erste. ›Das vergeht.‹«

»Schon viel besser«, sagte der Mann, lachte in sich hinein wie ein ambulanter Patient und ging.

Die junge Frau unter mir schien sich zu verspannen. Ich wußte nicht, ob sie tot war oder nur gern tot gewesen wäre.

»Alles in Ordnung?« fragte ich.

»Mach weiter«, sagte sie.

KINKY FRIEDMAN lebt in einem kleinen grünen Wohnwagen in einem kleinen grünen Tal im Herzen von Texas. Dort gibt es rund zehn Millionen Phantasiepferde. Oft galoppieren sie um Kinkys Wohnwagen herum, und ihr Kreis schließt sich immer enger zu einem Karussell des Todes. Selbst wenn in finsterster Nacht der Boden unter ihren Hufen erdröhnt, hört man kontrapunktisch das Tippen des zerbrechlichen, schwindsüchtigen, entsagungsvollen Romanciers auf der letzten Schreibmaschine von Texas. Dergestalt hat er zehn Romane geschrieben, darunter *Der Leibkoch von Al Capone, Gott segne John Wayne, Gürteltier und Spitzenhäubchen* und *Elvis, Jesus & Coca-Cola*. Zwei Katzen, Dr. Scat und Lady Argyle, ein zahmes Gürteltier namens Dilly sowie ein schwarzes Hündchen namens Mr. Magoo findet man des Nachts manchmal im tiefen Schlummer neben Kinky in seinem engen, klösterlichen Pater-Damien-Bett.